임대규 新무협 판타지 소설

소운평전기

昭雲平傳記

1

소운평전기 1

임대규 新무협 판타지 소설

초판 1쇄 찍은 날 § 2001년 11월 25일
초판 1쇄 펴낸 날 § 2001년 11월 30일

지은이 § 임대규
펴낸이 § 서경석

편집장 § 문혜영
편집 § 장상수 · 박영주 · 김희정 · 권민정
마케팅 § 정필 · 강양원 · 김규진

펴낸곳 § 도서출판 청어람
등록번호 § 제1081-1-89호
등록일자 § 1999. 5. 31
어람번호 § 제2-0029호

주소 § 경기도 부천시 원미구 심곡1동 350-1 남성B/D 3F (우) 420-011
전화 § 032-656-4452   팩스 § 032-656-4453
e-mail § Eoram99@chollian.net

© 임대규, 2001

값 7,500원

ISBN 89-5505-216-2 (SET)
ISBN 89-5505-217-0 04810

임대규 新무협 판타지 소설

소운평전기

昭雲平傳記

1 운요루(雲橑樓)

도서출판

청람

작가 서문

문득 원고를 들고 출판사를 찾았던 때가 떠오릅니다.

두려움과 설렘으로 가득했던 순간이 벌써 해가 바뀌고도 두어 달이 지난 지금, 처음의 의욕과 용기가 이렇듯 바래져 감에 마음이 무거워집니다.

처음 집필을 시작할 무렵이 제겐 참으로 어려운 시절이었습니다.

주위의 반대와 경제적인 어려움은 젖혀두고, 새로운 일을 시작한다는 압박감은 몸서리쳐질 정도였습니다. 글을 쓴다는 것이 자음과 모음을 조합하는 것 이상의 의미를 가졌다는 사실이 새삼 느껴지는 나날이었습니다.

그럼에도 무사히 첫발을 내디딜 수 있었던 것은 많은 분들의 도움 덕분이었습니다.

김욱 선배, 매번 흐트러지려는 저를 바로잡아 주시고 용기를 북돋아주신 그분의 도움이 없었더라면 이 글은 만들어지지 않았을지도 모릅니다.

든든한 후원자가 되어준 후배 작가 창인, 정성, 휘하의 도움도 컸습니다. 멀리 대구에서 격려의 말씀을 아끼지 않은 정란님, 언제나 푸근한 마음으로 지켜봐 준 가족들, 그리고 일천한 재주를 펼칠 수 있게 도와주신 출판사 임원들.

〈소운평전기(招雲平傳記)〉는 이분들의 작품이라 말해도 좋을 것입니다.

다시 한 번 고개 숙여 감사드립니다.

미진한 문장에 실망하실 독자 분들이 눈에 선하지만, 나름대로 최선을 다했음은 꼭 밝히고 싶습니다.

말 그대로 최선을 다했기에 부끄러움도 없습니다.

이 같은 용기를 발판 삼아 다음엔 좀 더 나은 작품으로 찾아뵐 수 있기를 기원합니다. 그렇게 되기 위해선 독자 여러분의 관심과 질타가 절대적으로 필요하겠지요.

부디 질책을 아끼지 마시길…….

2001년 6월 林大圭 拜上.

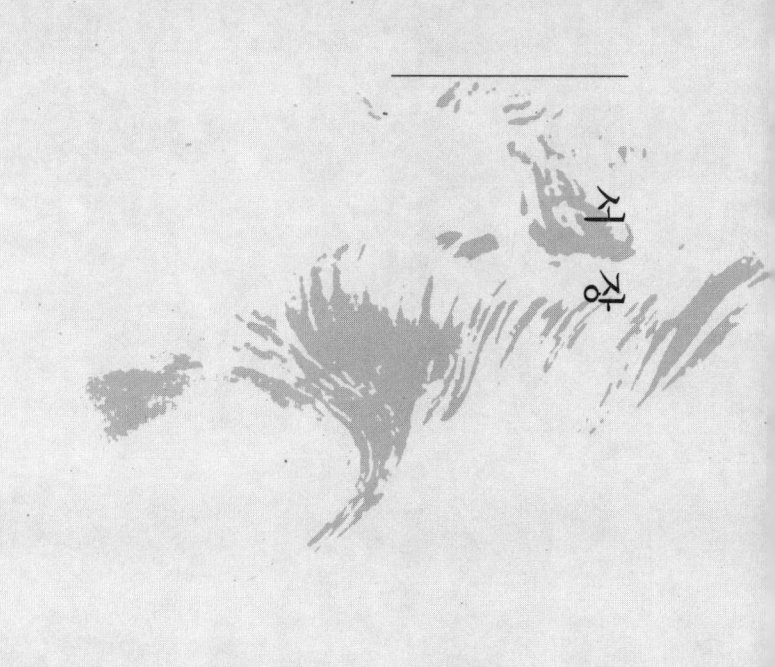

서장

서장

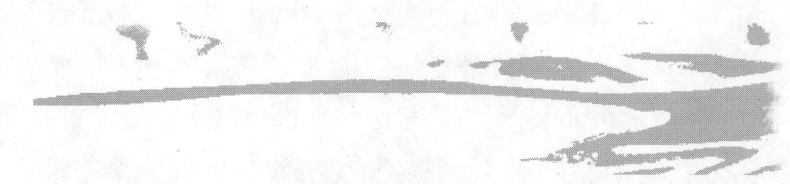

내 이름은 소운평(昭雲平)이야.

나이는… 가만있자? 음… 남들 말에 의하면 열여덟은 넘어 보이고 스물은 안 된 것 같다고들 하니, 아마 열아홉쯤으로 보는 것이 좋을 것 같은데.

난 고아야.

부모의 얼굴은 고사하고 태어나서 어미의 젖 한 모금 빨아보질 못했어. 갓난아기인 내가 세상에 처음 모습을 드러낸 곳은 송가네 처마 밑이었지. 그것도 살을 에는 듯한 엄동설한(嚴冬雪寒)에 말이야.

젠장… 기가 막힐 노릇이지!

그래도 날 버린 이가 일말의 양심은 있었던가 봐. 두터운 강보(襁褓)로 싸둔 덕에 얼어 죽지 않고 송가의 처에게 발견되는 행운을 누리게 된 거야. 아마 내게 찾아온 처음이자 마지막 행운이 아니었나 싶어.

송가의 집에서는 대략 팔 년을 살았어.

정말 나란 놈은 복도 지지리도 없는 놈인가 봐. 고르고 골라 버려진 집이 노름꾼에 술 주정뱅이, 매일 마누라와 지지고 볶는 날건달의 집이라니… 노름 빼고는 할 짓거리가 없으니 매년 새끼들은 줄줄이 낳아대지, 시도 때도 없는 술 심부름에 애새끼들 뒤치다꺼리에 똥 기저귀까지 빨아대야 하니 정말 죽을 지경이었어.

또 하루에 한 끼 멀건 죽 한 사발 먹여주며 생색은 얼마나 내던지, 참내, 더러워서 정말! 게다가 비쩍 마른 송가 놈의 손속은 어찌나 맵던지, 심심하면 패대는 통에 내 몸뚱이에는 멍 자국이 가실 날이 없었어.

후우… 복은 타고난다는 말이 절실하게 느껴지는 나날이었지. 견디다 못해 결국 아홉 살이 되던 해에 큰맘먹고 뛰쳐나왔지만.

그래서 어떻게 되었냐구?

헤헤… 표정을 보니 꽤나 궁금한 모양인데 별로 기대하지 않는 것이 좋을 거야. 재수 옴 붙은 놈은 어딜 가나 그렇지 뭐.

지금 내 몰골을 잘 보라구!

머리칼은 까치집을 지은 데다 구멍난 신발과 땟국물이 흐르다 못해 반질거리는 너절한 의복, 이게 성공한 자의 몰골이라 생각하지는 않겠지?

처음엔 구걸로 시작해서 도둑질, 반점의 점원 노릇, 도살장의 심부름꾼, 주루의 허드렛일까지 수많은 일을 전전했지만 약속이라도 한 듯 말로가 좋질 않더군.

하긴 파란만장한 사건들을 겪고도 아직 살아 있다는 걸 위안으로 삼아야겠지?

여하튼 금사강(金沙江)이 내려다보이는 사천(四川)의 오지에서 시작된 십여 년 간의 여정이 막바지에 이르고 있어. 가고 싶어도 더 이상 갈 수가 없거든. 조금만 더 가면 바다니까 말이야.

에구… 떠돌이 생활도 이젠 넌덜머리가 난다.

안정된 돈벌이도 구하고, 흐흐! 가능하다면 계집도 하나 구해서 살림이라도 차려야지!

이곳에선 제발 잘 풀려야 할 텐데… 정말 걱정이네.

뭐, 잘되겠지!

설마 매일 궂은 날만 있겠어?

제 1 장

순평, 드디어 소주에 도착하다

화창한 봄날의 오후였다.

나른한 햇살이 호수 위로 쏟아졌다. 햇살은 투명하다 싶을 정도로 맑은 수면에 반사되어 보석처럼 눈부시게 빛을 발했다.

언제나 그렇듯 태호(太湖)는 육지만큼이나 북적댔다. 부드럽게 찰랑이는 물살을 헤치며 엄청난 숫자의 크고 작은 배들이 부지런하게 움직였다.

화려하게 치장한 용도가 불분명한 배들도 있었지만, 거의 고기잡이를 나선 작은 어선이었다.

두세 명이 간신히 탈까 하도록 작고 낡은 것들이 대부분인데, 웃옷을 벗어젖힌 어부들이 그물을 내리고 어구(漁具)를 손보느라 부산을 떨어댔다.

"어여차, 어여차!"

힘찬 고함 소리가 들릴 때마다 작은 어선들은 금방이라도 뒤집힐 듯 요동 쳤다.

그러나 이미 일상이 되어버린 탓인지 그들은 별 반응이 없었다. 오히려 한술 더 떠 배가 흔들리는 대로 몸을 맡긴 채 콧노래를 흥얼거리거나 일부러 뱃전을 흔들어 즐기는 것이 천상 타고난 뱃사람들이었다.

한데 모든 배들이 어로에 열중하는 와중에 홀로 움직이는 한 척의 어선이 있었다.

배는 호수의 서쪽에서 동쪽으로 느리게 이동하는 중이었는데, 물 위에 떠 있는 것이 신기할 정도로 낡은 배였다.

그 위에 두 사람이 타고 있었다.

일소(一少), 일노(一老)!

노를 젓는 이는 약관 정도의 젊은이였다.

육 척(尺)에 가까워 키도 제법 컸고, 균형있게 윤곽이 잡힌 얼굴은 그 나름대로 준수해 보인 데 반해 행색은 남루하기 그지없었다.

머리칼은 쓰다 버린 수세미처럼 너절했다. 땀으로 범벅이 되어 지저분한 이마와 뺨엔 아무렇게나 흘러내린 머리칼이 뒤엉켜 보기 흉했고, 옷차림은 가히 초라함의 극치를 달렸다.

백의(白衣)인지 흑의(黑衣)인지 모를 의복은 땟물이 자르르 흘렀다.

대충 보면 허름한 백의에 희미한 검은 얼룩이 묻은 것으로 보이는데, 자세히 살피면 금방 정반대임을 알 수가 있었다. 애초엔 흑의였던 것이 태반이 탈색되어 결국 누가 보아도 백의로 보이는 것이다.

노인은 뱃머리에 앉아 그물을 손보는 중이었다.

잔뜩 허리를 숙인 터라 가뜩이나 굽은 허리가 바닥에 닿을 정도로 휘어진 상태였다. 그물을 매만지는 손등에는 세월의 흔적을 대변하듯 주름살이 가득했다.

용모를 알 수는 없었지만 새하얀 머리칼로 미루어 족히 육십은 된 듯 보였다.

아무튼 청년은 비지땀을 흘리며 용을 써댔고 배는 서서히 동쪽으로 나아가고 있었다.

'염병할!'

소운평은 목구멍 안쪽까지 기어 올라온 소리를 애써 집어삼켰다.

웬만하면 그냥 버티겠는데 이건 도무지 대책이 서질 않았다. 펄쩍뛰며 거듭 사양하는 노인에게서 빼앗듯 노를 받아 든 것이 불과 반 시진도 되지 않았다.

처음에는 팔목이 약간 저리는 것에 불과했다. 그러다 말겠거니 했는데, 금세 어깨로 옮아가는가 싶더니 허리 전체가 떨어져 나가는 듯 아파왔다. 거기다 주책 맞게 하체는 왜 이리 떨리는지. 거기다 좀 전부터는 아예 뱃속까지 울렁거리는 것이 아무래도 수상했다.

노 젓는 일을 만만히 본 것이 잘못이었다.

'노인장, 교대 좀 합시다!' 하고 소리치고 싶은 마음은 굴뚝같은데 큰소리를 있는 대로 쳐놓은 상황이라 사나이 체면이 있지 어떻게 그런 몰지각한 행동을…….

'젠장! 이럴 줄 알았으면 한 사나흘 걸릴 생각하고 그냥 돌아가는 건데!'

후회해 보아도 이미 시난 일일 뿐!

애초에 호숫가에서 그물을 메고 끙끙대던 노인을 만난 것이 화근이었다.

평소 같으면 외면하고 지나쳤겠지만 '혹시 배라도 얻어 탈 수 있지 않을까?' 하는 생각으로 그물을 들어준 것이 실수였다. 그리고 온갖 잘난 척을 해대며 노를 빼앗은 것이 두 번째 실수였다.

'에구, 허리야!'

이마에 흐르는 땀을 닦아낸 소운평은 슬쩍 뱃전을 응시했다.

노인은 여전히 구멍이 숭숭 뚫린 그물을 손보느라 정신이 없었다. 허리를 숙이고 미간을 좁힌 채 눈길도 돌리지 않았다. 아예 다른 일엔 관심조차 없는 듯했다.

마치 자신이 노를 젓는 것을 당연시하는 태도에 은근히 부아가 치밀었다.

'쳇! 아무래도 늙은이한테 속은 것 같아. 교활한 늙은이 같으니… 물가에서 그물을 떼메고 끙끙대던 것도, 노를 저으며 힘든 척한 것도 다 수작이었을 거야. 아니라면 저리 자연스런 자세가 나올 리가 없잖아? 흥! 하지만 사람 잘못 보았어, 노인네.'

소운평은 히죽 웃었다. 이어 노를 내던지고 바닥에 주저앉았다.

"아이구, 배야!"

째지는 비명이 뱃전을 울렸다.

비명 소리는 일정하게 들려오던 어부들의 가쁜 외침 소리를 비웃기라도 하듯 멀리까지 울려 퍼졌다.

그러나 미처 듣지 못한 것인지, 아니면 소운평의 생각처럼 못 들은 척하는 건지 노인은 삼매경(三昧境)에 빠진 선승(禪僧)마냥 요지부동(搖之不動)이었다.

슬그머니 노인을 살피던 소운평은 어이가 없었다.

이 정도 소란에도 꿈쩍도 않다니… 뻔뻔함으로 따지면 자신도 일가

견이 있다고 자부하는 터지만, 이건 차원을 달리하는 놀라운 경지가 아닌가!

'정말 강적인 늙은이로군! 그렇다고 여기서 물러날 소운평이 아니란 말씀이야.'

스윽!

소운평의 상체가 뱃전으로 기울어졌다. 갑작스레 균형이 무너지자 자연 배가 기우뚱하더니 금세 뒤집어질 듯이 요동을 쳤다.

덕분에 노인은 두 팔을 내저으며 허둥대야 했다.

"이런! 어이쿠!"

난간을 잡고 가까스로 멈춰 선 노인은 사태의 근원지를 찾는지 두리번거렸다.

그때까지도 노인을 살피던 소운평은 찔끔한 표정으로 고개를 돌렸다. 그리곤 천연덕스럽게 배를 감싸 쥐고 냅다 소리를 질러댔다.

"아이구, 아파라! 사람 죽겠네!"

돌연한 사태에 노인의 두 눈이 휘둥그레졌다.

부랴부랴 소운평에게 다가온 노인은 조심스레 부축해서 바닥에 뉘였다.

"이보게나, 젊은이! 어디가 어떻게 아픈가?"

"배… 배가 좀……."

오만가지 인상을 쓰며 배를 움켜쥐는 그 모양새를 보고 가식이라 여길 이는 하나도 없을 터였다.

노인은 몹시 긴장한 듯했다. 허리를 숙인 채 오른손을 들어 그의 배를 살피고 있었는데, 주름이 가득한 노안에는 자못 걱정스러워하는 빛이 여실했다.

마치 의원이라도 된 양 여기저기를 눌러보고 매만지던 노인은 재빨리 몸을 일으켰다. 그리고 부랴부랴 그물을 한쪽으로 밀어냈다.

노인은 곧 조그마한 대바구니를 찾아냈다.

바구니 안에는 여러가지 잡다한 물건들이 가득 들어 있었는데, 노인은 그중에 두 가지를 집어 들었다. 대통과 나무를 다듬어 만든 큼직한 수저였다.

대통은 한 뼘 정도의 길이였다. 대나무를 마디째 통으로 자른 것으로 끝에는 종류를 알 수 없는 나무 마개로 굳게 닫혀 있었다.

노인은 마개를 열고 수저에 내용물을 따르더니 소운평의 코앞으로 내밀었다.

"이걸 좀 마셔보게!"

알싸한 약 향(藥香)이 풍기자 소운평은 실눈을 떴다.

불쑥 눈앞에 내밀어진 수저에는 시커멓고 걸쭉한 액체가 가득 담겨 있었다.

'마셔? 말아?'

소운평은 곤혹스러웠다.

진실로 배가 아팠다면 사양하지 않고 넙죽 받아 마셨겠지만, 엄연한 꾀병이 아닌가 말이다. 게다가 한번 상대를 의심하게 되자 끝도 없이 의심이 돋아났다.

호북(湖北) 땅을 지나며 주워들은 얘기가 불현듯 뇌리를 스쳤다.

"이봐! 강서(江西)나 복건(福建) 쪽으로 가게 되면 조심하도록 하게. 거긴 심한 기근(饑饉)이 들어 사람 고기까지 먹는다는 소문이야. 살살 꾀어 몽혼약을 먹이고 단칼에 그냥! 아무튼 우리같이 떠돌이를 주로 노린다고 하니 조심하는 것이 좋아."

등골이 서늘해지더니 전신이 오싹해졌다.

물론 이곳은 기근도 들지 않았고 강서나 복건이 아닌 소주 근교였지만, 한번 생겨난 불안한 마음은 눈덩이처럼 불어났다.

"젊은이 뭐 하는 건가? 어서 마시질 않고!"

소운평은 채근하는 노인의 얼굴을 한 대 후려치고 싶은 충동을 느꼈다.

'냅다 들이받고 튀어?'

그러나 불가능한 일이었다. 엄연히 고립된 물 위였다. 피하고 싶어도 피할 곳도 없을 뿐더러 더구나 노인이 혼자라는 보장도 없질 않은가 말이다.

어디선가 호시탐탐 자신을 주시하는 일행이 있을지도 몰랐다. 보통 유괴(誘拐)나 인신매매(人身賣買)와 같은 흉악한 범죄는 조직적으로 행해지는 법이니까.

노인은 잠시 고개를 갸우뚱했다.

그도 그럴 것이 금방이라도 숨넘어갈 것처럼 아파하던 젊은이가 안색을 수시로 바꿔가며 생각에 잠긴 것이 도무지 이해가 가질 않았다.

"이보게, 자네."

무언가 말하려던 노인은 황급히 다물었다. 젊은이가 돌연 수저를 잡아챘기 때문이다.

'좋아! 이래 죽나 저래 죽나 결국 죽기는 마찬가지니 이왕이면 먹고나 죽자! 옛말에 먹고 죽은 귀신이 때깔은 좋다 했으니까. 에라, 모르겠다!'

소운평은 수저를 입속으로 구겨 넣었다.

'크압!'

절로 인상이 구겨졌다.

썼다. 무엇으로 만들었는지 정말 지독하게 썼다. 알싸하면서도 약간 시큼한 뒷맛이라도 느껴졌기에 망정이지 고스란히 토하고 말았을 정도였다.

입 안에서야 어찌 됐든 약물은 식도를 타고 금세 뱃속으로 들어갔다.

좀 지나니 갑자기 뱃속이 부글거리며 후끈한 열기가 느껴졌다. 열기는 느리게 전신으로 퍼졌다. 온몸이 나른하게 풀리며 노곤해졌다.

'결국… 이렇게 가는구나……'

소운평은 질끈 눈을 감았다.

예상대로라면 곧 졸음이 쏟아질 터였다. 자신은 정신을 잃게 될 것이고 모처로 옮겨진 다음, 갈기갈기 찢겨 만두 속으로 변하거나 육간에 걸리는 신세가 되리라.

'하나, 둘, 셋……'

눈을 감은 채 그는 가만히 숫자를 헤아렸다.

특별히 의미가 있는 행동은 아니었다. 긴장하거나 불안할 때, 혹은 무서울 때 이런 행동을 하면 마음이 어느 정도 가라앉고는 했다. 오랜 방랑 생활 중에 얻은 기벽(奇癖)이었다.

한데 그렇게 족히 서른까지 헤아렸는데도 별반 반응이 없었다. 아니, 사실대로 말하자면 반응은 있었다.

잠이 오기는커녕 정신은 더 맑아졌다. 들끓던 뱃속도 편안해졌고, 약을 먹기 전에 울렁거리던 어지럼증이 사라진 것이 훨씬 좋아진 상태였다.

'엥? 이게 어쩐 일이지?'

소운평은 화들짝 몸을 일으켰다.

삐걱, 삐걱!

그제야 노 젓는 소리가 귓가에 들렸다.

죽게 된다는 생각에 워낙 가슴을 졸이던 터라 미처 다른 일에 신경 쓸 경황이 없었던 것이다.

"안색을 보니 좀 편안해진 것 같구먼."

노인의 입가에 주름이 늘었다. 사람을 편안케 해주는 푸근한 웃음이었다.

"이제 보니 몽혼약(夢昏藥)이 아니… 헙!"

소운평은 황급히 입을 틀어막았다.

대충 어떤 상황인지 눈치 채지 못할 정도로 아둔한 편은 아니었다. 결국 북 치고 장구 치고, 혼자 춤까지 추어댄 결과였다.

순박한 노인을 흉악범으로 몰아간 것도 모자라 자신의 속마음을 그대로 드러낸 듯하여 내심 쥐구멍에라도 들어가고 싶은 심정이었다.

그나마 노인의 귀가 어두운 것이 다행이었다.

"응? 무슨 말인가?"

"아, 아무것도 아닙니다, 노인장."

소운평은 휘휘 손을 내저었다.

그러자 노인은 알아듣지 못할 말을 몇 마디 중얼거리더니 익숙한 솜씨로 노를 저어댔다. 한참을 쉬어서인지 제법 힘이 느껴지는 경쾌한 놀림이었다.

삐걱, 삐걱!

둔탁한 소리가 울릴 때마다 배는 부드럽게 물살을 가르며 나아갔다.

덕분에 소운평은 뱃전에 기대어 느긋하게 호수 위의 풍광을 즐길 수 있었다. 조금 찜찜하긴 했어도 결과적으로 노를 젓는 수고로움은 벗어난 셈이니까.

'어라? 저건 뭐 하는 배야?'

지그시 눈을 감고 주변을 두리번거리던 차에 멀리 떨어진 배 한 척이 유난히 시선을 끌었다.

물 밖으로 드러난 선체(船體)를 갖가지 색의 조화(造花)로 장식한 중간 크기의 배였는데, 어쩐 일인지 갑판엔 사방으로 흰 장막이 둘러져 있었다.

한데 그런 모양새를 한 배는 그것 하나가 아니었다. 사방을 둘러보니 어림잡아도 십여 척이 넘었다.

"화방(花舫)에 관심이 있는 게로구먼."

등 뒤로부터 노인의 목소리가 들려왔기에 소운평은 이내 선미(船尾)쪽으로 시선을 돌렸다.

"화방이라뇨?"

"젊은이가 뚫어져라 바라보는 배를 이곳 사람들은 그렇게 부른다네."

노인은 잠시 숨을 돌리고 그 이유를 말해 주었다.

"화방이란 말 그대로 꽃으로 장식한 놀잇배를 일컫는 거라네. 청명절(淸明節)에 배를 띄우고 새봄을 맞아 가족끼리 물놀이를 즐기는 것이 그 유래였는데, 이제는 취지가 완전히 변해 버렸네. 갯버들에 싹이 돋을 무렵이면 어김없이 돈 많고 하릴없는 자들이 호수의 풍광을 즐기기 위해 몰려들지. 사실 이 정도는 아무것도 아니라네, 여름엔 고기잡이는커녕 피해 다니기 바쁠 정도니."

"그렇군요."

소운평은 고개를 주억거렸다. 그렇지만 역시 풀리지 않는 의문이 남아 있었다. 사실 의문이라기보다는 일종의 푸념에 가까웠다.

"한데 경치를 구경하러 왔다는 자들이 갑갑하게 장막을 치다니, 정말 웃기는 짓 아닙니까?"

"허허, 낸들 알겠는가."

노인은 빙그레 웃으며 시선을 돌렸다. 약간 계면쩍어하는 것이 모른다는 말과는 상반되는 태도였기에 더욱 상대의 궁금증을 유발시켰다.

"그러지 마시고 좀 가르쳐 주시죠."

"허, 그것 참!"

노인은 어쩐 일인지 나직이 혀를 찼다. 아마도 얘기를 꺼낸 것을 후회하는 눈치였다.

그러나 소운평이 계속해서 재촉을 해대자 결국 마지못해 입을 열었다.

"여자가 빠진 술자리가 무슨 흥취가 나겠나?"

동문서답(東問西答), 실로 엉뚱한 소리였지만 못 알아들을 정도로 어리석은 소운평이 아니었다. 그제야 노인이 머뭇거린 이유를 알 수 있었다.

노인의 말대로라면 필경 가려진 장막 안에서는 질탕한 육욕(肉慾)의 향연(饗宴)이 벌어질 터였다.

'에구, 부러워라!'

입 안 가득 고인 침을 삼키며 소운평은 재차 화방으로 눈길을 돌렸다.

"헛, 험!"

소운평의 아랫도리가 슬그머니 부풀어 오르는 것을 목격한 노인은 어색하게 헛기침을 하고는 다시 노를 젓는 데 열중했다.

그렇게 반 시진 정도가 흐른 뒤에 어선은 목적지인 포구(浦口)를 목전에 두게 됐다.

포구라고 해야 물가에 굵은 통나무를 서너 개 박고 위에 엉성하게 판자를 댄 것에 불과했다. 간신히 물에 빠지지 않고 뭍에 오를 수 있을 정도였다.

노인은 노를 멈추고 어선에 단단히 고정시켰다. 그리고는 뱃전에 묶인 긴 나무 막대를 풀어내더니 비스듬히 바닥에 꽂았다.

그그극!

바닥을 긁어대는 거북한 소리가 울리며 서서히 속도가 줄기 시작했다.

'다 왔구나!'

소운평은 배가 닿기도 전부터 서둘렀다.

쿵! 하는 소리와 함께 배가 멈춰 서자 그는 재빨리 뱃전에서 뛰어내렸다. 이어 삐걱대는 판자 위를 살얼음판을 걷듯 지나서 마침내 풀과 나무가 지천으로 자라난 흙바닥으로 내려섰다.

"후아……!"

폐부 가득 밀려드는 풀 냄새가 유난히 상쾌했다.

다시 살아났다는 안도감이랄까. 표면상으로는 아무 일도 없었다지만, 실상 그의 속마음은 생사 위기에 처해 발버둥친 셈이었으니 온전한 몸으로 대지를 딛는다는 사실에 무척이나 감회가 어렸다.

'쳇! 첫날부터 재수가 없으려니… 그냥 적당히 액땜한 셈치면 되지 뭐! 그나저나 소주성 안으로 가려면 어디로 가야 하나?'

이런저런 생각을 하며 걸음을 옮길 때였다. 등 뒤로 묵직한 소리가 들려왔다.

"영차!"

돌아보지 않아도 상황이 눈에 선했다. 분명 한쪽 어깨엔 무거운 그물을 메었을 것이고, 다른 쪽에는 망태기를 들고 끙끙대고 있을 게 뻔했다.

그의 생각처럼 노인은 짐을 잔뜩 진 채 비틀거리고 있었다. 가까스로 뭍으로 올라온 노인은 허리를 숙이고 숨을 돌리던 차에 소운평이 일언반구(一言半句)없이 떠나려 하자 서둘러 불러 세웠다.

"이보게, 젊은이. 자네가 도와준 덕에 편히 왔네. 집이 이곳에서 가까우니 바쁜 일이 없다면 식사라도 함께하는 것이 어떤가?"

우뚝!

반사적으로 걸음이 멈춰졌다.

'웬 떡, 아니, 밥이냐!'

환호성이라도 지르고 싶은 심정이었다.

소운평은 쪼르르 노인에게 달려갔다. 꼬리만 없다 뿐이지 영락없이 외출했다 돌아온 주인을 반기는 강아지와도 같은 꼬락서니였다.

생각지도 않았던 말이 툭 튀어나왔다.

"헤헤, 그물은 절 주시죠."

2

'젠장! 결국 교활한 늙은이에게 또 속고야 말았어! 무서운 노인네! 내가 하루 온종일 굶었다는 사실을 어떻게 알았을까? 애고고, 팔이야, 다리야! 이러다 허리라도 다치면 정말 큰일인데.'

"여기라네."

노인을 따라 들어간 소운평은 재빨리 바닥에다 그물을 내려놓고 주위를 두리번거렸다.

작은 구릉을 두 곳이나 넘어 도착한 노인의 집은 주변에 인가도 없는 외딴 곳이었다. 게다가 집이라고 말하기조차 부끄러울 정도로 형편없었다.

네 군데 모서리에 기둥을 세운 다음, 잘게 썬 짚을 섞어 모양을 낸 황토를 쌓아 벽을 만들고 지붕은 풀을 엮어 이은 모습 그대로였다.

그나마 벽은 거의 허물어져 가고 지붕은 썩어 군데군데 시커멓게 변한 것이 노인의 이마에 잡힌 주름살 개수만큼이나 오래돼 보였다.

싸리나무를 허리 높이로 잘라 울타리를 두른 마당 한편에는 우물이 있었다. 그리고 우물 옆으로 이름도 모르는 커다란 나무가 서 있었는데 시원한 그늘이 펼쳐진 그 아래에 낮은 평상(平床)이 놓여 있었다.

물고기를 툭 불거져 나온 옹이에다 걸고 노인은 평상 위에 앉았다.

"이리 앉게."

"아, 예."

노인에게 다가간 소운평이 몸을 낮출 때였다. 문짝이 삐걱거리는 소리가 들리더니 인기척이 느껴졌다.

"어머, 할아버지! 오늘은 일찍 오셨네."

노인을 보고 반색을 하는 이는 젊은 여인이었다.

나이는 대략 스물 내외 정도로 보였다. 햇볕에 그을렸지만 이목구비(耳目口鼻)가 단정하고 얼굴 선이 갸름한 것이 그런대로 미인형의 얼굴이었다. 특히 커다란 눈망울이 무척 인상적이었다.

비록 남루하고 가난에 찌든 티가 역력했지만, 의복을 바꾸고 화장을 하는 등 약간 손질만 한다면 미인(美人)이란 소리를 듣기에 부족함이 없어 보였다.

"고기는 많이 잡으셨어요?"

생글거리며 막 노인에게로 다가서던 여인이 흠칫 놀라며 몸을 경직시켰다.

노인과 함께 있는 낯선 그림자를 발견한 것이다.

어찌 생각하면 젊은 여인의 몸으로 낯선 남정네를 보고 조신하며 경계하는 것은 당연한 일이기도 했다.

그러나 어딘가 모르게 이상했다. 커다란 두 눈에 가득 담긴 것은 분명 두려움이었다. 흑백(黑白)이 완연한 눈동자가 심하게 흔들리는가싶더니 여인은 전신마저 가늘게 떨어댔다.

아마도 몹시 충격을 받은 듯했다.

"무, 무슨 일이냐?"

심상치 않은 분위기를 느낀 탓인지 노인의 목소리는 가늘게 떨렸다.

그러자 여인은 약간 망설이다 대꾸했다.

"그자들이 또 왔었어요, 할아버지. 온갖 협박을 다 했어요. 게다가 이번 기한에 해결하지 못하면 치도곤을 당할 거라고 엄포를 놓고 갔어요."

"어디 다친 데는 없는 게냐?"

"네. 걱정하지 마세요."

그래도 노인은 미덥지 않는지 여인의 전신을 살폈다.

구석구석 세세히 살피던 노인은 이내 안도의 한숨을 내쉬었다. 과연 손녀의 말대로 몸에는 아무런 이상도 없었던 것이다.

"천만다행이로구나."

"그런데… 저분은?"

소운평은 아직도 그늘 아래 앉은 그대로였다. 그를 바라보는 여인의 시선에는 여전히 두려움이 남아 있었다.

노인의 입가로 미소가 걸렸다.

"할아비를 도와준 고마운 사람이지. 대신 노를 저어주고 그물도 예까지 들어다 주었단다. 이 청년이 아니었으면 일찍 돌아오지 못했을 게야. 식사라도 같이 할 생각으로 함께 왔단다."

"그러셨어요."

그제야 여인은 긴장감이 사라진 얼굴로 총총히 소운평에게 다가왔다.

"뭐라 감사의 말씀을 드려야 할지."

살풋이 고개를 숙이는 바람에 새하얀 목덜미가 고스란히 드러났다.

학(鶴)이나 사슴[鹿]의 그것처럼 가늘고 길어 무척 섬세해 보였는데, 검게 그을린 얼굴과 대조되어 묘한 감흥을 일으키게 만들었다.

나름대로 여인을 살피던 소운평은 속으로 중얼거렸다.

'흙 속에 진주가 묻힌 꼴이로군.'

그가 주워들은 최고의 찬사(讚辭)였다.

기실 소운평의 생각처럼 여인의 용모는 그리 빼어난 편이 아니었다. 그저 평범한 수준을 약간 웃도는 정도에 불과하다고 할까.

하지만 노상 시골 구석의 촌부(村婦)들이나 주근깨 범벅인 계집종들의 틈 속에서 보낸 소운평에게는 더없는 미녀로 보이는 것이 당연한 결과였다.

피끓는 청춘이었다. 하루에도 수십 번 하체를 부여잡고 용을 쓸 나이인데다 눈앞에는 자신이 미녀로 여기는 여인이 있으니 어찌 반응이 없을 텐가.

당연히 또다시 하체가 뻐근해지며 용솟음쳤다.

'어라? 이놈 봐라!'

급히 하체로 쏠리는 힘을 풀어보려 했지만, 그게 마음대로 될 리가 없었다.

허둥대며 몸에 잔뜩 힘이 들어가자 오히려 상황은 더욱 곤란해졌다. 치솟다 못해 아예 바지를 뚫어버릴 듯 팽창하게 된 것이다.

다급한 마음에 덥석 손으로라도 가리고 싶었지만 차마 그럴 수는 없었다. 그야말로 '여기 좀 봐주쇼!' 하는 짓거리가 분명할 테니 말이다.

결국 방법은 한 가지밖에 없었다.

구부정하게 허리를 숙이고 엉덩이를 뒤로 쑤욱 빼는 수밖에.

"호호!"

갑작스럽고도 엉뚱한 그의 모습에 여인은 손으로 입을 가리고는 웃었다.

손가락 사이로 박속처럼 흰 치아가 드러났지만 소운평은 미처 신경 쓸 겨를이 없었다. 그녀나 노인이 사태를 알아차릴까 전전긍긍했다.

진땀을 흘리는 소운평을 구해준 사람은 노인이었다.

"왜 그러나, 젊은이? 아직도 배가 아픈 겐가? 아무리 심한 배앓이도 한 수저면 능히 낳을 텐데. 그것 참, 정말 이상한 일이로군."

고개를 주억거리던 노인은 바닥에 놓아둔 대바구니를 찾아 들었다.

'헉! 그 쓴 것을 또 먹이려……'

가슴이 철렁해진 소운평은 허리를 구부린 채로 두 손을 내저었다.

"아, 아닙니다. 실은 허기가 져서 그만!"

엉겁결에 한 대꾸치고는 효과가 좋았다.

호기심 어린 시선으로 그를 빤히 쳐다보던 여인은 '조금만 기다리세요' 라고 말하고는 재빨리 부엌으로 달려갔고, 노인은 막 꺼내 들었던 대통과 수저를 도로 집어 넣었으니 말이다.

가까스로 위기를 모면한 소운평은 노인과 나란히 자리에 앉았다.

곧 노인이 입을 열었다.

"그래, 젊은이 이름은 어찌 되는가?"

"소운평인데요."

"운평이라? 좋은 이름을 가졌네."

노인은 고개를 끄덕이고는 말을 이었다.

"난 조(曹)씨 성을 가졌네. 물론 이름은 있지만 워낙 조 노인으로 불리다 보니 그렇게 불리는 것이 편하다네. 한데 말씨를 들어보니 이곳 출신은 아닌 것 같은데, 여긴 무슨 일로 왔는가?"

"그냥 어쩌다……."

소운평은 말끝을 흐렸다.

사고무친(四顧無親)하고 빈털털이 신세인 자들이 한결같이 그렇듯 오라는 데는 없어도 갈 곳은 널린 것이 세상이었다. 그저 이리저리 떠돌다가 발길이 멈춘 것에 불과했으니 뭐라 대꾸할 말이 있을 리 없었다. .

"허허! 고아로구먼."

그가 맥없이 말을 얼버무리자 대충 행색으로 미루어 짐작한 것이 분명했다.

'귀신 같은 늙은이, 아예 점쟁이로 나서도 성공하겠어.'

소운평은 혀를 내둘렀다.

"보다시피 손녀와 둘이 의지하며 사는 나도 힘든데, 자넨 혼자 지내느라 고생이 여간 아니었겠구먼. 하긴 힘없고 가진 것 없는 자들의 세상살이란 그리 녹록한 것이 아니니 말일세."

"그렇지요."

두말하면 잔소리였다.

지난날의 모든 것이 방금 전의 일처럼 생생했다. 그간에 겪은 수많은 고초들을 어찌 몇 마디의 말로 표현할 수 있을까? 갑작스레 마음이 무거워진 소운평은 내심 길게 한숨을 불어냈다.

불현듯 뇌리를 스치는 생각이 있기에 그는 조심스레 운을 뗐다.

"한데 무슨 걱정거리라도 있는 겁니까? 일부러 엿들은 건 아닙니다만, 손녀 분과의 대화를 듣다 보니 심각한 얘기가 오가는 것 같던데요."

"별일 아니라네."

노인은 작은 소리로 말했다.

하지만 별일이 아니라는 노인의 말은 사실이 아닌 듯 보였다. 저처럼 얼굴 가득 인상을 쓴 데다 어깨를 축 늘어뜨리고 힘없이 대꾸한다면 대여섯 살 먹은 아이라도 그 말을 믿지 않을 것이다.

"그놈의 돈이 원수지."

이마에 주름살을 늘려가며 침울해하던 노인이 혼자 말하듯 중얼거린 소리였다.

"예? 금방 뭐라고 하셨나요?"

소운평은 엉겁결에 되물었다.

목소리가 워낙 작았던 이유도 있었지만, 노인의 대답이 시원치 않자 저 혼자 생각에 잠겨 있던 소운평은 미처 듣지 못했던 것이다.

'대체 뭐라 말한 거야! 궁금해서 미치겠네.'

내심 답답해하는 그의 마음을 나 몰라라 하며 노인은 화제를 돌렸다.

"그럼 일자리를 구해야겠구먼."

불감청(不感請)이면 고소원(固所願)이라, 내심 기회가 생기면 물어보려 했던 소운평에겐 정말 뛸 듯이 반가운 소리였다.

"어디 소개시켜 줄 만한 데라도 있나요?"

모름지기 낯선 곳에 수월하게 정착하기 위해선 그곳 토박이의 도움을 받는 것이 가장 좋은 방법이다. 떠돌이 생활에 이골이 난 소운평 역시 이런 사실을 누구보다 잘 알고 있었다.

그러기에 귀가 솔깃해진 채로 눈을 빛냈다.

하지만 이내 들려온 노인의 말은 그를 실망시키기에 모자람이 없었다.

"허허! 내 나이 이미 육십이 넘었네. 세상살이에도 어두운 데다 평생토록 물고기만을 잡아온 늙은이가 무에 아는 것이 있겠나?"

'그럼 그렇지!'

소운평은 씁쓸하게 웃었다.

여인이 밥상을 차려 들고 나타난 것은 그때였다.

"그만 식사들 하세요."

신세를 한탄하며 투덜거리던 소운평의 입이 헤벌죽 벌어진 것은 너무도 당연한 일이었다.

다소곳이 상을 내려놓은 여인은 볼일이 있다며 집을 나섰다. 걱정스런 눈초리로 바라보는 노인의 시선을 뒤로하고 여인은 총총히 사라졌다. 물론 소운평에게 고맙다는 인사를 하는 것을 잊지는 않았다.

밥상은 지극히 단출했다.

잡곡이 태반인 밥과 장국에 노릇하게 구운 생선이 두 마리, 끓는 물에 데친 몇 가지 푸성귀가 전부였다.

주린 배를 채우기에는 턱없이 부족했지만 그래도 시장기를 면하기에는 충분한 양이었다.

"어서 들게나."

노인의 말이 채 끝나기도 전에 소운평은 손을 놀리기 시작했다.

달그락, 달그락!

"쩝쩝!"

전광석화(電光石火)에 좌중우돌이라, 그 놀라운 빠르기를 어찌 말로 표현할 수 있을까? 숫제 젓가락이 보이지 않을 정도였다.

실로 아귀(餓鬼)의 화신(化身), 그 자체였다.

그 와중에 구운 생선 두 마리 중 한 마리가 무사한 것은 다분히 의문이었다.

'허……!'

노인은 입을 쩍 벌렸다.

자신은 두어 번 젓가락을 놀렸을 뿐인데, 눈앞의 젊은이는 벌써 젓가락을 내려놓고 있는 것이다. 그것도 아쉬움이 남았는지 입맛을 다시며 말이다.

노인의 입가에 새로 주름이 잡혔다.

웃음이었다. 얼굴 전체를 뒤덮은 주름에 가려 제대로 보이진 않았지만 그것은 분명 웃음이었다.

늦도록 뛰놀다 들어와 허겁지겁 밥을 먹는 손자를 바라보는 할아비의 인자한 모습과 다를 바 없었다.

막 나뭇가지를 꺾어 이빨을 쑤시던 소운평은 눈을 휘둥그렇게 떴다.

"어!? 왜 안 드시고?"

부지불식간에 노인과 눈이 마주친 소운평은 그제야 자신의 행태(行態)가 계면쩍었는지 잇몸이 드러나도록 씨익 웃었다.

"이것 마저 들게."

노인은 불쑥 밥그릇을 내밀었다.

설명이라도 하듯 어리둥절해하는 소운평의 귓가로 노인의 음성이 들려왔다.

"난 아침을 늦게 먹은 데다 배 위에서 주먹밥을 잔뜩 먹었더니 아직도 배가 부르다네. 양이 적은 듯하니 젊은이가 들도록 하게나."

"뭐, 그렇다면야."

독수리가 병아리를 채듯 잽싸게 밥그릇을 빼앗는 행동에 눈살이라도 찌푸릴 법도 한데 여전히 노인은 즐거운 표정이었다.

달그락, 달그락!

젓가락 소리가 두어 번 울리고는 끝이었다.

생선 역시 통째로 입 안으로 사라지더니 가시만 주르르 딸려 나왔다. 음식을 담았던 접시가 반질거릴 정도로 싹싹 먹어치운 소운평은 벌컥거리며 냉수를 마시는 것으로 식사를 마쳤다.

"커억!"

폼 나게 트림까지 한 소운평은 좀 전에 사용하다 만 나뭇가지로 이를 쑤셨다.

노인이 밥상을 들고 부엌으로 향하자, 그는 아예 평상 위에 벌렁 드러누웠다. 포만감에 젖으니 슬슬 엉뚱한 것에 신경이 쓰였다.

'고것 참, 쓸 만하단 말이야. 음식 솜씨도 제법이고, 그만 하면 몸도 실한 편이고, 얼굴 반반하겠다 마누랏감으로 제격이던걸. 나이가 꽉 차 보이던데, 혹시 연상? 하긴 그것도 괜찮지. 아무렴! 풋내 나는 것들보단 적당히 나이가 있어야 제격이지.'

다시금 하체 한곳으로 힘이 쏠렸다.

바지가 한껏 부풀어 오르는 것을 느끼며 소운평을 한숨을 내쉬었다.

'결국 오늘도 손때나 묻혀야지 뭐. 에구, 처량한 신세 하고는. 젠장! 맞아죽어도 좋으니, 어디 하늘에서 돈벼락이라도 안 떨어지나?

부풀어 오른 바지 한쪽을 툭툭 건드리며 장난을 치던 소운평은 화들짝 놀라 몸을 일으켰다.

부엌 문이 열리는 기척을 느낀 것이다.

노인은 느린 걸음으로 그에게 다가왔다. 외출한 손녀 대신 설거지라도 했는지 노인의 두 손은 물기로 흥건히 젖은 상태였다.

"그래, 이제 어쩔 셈인가?"

손을 내저어 물기를 털어내며 노인은 걱정스런 눈초리를 보였다.

소운평의 대꾸는 답답한 속마음만큼이나 심드렁했다.

"특별히 생각해 둔 일은 없고 먹고는 살아야 하니, 일단 성안으로 가야겠지요. 아무래도 일자리를 얻으려면 그 편이 유리하니까요."

"딴엔 그렇겠구먼."

노인은 고개를 끄덕였다.

"곧 날이 저물 테니, 그전에 머물 곳이라도 구하려면 아무래도 서둘러야 할 것 같으이."

대략 신시(申時) 말엽쯤 되었을까? 노인의 말대로 곧 어두워질 것이 분명했다. 봄날 햇살이 아무리 길다 해도 유시(酉時)를 넘기는 법은 없으니.

"어쩐지 젊은이가 남 같지 않네. 가능하다면 일자리를 구할 때까지라도 내 집에 머물게 했으면 좋겠지만 보다시피 단칸방이라……."

노인의 얼굴에 수심이 어렸다.

모처럼 찾아온 손님이 하룻밤 묵어가지도 못하는 현실에 대한 원망으로도 보였고, 평생을 그렇게 살아온 자신의 처지를 비관하는 건지도 몰랐다.

아무튼 노인이 눈앞의 소운평은 진심으로 염려하고 마음에 들어하는 것은 틀림없었다.

그러나 노인이 알 리가 없었다. 채 한 달이 지나지 않아 소운평을 만나게 된 것을 땅을 치고 후회하게 되리란 것을 말이다.

"헤헤! 신경 쓰지 마세요. 하루이틀 겪는 일도 아닐 뿐더러, 설마 이 넓은 천지에 한 사람 잠자리가 없겠습니까? 아무튼 밥은 잘 먹었습니다."

대충 신발을 신은 소운평이 사립문을 나서자, 노인은 밖에까지 따라 나와 그를 전송했다.

"잘 가게나!"

노인은 한동안 그대로 서 있었다.

이윽고 휘적휘적 걸어가던 소운평이 언덕을 넘어 사라지자 말없이 몸을 돌려 안으로 들어갔다.

"어이구, 허리야!"

어구(漁具)를 손질하던 노인은 인상을 찡그리며 굽혔던 허리를 들었다.

'비가 오려나?'

고개를 드니 아닌 게 아니라 산등성이로부터 시커먼 먹구름이 밀려드는 게 눈에 들어왔다.

"끙!"

노인은 힘겹게 몸을 일으켰다.

'내일은 고기잡이가 시원치 않겠어……'

떨떠름한 기분으로 막 방 안으로 들어가려던 노인은 문고리를 잡은 채로 멍한 표정을 지어야만 했다.

벌써 일각 이전에 떠난 젊은이가 헐레벌떡 마당으로 뛰어들었기 때문이었다.

"저, 깜빡 잊었는데요. 성안으로 가려면 갈림길에서 어느 쪽으로 가야 합니까?"

·3

실내는 몹시 어두웠다.

그렇다고 날이 저물어 밤이 된 것은 아닌 듯했다. 아무리 해가 졌다고 해도 이처럼 한 치 앞을 분간하지 못할 정도로 어두울 수는 없었다.

실내의 어둠은 다분히 인공적인 것이었다.

과연 창문과 방문을 비롯해 외부와 이어지는 통로란 통로는 모조리 검은 휘장이 둘러진 상태였다. 휘장 반대쪽 부분이 희미하게나마 붉은 색을 띠는 것이 밖은 아직도 한낮인 게 분명했다.

그 속에 괴인은 바위처럼 앉아 있었다.

머리 꼭대기부터 발끝까지 실내를 잠식한 어둠보다도 더 짙은 검은 색의 장포를 두른 자였다. 그래서 자세히 보지 않는다면 그저 한 무더기의 어둠이 뭉쳐 있는 것으로 보일 정도였다.

괴인이 두르고 있는 장포는 특이했다. 사실 괴인은 키가 무척 컸다.

반신(半身)에 불과했지만, 그것만으로도 웬만한 사람 어깨에 이를 정도로 장신(長身)이었다.

그 거대한 체구를 장포는 조금의 빈틈도 없이 감싸고 있었다. 마치 검은 포대자루를 뒤집어쓴 형국이었다. 게다가 뒷목 부근에는 커다란 두건(頭巾)이 달려 있어 얼굴마저 가려주고 있었다.

의복(衣服)이라 부르기보다는 전신을 감추기 위한 가리개라는 표현이 더 어울릴 성싶었다.

실내는 너무도 단순했다.

한쪽 구석에 덩그마니 침상이 놓여 있고 중앙에는 작은 다탁(茶卓)이 자리할 뿐, 두 가지를 제외하곤 그 어떤 것도 눈에 띄지 않았다. 몹시 을씨년스럽다 못해 음산하기까지 했다.

괴인은 어둠의 일부분이라도 된 듯 일체 움직임을 보이지 않았다.

침묵만이 실내를 무겁게 가라앉혔다. 공중에 떠다니는 먼지 알갱이들의 기척이 느껴질 정도여서 마치 시간이 정지된 듯한 그런 광경이었다.

쓰윽!

일순, 괴인의 몸이 쭈욱 늘어났다.

몸을 일으킨 괴인은 기우뚱거리는 매우 불안한 몸놀림으로 탁자로 다가갔다.

탁자 위에는 두 개의 족자가 놓여 있었는데, 가늘게 떨리는 손이 그중에 한 개를 향해 움직였다.

한데 놀랍게도 괴인의 두 손은 온통 흰 천으로 뉘넢여 있는 것이 아닌가!

손가락 하나하나는 물론 드러난 부위는 모조리 붕대가 감겨 있었다.

붕대 위로 핏물과도 같은 끈끈한 액체가 묻어 번들거렸는데 아마 끔찍한 상처라도 입은 듯했다.

손가락이 떨리는 관계로 괴인은 족자의 끈을 풀기 위해 한참을 고생해야 했다.

촤르륵!

족자가 아래로 쏟아져 내렸다.

그러자 모습을 드러낸 것은 질 좋은 비단 위에 그린 한 사람의 인물도(人物圖)였다. 배경없이 여인의 모습만을 그린 초상화(肖像畵)였다.

옅은 분홍색 궁장을 입고 부드럽게 미소 짓는 사십 대로 보이는 중년 여인이 그 안에 있었다. 어찌나 정교하고 생생한지 금방이라도 뛰쳐나와 살아 움직일 것만 같았다.

부르르.

괴인은 전신을 떨어댔다. 방 안의 공기가 무섭도록 요동 쳤다.

그렇게 한동안 격동에 싸여 있던 괴인은 족자 속의 여인을 매만지기 시작했다.

단아한 이마와 눈, 그 아래 마늘쪽같이 솟은 코, 복숭아 빛으로 물든 두 볼과 주사를 바른 듯 붉은 입술까지. 행여 조금이라도 다칠까 마치 살아 있는 여인을 대하듯 신중한 모습이었다.

여인의 전신을 누비는 손길에선 진한 그리움이 묻어나는 듯했다.

이윽고 족자는 펼쳐진 채 탁자에 놓여졌고, 괴인은 떨리는 손으로 나머지 족자를 집어 들었다.

전과 마찬가지로 한 사람의 모습이 나타났다.

그러나 확연히 다른 점도 있었다. 그림 속의 인물은 남자였다. 그것도 간신히 약관(弱冠)을 넘긴 듯한 준수한 청년이었다.

눈처럼 흰 백의(白衣)를 걸치고 이마엔 비취색 영웅건(英雄巾)을 둘렀는데, 홀로 험준(險峻)한 산정(山頂)에 올라 한 자루 보검(寶劍)을 비껴 든 채 천하를 오시(傲視)하는 자세였다.

괴인의 반응도 전과 달랐다.

이번엔 몸을 떨며 격동한다든지 얼굴을 쓰다듬는 것 같은 행동을 보이진 않았다. 그저 뚫어져라 그림을 응시할 뿐이었다.

한동안 그림을 응시하던 괴인의 어깨가 조금씩 들썩이기 시작했다.

"크으……!"

잔뜩 일그러진 숨소리가 흘러나왔다.

상처 때문이었는지, 아니면 다른 이유가 있는지 잔뜩 고통으로 얼룩진 소리였다.

신음 소리는 끊어질 듯하면서도 미약하게 이어졌다. 그에 따라 들썩이던 어깨의 기복이 점차 커지더니, 이내 괴인은 한 마리 짐승인 양 괴성(怪聲)을 질러댔다.

"끄아아아!"

마침내 괴인은 무너지듯 바닥으로 주저앉았다.

*   *   *

"끝내주는 여자 있어요!"

길을 재촉하던 소운평은 난데없이 들려온 소리에 걸음을 멈추고는 입을 쩍 벌렸다.

'뭐가 어쩌고 어째?'

하도 어이가 없다 보니 웃음조차 나오지 않았다.

노인이 말해 준 길을 따라 성안으로 향하던 중이었다. 허름한 빈민가를 가로지르던 중에 난데없이 귀가 솔깃한 소리가 들려왔던 것이다.

그리고 허탈해진 이유는 다짜고짜 앞을 막아선 이를 확인한 결과였다.

이제 겨우 열 살 남짓이나 되었을까? 파랗게 민머리가 드러난 앳된 소년이었다. 기운 자국이 선명한 의복과 숯검정 묻은 지저분한 얼굴에 반해 유난히 초롱한 눈동자가 귀엽기 그지없었다.

"이거면 어때요?"

소년은 불쑥 왼손을 내밀더니 손가락을 쫙 폈다. 그리곤 익숙한 솜씨로 좌우로 흔들어 보였다.

그 모습이 얄미워 보였는지라 소운평은 꼬마의 머리통을 한차례 쥐어박았다.

"아야! 왜 때려요!"

소년은 펄쩍 뛰며 뒤로 물러났다.

꽤나 아팠는지 반질거리는 머리를 부여잡은 소년은 금세 울음이라도 터뜨릴 것 같은 표정이었다.

그런데도 소운평은 달래기는커녕 오히려 주먹을 들이밀며 눈을 부라렸다.

"머리에 쇠똥도 벗겨지지 않은 놈이 벌써부터 이따위 짓을 하다니! 꼬마야, 네놈은 '죽여준다'는 말이 뭘 뜻하는지 알기나 하면서 지껄이는 거냐? 게다가 뜬금없이 손가락은 왜 흔들어!"

찔끔하며 다시 몇 걸음 물러난 소년은 알았다는 듯 손뼉을 탁 쳤다.

"헤헤! 손님은 이곳 분이 아니군요. 하긴 근방에 산다면 손가락을 세우는 뜻을 모를 리가 없으니까요. 간단하니까 지금부터라도 알아두면 쓸모가 있을 거예요."

묻지도 않은 일을 자랑스레 떠벌리는 소년의 모습은 천진난만한 어린아이의 모습 그대로였다.

"우선 이게 기본이에요."

소년은 양손을 들어 올렸다.

"오른손은 은(銀)을 뜻하고 왼손을 동전을 말하는 거예요. 엄지를 제외한 손가락은 각기 한 냥이고, 엄지는 닷 냥을 의미해요. 예를 들어 일곱 냥이라면 엄지를 한 번 세운 뒤에 다른 손가락을 두 개 펴 보이면 돼요. 그리고 손가락 하나는 동전 열 문이고, 엄지는 오십 문이죠. 어때요? 간단하죠?"

말을 마친 소년은 자랑스럽게 어깨를 으쓱해 보였다.

'그렇다면 좀 전에 꼬마가 한 짓은 동전 오십 문을 뜻하는 거였구나.'

새로운 사실을 발견한 소운평이 신기해할 무렵, 한바탕 침을 튀기며 주절거린 소년은 고개를 갸우뚱거리며 생각에 잠겨 있었다.

그렇게 약간의 시간이 흐르자 소년은 잔뜩 풀이 죽은 목소리로 중얼거렸다.

"아무리 생각해도 '죽여준다'는 말이 뭘 의미하는 건지 모르겠어요."

하지만 나름대로 생각해 둔 것이 있었는지 곧 말을 이었다. 별로 확신이 서지 않은 듯 상당히 조심스러워하는 눈치였다.

"잘은 몰라도 좋지 않은 뜻인 게 분명해요. 그렇게 말하면 손님들은 대부분 눈을 게슴츠레 뜨고 개중엔 침까지 흘려요. 하지만 소혜(小慧)

누나는 절대 안 그래요. 언젠가 궁금해서 엿들은 적이 있거든요. 누난 손님이 나갈 때까지 끙끙대며 소리를 질러요. 안에서 철썩거리는 소리가 들렸는데, 분명 몽둥이 같은 걸로 누날 때리는 것이 확실해요."

그 대목에 이르렀을 때, 소운평은 하마터면 배꼽을 잡고 뒹굴 뻔했다.

그야말로 치기(稚氣)가 고스란히 느껴지는 어린아이다운 발상이 아닌가 말이다.

'풋! 이거 웃을 수도 없고.'

소년이 워낙 진지했는지라 소운평은 사력을 다해 터져 나오는 웃음을 참았다.

소년의 음성이 이어졌다.

"누나도 손님과 있는 걸 좋아하지 않아요. 손님이 떠나고 혼자 있을 땐 항상 울어요. 하지만 당분간은 계속해야 돼요. 누나 엄마가 많이 아프거든요. 낙양(洛陽)이란 곳에 무슨 신의(神醫)라는 사람이 산다는데, 우리 엄마 말이 큰 의원에 가려면 돈이 많이 필요하대요."

소년은 콧등을 찡그렸다.

"하루빨리 어른이 되었으면 좋겠어요. 돈을 많이 벌어서 병을 고쳐 드리고 싶어요. 그럼 누난 손님한테 매를 맞지 않아도 될 테니까."

고개를 푹 수그리고 한숨을 내쉬는 소년의 모습은 도무지 열 살 먹은 어린아이의 모습이 아니었다.

그 모습에 문득 조 노인의 쭈글쭈글한 얼굴이 겹쳐지더니 금세 다른 사람의 얼굴로 변했다. 눈 내리는 겨울날 시장 한구석에 쭈그리고 앉아 침을 삼키며 호떡을 바라보는 소년의 모습으로.

물론 소운평은 소년을 너무도 잘 알고 있었다.

어찌 잊을 수 있겠는가? 그 소년은 다름 아니라 바로 십 년 전의 자신의 모습이었으니까.

우습게도 소년의 모습에서 그는 어린 시절의 자신을 느낀 것이다.

아홉 살 되던 해에 무작정 사천 땅을 벗어나 세상의 풍파에 휩쓸려 버린 한 꼬마를 말이다.

'하긴, 불쌍하긴 매한가지겠지. 네놈이나 나나 따지고 보면 사실 무슨 죄가 있겠냐? 다 부모 잘못 만나 헐벗고 굶주린 게 죄겠지.'

갑작스레 마음이 무거워졌다.

'소운평아, 소운평아! 참으로 대단한 꼬락서니구나. 보란듯 성공해서 송가 녀석의 코를 납작하게 해주겠다고 호언장담하던 녀석이 맞기는 한 거냐?'

하지만 그건 잠시였다. 그는 날이 저물기 전에 성안으로 가야 했고, 수중에 땡전 한 푼 없는 이상 꼬마와 실랑이를 벌여야 소용이 없다는 것을 잘 알고 있었다.

"카악!"

싯누런 가래침이 허공을 날았다.

그리고 소운평이 걸음을 움직인 것은 침이 바닥에 떨어지는 것과 거의 동시였다.

급한 마음을 대변이라도 하듯 매우 빠른 걸음이었다. 덕분에 그는 금세 소년과 멀어졌다.

"어? 그냥 가면 어떡해요!"

발걸음 소리에 정신을 차린 소년은 재빨리 소운평을 따라붙었다.

"그냥 가면 나중에 후회할걸요. 누난 열일곱 살에 엄청 예뻐요. 거짓말이 아니에요. 어제 왔던 손님은 누날 보고 선녀 같다고 했는걸요.

근방에서 소문난 운영루(雲榮樓)의 기녀들보다 더 예쁘다고 했어요."

쫑알쫑알!

지치지도 않는지 오 장여를 따라오며 쉴 새 없이 떠들어대는 소년이었다.

"귀찮으니까 제발 좀 따라오지 말아!"

팔뚝을 잡고 늘어지는 소년을 매정하게 뿌리친 소운평은 내심 죽을 맛이었다.

'아예 염장을 질러라! 누군들 가고 싶지 않아 이러는 줄 아냐, 이 멍청한 꼬맹아!'

그런데도 소년은 끈질기게 물고 늘어졌다.

"그러지 말고 가요. 누나가 눈이 빠지게 기다릴 거란 말에요. 빨리요."

"난 무지 바쁜 몸이야. 이 시간이면 벌써 성안에 들어가 있어야 하는데 너 때문에 이 꼴이잖아. 게다가 보다시피 난 돈도 없단 말이다."

"에이, 거짓말! 사실은 가고 싶은데 오십 문이 비싸다고 생각하는 거죠?"

소년은 턱하니 양팔을 벌리고 소운평을 막아서더니 생글거리며 웃었다.

"뭐, 좋아요. 외지 분이고 잘생긴 형이니까, 인심 한번 쓰는 셈치고 삼십 문에 해줄게요. 그 이하는 절대 안 되니 더 이상 깎을 생각은 하지도 말아요."

순간, 소운평의 미간이 콱 구겨졌다. 이미 날이 저물어 어두워지는 와중에도 선명하게 보일 정도였다.

'망할 놈이 진짜!'

그렇지 않아도 달아오른 몸을 혼자 해결하니 짜증이 나는 터였다. 화가 머리끝까지 치민 소운평은 전신을 부들부들 떨어댔다.

그리곤 매서운 눈빛으로 소년을 쏘아보았다.

"이 자식이 정말! 난 알거지란 말야! 알거지가 무슨 뜻인 줄은 너도 알지? 오십 문이 아니라 땡전 한 푼도 없다는 말이다, 이 찰거머리 같은 자식아!"

동시에 소운평의 주먹이 소년의 머리로 떨어진 것은 순서에 입각한 당연한 현상이었다.

뻐걱!

제 2 장

꽃고 꽃기고, 소유병은 계급 형제를 하다

1

꽈릉!

천지를 개벽이라도 하려는지 엄청난 굉음(轟音)이 대지를 뒤흔들었다. 뒤를 이어 새파란 섬광이 암천(暗天)을 갈랐다.

번쩍!

쏴아아……!

말 그대로 장대비였다.

조금씩 비치던 빗방울이 느닷없이 폭우로 돌변한 것이 방금 전이었다. 얼마나 거셌던지 한 치 앞을 분간할 수 없을 정도였다.

"이크!"

"엇! 차거라!"

거리를 왕래하던 사람들은 빗줄기를 피해 메뚜기 튀듯 사방으로 달아났다.

그러나 이미 날이 저문 뒤였고 예고되었던 비였는지라 사람들의 수는 그렇게 많지 않았다.

가까운 곳에 사는 자들은 서둘러 집으로 뛰어갔고, 오갈 곳 없는 이들은 길가로 늘어선 낡은 집의 처마 밑으로 모여들었다. 일렬로 늘어선 채 서 있는 모습이 비 오는 날 측소(廁所)에 달라붙은 파리 새끼와 다를 바 없었다.

소운평의 신세도 마찬가지였다.

그 역시 웃옷으로 머리만 가린 채 가까운 집 귀퉁이로 뛰어들었다.

"으, 차거!"

대충 물기를 털어낸 소운평은 진저리를 쳤다.

질퍽하게 젖은 천 조각이 몸에 달라붙는 느낌을 좋아할 사람이 어디 있을까. 거기다 때에 잔뜩 찌들어 끈끈한 느낌이 든다거나, 그 위로 시커먼 땟물이 흐르는 중이라면 더욱 그럴 것이다.

'이게 무슨 꼴이람! 완전히 폭삭 젖은 생쥐 꼴이잖아. 젠장!'

생각할수록 짜증이 났다.

소년을 만나 실랑이를 벌이지 않았다면 벌써 성안에 도착해 있을 것이고, 잘만하면 편한 잠자리를 구했을지도 몰랐다. 아니, 그건 둘째였고 최소한 비를 맞지는 않았을 터였다.

'빌어먹을 자식!'

소년의 반질거리던 머리통이 그곳에 있기라도 한 듯 그는 힘껏 낙숫물을 받아쳤다.

비는 계속해서 쏟아졌다.

빗줄기가 약간 가늘어지기는 했지만 쉽사리 그칠 것 같지는 않았다. 길바닥은 누런 황토 물로 덮였고, 시간이 흐름에 따라 바닥의 물은 계속해서 불어났다.

"엥? 웬일이지?"

겨우 신발 밑창에서 찰랑거리던 빗물이 잠깐 사이에 발목에 이를 정도로 불어난 것이다.

그가 비를 피하는 장소는 평지보다 높은 곳이었다. 그렇다고 턱이 질 만큼 차이가 나는 것은 아니었지만, 그래도 방금 전까지는 그렇지 않았다.

소운평은 그나마 바지 밑단이 젖지 않게 한껏 발 뒤꿈치를 들어 올렸다.

사실 그가 서 있는 맞은편으론 작은 실개울이 흘렀다.

어느 정도라면 무리없이 물이 빠질 테지만, 짧은 시간 동안에 많은 비가 쏟아진 관계로 제대로 흐르지 못하고 고이게 되었던 것이다.

마침내 한계를 넘어 역류하자 갑자기 물이 불어난 것처럼 느껴진 것이었다.

그렇게 물은 계속해서 불어났다.

"걱정이네, 이거."

조그맣게 중얼거리며 소운평은 생각에 빠졌다.

조금 후면 집 안으로 물이 넘칠 텐데 누구 하나 집 밖으로 나오는 이가 없는 것이 그나마 별일은 없을 것 같았다.

아무리 그렇다 해도 이곳에서 선 채로 날을 샐 수는 없는 노릇이었다.

'이왕 젖었으니 그냥 갈까?'

그것도 문제가 있기는 마찬가지였다.

정해진 거처가 없는 이상, 성안에 가더라도 노숙을 해야 할 게 뻔했다. 그거야 노상 습관이 되었으니 문제가 없지만 걱정거린 따로 있었다.

조 노인의 말에 의하면 십여 장 앞쪽 갈림길에서 오른쪽으로 가야했다. 거기서 대략 일각 정도면 성문에 도착할 거리였다.

사실 그리 먼 거리는 아니었다. 전력으로 뛰어간다면 생각보다 빨리 도착할 수도 있을 터였다.

하지만 그러자면 비를 흠뻑 맞아야만 했다. 사월 초, 봄이라곤 해도 조석(朝夕)으로는 한기가 느껴질 만큼 서늘했다. 거기다 언제 그칠지 모르는 비를 고스란히 맞으며 노숙을 한다면 탈이 생길 것이 분명했다.

그것은 생각보다 위험한 일이었다.

이미 진저리칠 정도로 경험했기에 그는 누구보다 그 사실을 잘 알고 있었다. 집도 돌봐줄 사람도 없는 자신과 같은 이들에게 가장 무서운 것은 몸을 상하는 것이란 사실을 말이다.

그래서 그는 아무리 배가 고파도 이것저것 함부로 집어먹지 않았다. 차라리 물배를 채우는 한이 있어도 음식은 까다로울 정도로 가려서 해결했다.

'상거지 주제에 무슨 잘난 체냐'고 비웃을지도 모르지만, 그게 소운평이 아직까지 건강하게 살아 있는 이유 중의 하나이기도 했다.

그가 잔뜩 상념에 빠져 있을 때였다.

저만치 위쪽에서 무언가가 빗물을 타고 그를 향해 떠내려 왔다.

'응?'

소운평의 눈이 휘둥그레졌다.

목을 길게 늘이고 자세히 살폈지만, 이미 날이 어두웠고 쉴 새 없이 물속으로 들락날락거리는 통에 도무지 무엇인지 알 길이 없었다.

다만 색깔이 검다는 한 가지는 분명했다.

그사이에 물체는 거의 소운평의 일 장(丈) 안쪽으로 도달했다.

상당히 근접했는데도 여전히 육안으로는 식별이 불가능했다. 단지 육안으로는…….

소위 오감(五感)이라 칭하는 다섯 가지 감각(感覺) 중에 가장 먼저 물체의 정체를 깨우쳐 준 것은 후각이었다.

"우왁!"

소운평은 코를 움켜쥐었다.

머리가 아플 정도로 코를 쏘는 냄새, 뭐라 표현할 수 없을 정도로 지독한 악취(惡臭)였다.

어찌 생각하면 친숙하다 말해도 좋을 냄새였다. 음식을 섭취하는 피조물이라면 적어도 이틀에 한 번씩은 맡아야 하고, 죽기 전까지 내내 반복되니 말이다.

이윽고 발치에 닿을 듯 가까워지자 육안으로도 확연히 알 수 있었다.

그것은 둥글게 뭉쳐진 커다란 인분(人糞) 덩이였다.

눈앞에 있는 것 하나가 전부가 아니었다. 인분덩이는 물살을 타고 계속해서 떠내려왔다.

겉은 딱지가 앉아 단단했지만 물에 떠내려오며 게게 풀리는 통에 군데군데 누런 내용물이 드러났다. 냄새의 진원지 역시 그곳이었다.

얼떨결에 그 모양을 본 소운평은 허리를 꺾어야 했다.

"우욱!"

속이 뒤집어지는 듯한 느낌에 그는 저도 모르게 처마 밑을 벗어나고야 말았다.

퍼뜩 정신이 들었을 때는 이미 흠뻑 젖은 뒤였다.

'쳇! 기왕지사 이렇게 된 거…….'

모양새야 어찌 되었든, 아무튼 인분 덩이 덕에 고민거리가 말끔히 해결된 셈이었다.

소운평은 두 손을 이마에 대고는 죽어라 내달렸다.

첨벙, 첨벙!

흙탕물이 가슴 어림까지 튀어 올랐다.

이미 종아리 어림까지 물이 찬 상태였다. 몸놀림이 원활하지 못한 만큼 힘이 더 들 수밖에 없었다.

그런데도 그는 멈추지 않고 빗길을 달렸다. 그 덕분에 몇 호흡 만에 십여 장이나 떨어진 갈림길 어귀에 도착할 수 있었다.

'오른쪽이라고 그랬지!'

달려가던 속도는 줄이지 않은 채, 그는 오른손으로 벽을 짚고 재빠르게 우측으로 방향을 틀었다.

주르르……!

워낙 속도가 붙었고 바닥이 미끄러웠기 때문에 그는 왼쪽으로 밀려가 하마터면 모서리에 부딪칠 뻔했다.

'어, 어……!'

두 손을 내저으며 허리가 부러져라 비튼 덕에 가까스로 위기를 모면한 소운평은 결국 무사히 비좁은 골목으로 접어들었는데, 그 순간.

화악!

시커멓고 집채만한 무언가가 달려들었다.

숨이 턱 막히는 것이 상대를 확인하고 자시고 할 겨를조차 없었다. 몸뚱이는 얼어버린 듯 굳어졌지만, 그래도 반응을 보이는 부위가 있었다.

"우와악!"

째지는 비명이었다.

한데 비명 소리는 그것 하나가 아니었다. 소운평의 것보다 더 높고 가는 뾰족한 비명이 뒤를 이었다.

"아악!"

푸르륵!

후끈한 열기에 퍼뜩 정신이 든 소운평은 눈앞의 물체에 초점을 맞추었다.

코가 맞닿을 정도로 가까운 데서 허연 콧김을 내뿜는 것은 한 마리의 말[馬]이었다.

그것도 검푸른 털에 간간이 흰 무늬가 섞여 있는, 저 유명한 패왕(霸王) 항우(項羽)의 애마였다던 명마 중의 명마라는 오추마(烏騅馬)였다. 물론 소운평이야 죽었다 깨어나도 그 사실을 알 리가 없겠지만.

어찌 됐든 말발굽에 밟혀 말 그대로 끝장이 날 뻔한지라 바라보는 시선이 고울 리 없었다.

'이걸 그냥 콱!'

눈을 부라리며 애써 한 위협에도 말은 여전히 반응이 없었다. 커다란 눈동자를 희번덕거리며 입술을 씰룩이는 것이 비웃기라도 하는 것처럼 보였다.

당연한 순서인 양 소운평은 발끈했다.

'이놈의 자식이!'

얼굴이 벌게진 채로 막 콧잔등을 후려치려던 그의 주먹이 멈칫했다. 그제야 '아!' 하고 뇌리를 스치는 것이 있었다.

말만 한 마리 덩그마니 홀로 서 있고, 당연히 안장 위에 있어야 할 사람이 온데간데없었던 것이다. 어떻게 된 영문인지 한 호흡 만에 알 수 있었다.

그가 서 있는 앞쪽, 즉, 말의 엉덩이 뒤쪽에서 한 사람이 힘겹게 몸을 일으켰기 때문이다. 흙탕물로 범벅이 되고 오물을 잔뜩 묻힌 모습으로 말이다.

'헙! 저, 저럴 수가!'

소운평은 몹시 놀랐는지 입을 다물지 못했다. 이유는 무려 세 가지였다.

첫 번째는 눈앞의 인물이 여인이었던 것이다. 그것도 놀랍도록 아름다운, 그가 태어나서 처음 보는 선녀처럼 아름다운 미녀였다.

그녀는 대략 열여섯이나 일곱쯤으로 보였다.

고래(古來)로 '완벽하다'라는 말을 들은 미녀(美女)가 몇이나 될까? 혹자는 주저 않고 양귀비(楊貴妃)나 서시(西施)와 같은 여인을 꼽기도 하겠지만, 과연 그녀들이 전해오는 대로 그처럼 완벽했을까?

어떤 미녀라도 눈, 코, 입, 입술, 몸매 등을 따로 떼어놓고 본다면 적어도 한두 군데쯤은 미진한 구석이 있기 마련이다.

하지만 눈앞의 소녀는 그렇지 않았다. 어느 부위도 모자람이 없었다. 게다가 그 모든 것들을 포함하고 있는 얼굴은 더 더욱 뛰어났다.

약간 싸늘해 보인다는 점만 제외하곤 뭐라 표현할 수 없을 정도로 끔찍한 아름다움의 소유자였다.

두 번째는 여인이 상처를 입고 피를 철철 흘린다는 것에 있었다.

군데군데 하얗게 속살이 드러난 양팔과 허리 어림에선 쉴 새 없이 선혈이 흐르는 것이 급히 손을 쓰지 않는다면 목숨을 장담하기 어려울 것이 분명했다.

비록 오물과 선혈이 얼룩져 지저분하긴 했어도 소녀가 걸친 의복은 상당히 고급이었다. 미모나 여러 가지 사실을 종합해 보건대 필시 어느 부호(富戶)나 고관대작(高官大爵)의 후손이 분명했다.

그런 소녀가 심한 상처를 입고 비를 맞으며 빈민가에서 말을 달리다니, 상당히 어울리지 않는 일이었다.

마지막은 소녀의 붉은 입술이 열리며 터져 나온 고함 소리 때문이었다.

"이 개잡종 같은 자식!"

일갈을 한 소녀는 쓰러질 듯 몸을 비틀거렸다. 가까스로 벽에 기대 중심을 잡는 모양새가 금세 쓰러져 혼절이라도 할 것 같아 보였다.

'세상에… 어째 이런… 일이!'

소운평은 일순 멍청해졌다. 커다란 망치로 뒤통수를 가격당한 것처럼 뒷골이 뻐근했다.

저토록 아름다운 소녀의 입에서 선술집에서나 들을 수 있는 상소리가 나올 줄 누가 짐작이나 하겠는가!

하지만 전혀 어울리지 않아 이상해 보이는 그 모습도 소녀의 눈부신 미모를 가리진 못했다.

그렇지만 은근히 화가 치미는 건 어쩔 수 없었다.

'나이도 어린 계집이 입만 발랑 까져서는! 에이, 입성(入城)하는 날부터 연달아 재수 옴 붙었네!'

뺨이라도 한 대 올려붙이면 속이 뻥 뚫리련만, 행세깨나 하는 집안의 딸을 건드려 괜히 분란을 자초할 필요가 있을까? 거기다 여기저기 꽤 많은 상처를 입은 것이 좋지 않은 일에 휘말린 게 분명했다.

쓸데없이 주변을 얼쩡거리다간 엄한 놈한테 불통이 튄다고 했으니 '엇, 뜨거라!' 하는 불행한 사태가 벌어지기 전에 잽싸게 피하는 것이 상책이었다.

"카아아악, 퉤엣!"

가래침을 뱉으며 슬쩍 소녀를 째려본 소운평은 터벅터벅 가던 길로 걸어갔다. 머뭇거리는 사이에 벌써 속옷까지 흥건히 젖었기에 굳이 뛰어갈 필요가 없었던 것이다.

"좀 도와줘!"

휘적휘적 다섯 걸음이나 걸었을까, 뒤에서 소녀가 부르는 소리가 들려왔다.

'또 반말!'

그래도 전과 같이 욕설은 아니었는지라 그런대로 참을 만했다. 하긴 못 참으면 어쩔 것인가!

한편 호기심이 도진 소운평은 발길을 돌렸다. 소녀가 보여준 어색한 상황도 그렇거니와 정작 그녀가 던진 말에는 '무엇을!' 에 해당하는 말이 빠져 있었다.

"그래, 뭘 도와줄까?"

심사가 꼬인 탓에 자연스레 반말이 나왔다.

그러자 이번엔 소녀의 안색이 약간 굳어졌다. 더불어 얼굴이 붉게 변했다. 행색이 말해 주듯 역시 이런 종류의 언사(言事)를 대하는 게 낯선 듯했다.

그러나 그녀의 안색은 금세 원래의 무표정한 얼굴로 되돌아갔다.

"쫓기고 있어. 그러니 날 좀 도와줘."

'쳇, 말은 폼으로 타고 다녀?'

그의 시선에 담긴 뜻을 알아내기라도 했는지 소녀는 나직이 한숨을 불어냈다.

　소운평은 그제야 그녀의 상태를 깨달았다.

　상처와 과도한 출혈, 거기다 체력이 완전히 바닥나서 저 끔찍하게 예쁜 소녀는 스스로 안장에 오를 힘조차 없는 것이다.

　"그래서 날보고 뭘 어쩌라구?"

　다 알면서 능청은!

　그러자 소녀가 손짓을 했다.

　"날 저 위로 올려줘!"

　한데 말안장이 아닌 다른 곳, 그녀의 키보다 약간 높은 담벼락을 가리켰다. 거동이 여의치 않으니 몸을 숨기려는 의도가 분명했다.

　"좋아. 그건 그렇고, 내가 왜 생면부지인 널 위해 힘을 써야 하지?"

　엉뚱한 대꾸에 소녀의 눈이 동그래지는 사이, 소운평은 침을 튀겨가며 일장연설을 해댔다.

　"도대체 이유가 없잖아? 보아하니 쫓기는 것 같은데, 나처럼 올바로 사는 사람이라면 절대 그럴 일이 없거든. 누가 알아, 흉악한 범죄자일지? 괜히 나섰다가 포청(捕廳)에 드나들긴 죽어도 싫고, 거기다 뒤를 쫓는 놈들에게 봉변이라도 당하면 졸지에 나만 병신되게? 난 절대 이유없이 남 일에 끼어드는 성격이 아니란 말야. 혹시 모르지, 적당한 이해 관계가 생긴다면……."

　소운평은 말끝을 흐리며 씨익 웃었다.

　부티가 풀풀 풍기는 것도 부러운데 나이도 어린 계집이 첫마디는 욕이요, 줄줄이 나오는 말마다 명령조에 반말이니 어찌 열받지 않을쏜가!

'적당히 엿먹이자!' 는 생각이 든 것은 당연지사고, 사실 돈이 궁하기도 했다.

뭐, 땡전 한 푼 안 나온다 해도 저 나긋나긋해 보이는 몸뚱이를 주무르는 것만으로도 충분히 만족할 수 있었다. 어차피 담 위로 올려주려면 몸에 손을 대야 하니까.

"이런 거지 같은 자식이!"

소리를 지른 탓에 통증이 도진 소녀는 잔뜩 아미를 찌푸렸다. 그 와중에도 그녀는 매섭게 쏘아보았다.

넙죽 달려들어 도와도 시원찮을 판인데, 생사지경(生死之境)에 처한 사람을 목전에 두고 대가를 바라다니……. 한순간 새파랗게 변하는 눈빛이 '때려죽이고 싶다!' 는 그녀의 심중을 고스란히 대변해 주었다.

그러나 상황이 상황인지라 그녀는 힘들게 왼손을 주물럭거렸다.

"이 정도면 충분하지?"

불쑥 내미는 손에는 옥지환(玉指環)이 들려 있었다.

흑색(黑色)과 취색(翠色)이 나선형으로 얽힌 특이한 모양새였는데, 어둠 속에서도 영롱한 빛을 발하는 것이 여간해서 볼 수 없는 귀물(貴物)이 분명했다.

'봉 잡았… 다!'

소운평의 입이 쫘악 찢어졌다.

기껏해야 동전 몇 푼쯤 나올 것으로 여겼거늘, 이건 호박이 넝쿨째 굴러 들어온 것이 아니라 아예 호박 밭이 통째로 뚝 떨어진 격이 아닌가!

"아유, 성격도 화통하셔라! 뭐 이런 걸 다……."

소운평은 코가 무릎에 닿을 듯 허리를 숙였다.

어느새 행동은 물론 말투마저 달라진 그의 행태에 소녀의 입가엔 조소(嘲笑)가 그려졌다.

"자, 그럼 올라갑니다!"

잽싸게 옥환을 갈무리한 소운평은 그녀가 뭐라 대꾸하기도 전에 무릎 어림을 안고 번쩍 들어 올렸다.

가뿐할 것으로 여겼는데, 왜소해 보이는 소녀의 몸은 의외로 몹시 무거웠다.

'에구, 팔 떨어지겠다!'

겉으론 이를 악물고 우거지상을 하면서도 사실 내심은 좋아 죽을 지경이었다.

때는 바야흐로 봄이 아닌가 말이다.

한껏 물이 오르는 중인 소녀가 외출하는데 미친년이 아닌 다음에야 겹겹이 옷을 껴입을까? 내고(內袴)를 빼면 당연히 달랑 한 겹. 그 위에 빗물이 골고루 뿌려졌으니 몸에 안 달라붙고 배겨?

거기다 비단이란 놈은 왜 이리도 얇고 부드러운지, 이건 완전히 맨살을 만지는 느낌 그대로였다.

'흐으… 정말 끝내주는, 헉!'

실눈을 뜨고 헤벌쭉 웃던 소운평은 어쩌나 황홀한지 숫제 까무러칠 뻔했다.

애초엔 무릎을 가슴에 대고 양팔로 껴안는 듯한 모양새였는데, 소녀가 위로 오르려 버둥거리는 통에 주르르 미끄러져 내린 둔부가 급기야 얼굴을 강타한 것이다.

'아이고, 미치겠구나!'

갈라진 부분이 코앞이었다. 얼굴을 밀어내는 탱탱한 반탄력은 접어두고, 처녀 특유의 향긋하면서도 비릿한 살 냄새가 코 안 가득 밀려들었기에 소운평은 정신이 혼미해져 다리가 휘청거릴 지경이었다.

그러나 첫 번째 들이킨 향기의 여운을 즐기기도 전에 찬물을 끼얹는 소리가 들려왔다.

"네놈이 기어이 죽고 싶은 게로구나!"

다 죽어가는 사람의 것이라곤 도무지 믿을 수 없는 섬뜩한 살기가 배인 음성!

전에 없이 흥분한 탓에 거칠어진 호흡이 그녀의 모처(?)에 자극이라도 가한 모양이었다.

슬그머니 올려다보니 북풍한설(北風寒雪)과도 같은 싸늘한 광채가 눈이라 여겨지는 부위를 차지하고 있었다.

'이크!'

자라목이 된 소운평은 있는 힘껏 용을 썼고, 소녀는 큰 어려움 없이 담 위로 상체를 실었다.

그러나 워낙 상부가 좁았는지라 여차하면 균형을 잃고 뒤로 넘어갈 지경이었다. 덕분에 소운평은 소녀의 가녀린 발목을 계속 잡고 있는 행운을 누렸다.

이윽고 제법 편히 자리를 잡은 소녀가 아래를 내려다보며 입을 열었다.

"오늘 일은 기억에서 깨끗이 지워 버려. 노파심에서 하는 말인데, 혹시 누가 내 종적을 묻거든 절대 함구하길 바라겠어. 만약⋯⋯."

위기를 넘길 수 있다는 안도감이 작용한 탓일까, 소녀의 안색은 훨씬 좋아 보였다.

그런데도 얼굴의 각 부위는 여전히 따로 존재했다. 원래 그런 것인지, 아니면 다른 이유가 있는 것인지는 몰라도 오물거리는 입술을 제외하곤 철갑(鐵甲)을 두른 듯 무표정했기에 기괴하게 느껴질 정도였다.

'저게 가는 마당에까지 폼을 잡네. 역시 사내나 계집이나 빵빵한 집에서 태어나야 한다니까. 봐, 저 꼴을 하고도 당당하잖아?'

내심 최선(?)을 다해 소녀를 꼬집던 소운평은 이어 들려온 소리에 소스라치도록 놀랐다.

"함부로 입을 놀리면 나중에 후회하게 될 거야. 아니, 내가 반드시 그렇게 만들어주겠어!"

두고 보자는 놈치고—이번엔 년이지만—제대로 생겨먹은 것들이 하나 없다는 건 '콩 심은 데 콩 난다!'는 얘기만큼이나 똑 떨어지는 진리였다.

평소라면 배꼽을 잡고 웃어줄 텐데, 어쩐지 뒷골에 잘 갈린 식도(食刀)가 겨눠진 그런 기분이 들었다.

한기를 느낀 소운평은 저도 모르게 손을 놓고는 주춤주춤 뒤로 물러났다.

"잘 알아들었겠, 아악!"

돌연 소녀의 몸이 담 너머로 사라졌다. 절반쯤 지탱해 주던 손이 사라진 결과였다.

철퍼덕!

이어 찰박거리는 물소리가 멀어지는 것이 웅덩이에 떨어져 거동하는 데 큰 무리는 없는 듯했다.

'고거 참, 쌤통이다!'

한데 속마음과는 달리 소운평의 행동이 좀 수상했다. 담 너머를 힐끔 응시하는 것이 필경 소녀가 남긴 말이 꽤나 신경 쓰이는 눈치였다.

그러나 그는 곧 고개를 휘휘 저었다.

'쳇, 헛소리 말라구! 이 넓은 소주에서 길가다 다시 마주치기가 쉬운 줄 아는가 보지? 그나저나……'

소운평은 헤벌쭉 웃었다. 품속에서 느껴지는 옥환의 감촉은 모든 근심을 잊게 만들었다.

두두두두……!

그때 요란한 말발굽소리와 함께 앞쪽에서 이십여 기의 인마(人馬)가 나는 듯 달려왔다. 모두가 도검(刀劍)을 착용한 무사들이었다.

그 기세가 얼마나 사나웠든지 소운평은 재빨리 담벼락이 만든 어둠 속으로 뛰어들었다.

2

"염패(閻霸), 주변을 샅샅이 뒤져라! 상처가 엄중하니 멀리 가지는
못했을 것이다."

백의 사내는 한차례 명령을 내리고 뒤로 물러났다.

그러자 칠 척에 달하는 키에 거구(巨軀)를 지닌 자가 앞으로 나섰다.
아마도 염패는 그의 이름인 듯했다.

대략 이십 대 후반으로 보였는데, 산만한 덩치에 어울리지 않게 유
난히 머리통이 작았다. 작은 얼굴에 오밀조밀 모인 눈, 코, 입이 매우
우스꽝스러워 보였다.

"에, 수색하기 전에 먼저 네 명씩 조를 짠다. 그리고 내가 누누이 말
했지만……."

염패는 손짓 발짓을 해가며 지시를 내렸고, 적의(赤衣)를 걸친 열여
섯 명의 무사는 일제히 몸을 날렸다.

이윽고 그들이 시야에서 사라지자 염패는 다시 백의 사내 곁으로 다가왔다.

"안색이 안 좋은데 어디 불편하십니까?"

순간, 백의 사내의 미간이 사정없이 구겨졌다.

"염패! 네가 입만 뻥긋하면 정신이 없으니까, 제발 좀 닥치고 있어라!"

제딴엔 염려가 되어 그렇게 한 것일진대… 아무튼 염패는 얼굴이 벌게진 채 뒤로 물러났다.

백의 사내는 약관을 갓 넘긴 정도로 젊었다.

잡티 하나 없는 눈부신 백마(白馬)에 등 뒤엔 번쩍이는 금도(金刀), 그것으로도 훌륭하건만 사내는 차림새에 어울리게 용모 또한 준수했다.

눈꼬리가 약간 치켜졌고 입술이 얇아 약간 신경질적으로 보이는 게 흠이었지만, 전체적으로는 나무랄 데 없는 훌륭한 미남이었다.

'병신 같은 놈들! 상처 입은 계집 하나 요리를 못해 이 난리를 치다니……'

부르르.

사내는 전신을 떨어댔다.

질투에 눈이 멀어 무작정 벌인 일은 결국 수포로 돌아갔다. 인사불성으로 취했던 게 화근이었다.

그 일이 몰고 올 파장은 엄청났다.

소주를 양분하는 거대 문파(門派)의 삼인자(三人者)인 그 자신 금도옥소(金刀玉笑) 조인환(趙引幻)이 감당하지 못할 정도로 말이다.

한 사람!

멈출 수 없는 떨림은 그에 대한 두려움 때문이었다.

그는 어려서부터 자신을 길러준 은인이며 무공을 가르쳐 준 사부였다.

그러나 그는 잔인했다. 문파의 수장이 되고자 사부와 수십 명이나 되는 동문을 자신의 손으로 도륙할 정도로 포악한 자였다. 또한 한 치의 실수도 용납하지 않았다.

사실은 곧 드러날 테고, 그는 결코 이번 일을 좌시(坐視)하지 않을 것이다!

결과는 불을 보듯 뻔했다. 미구에 닥쳐 올 일을 떠올렸음인지 조인환은 또다시 전신을 떨어댔다.

"웬 놈이냐?"

돌연 염패의 입에서 골목 전체를 쩌렁하게 울리는 고함 소리가 터져 나왔다. 동시에 칠 척에 달하는 거구가 한 마리 제비처럼 허공을 갈랐다.

그 소동에 반쯤 혼이 나갔던 조인환은 퍼뜩 정신을 차렸다.

"몽땅 털어놔라, 이놈! 네놈은 누구냐? 그리고 왜 이곳에 숨어서 우릴 엿보았느냐?"

염패는 두 손을 마구 흔들어댔다.

솥뚜껑만한 손에 멱살을 잡힌 소운평은 대롱대롱 매달린 채 폭풍을 만난 가랑잎처럼 춤을 췄다.

"이놈, 말을 하라니까!"

염패는 눈을 부라리며 연신 재촉을 해댔다.

'미친놈아, 손을 놔야 말을 하지!'

있는 대로 소리쳐 봐도 목구멍에서만 뱅뱅 맴돌 뿐, 나오는 것이라 곤 일그러진 신음이 전부였다.

"컥! 커억!"

급기야 소운평의 얼굴이 푸르뎅뎅하게 변해갔다. 눈동자는 게슴츠 레해지고 입가로는 침이 줄줄 흘렀다.

만약 조인환이 때맞춰 제지하지 않았으면 꼼짝없이 황천길로 갔을 터였다.

"염패, 아예 죽일 셈이냐?"

말이 끝나기 무섭게 염패는 손을 놓고 물러났고, 소운평은 흙탕물 속에 머리를 처박았다.

'멍청한 놈 같으니!'

조인환은 고개를 절레절레 흔들었다.

사실 약간 모자란 듯한 염패를 매번 대동하는 데는 그럴 만한 이유 가 있었다. 무공도 제법 출중했고, 자신을 죽은 조상 모시듯 대하는 것 이 마음에 들어서였다.

죽으라고 명하면 그 자리에서 칼을 빼 드는 자를 누가 싫어하겠는 가!

촤촤촤촤악!

돌연 사방에서 물을 차는 소리가 요란하게 울리더니 수색을 나섰던 적의인들이 차례로 돌아왔다.

"빗물 때문에 도무지 종적을 찾을 수 없습니다. 아무래도 멀리 달아 난 듯, 커억!"

보고를 하던 깡마른 사내는 신음을 흘렸다. 비틀거리며 물러나는 그 의 가슴엔 족적(足迹)이 선명했다.

"비가 와서 여기 이렇게, 이런 발자국이 하나도 남지 않았다? 그래서 얼씨구나 하고 그냥 돌아왔다? 그걸 지금 말이라고 지껄이는 거냐!"

스릉!

참지 못한 조인환은 결국 도를 뽑아 들고 수하들을 윽박지르기 시작했다.

그사이 정신을 차리고 간신히 숨을 돌린 소운평은 어느새 팔짱을 낀 느긋한 자세로 변했다.

하기야 남 안 되는 구경만큼 재미있는 게 또 없으니.

'히야, 그놈 성질도 참 더럽네!'

저 곱상하게 생긴 자식을 광분케 만든 것이 바로 좀 전에 만난 소녀라는 것은 척하면 척이었다. 다만 알 수 없는 건 그 이유가 뭐냐는 거였다.

대체 무엇 때문에 쫓고 쫓기는 걸까?

알쏭달쏭했지만 한 가지만은 틀림없었다. 저토록 앞뒤 안 가리고 날뛰는 모양새로 보아 뭐가 됐든 간에 엄청나게 중요한 것일 거라는 사실 말이다.

'흐흐, 이거 잘하면 한몫 단단히 챙기겠는걸?'

소운평은 쾌재를 불렀다.

어차피 소녀의 행방을 아는 건 자신밖에 없었다. 자고로 목마른 놈이 우물가를 찾는다고, 은근슬쩍 미끼를 흘리면 사흘 굶은 강아지처럼 덥석 달려들 터였다. 좀 전에도 멋지게 성공하지 않는가.

"크아악!"

느닷없는 외마디 비명!

적의인 하나가 목이 댕강 잘린 채 비틀대고 있었다. 물론 조인환의 금도에 의해서였다.

'허억! 저럴 수가!'

부푼 꿈에 젖어 있던 소운평은 너무도 놀란 나머지 할 말을 잃었다.

시체를 보는 것은 처음이 아니었다. 일일이 수를 헤아리자면 사흘 낮밤을 새고도 모자랄 정도였다.

그러나 대부분이 굶어 죽거나, 어디 한 두 군데 부러지거나, 병으로 죽은 것이 고작이었으니… 실제로 적나라한 살인을 목격한 것은 이번이 처음이었다.

분수처럼 자욱하게 치솟은 핏물이 자신의 얼굴로 떨어져 내리는 착각에 소운평은 오줌이라도 지릴 것 같았다.

휙!

돌연 조인환의 고개가 소리가 날 정도로 돌려지더니 번쩍이는 금도가 소운평을 향했다.

"네놈, 저 말을 타던 계집을 못 봤느냐?"

지척에서 맹수를 만난 사슴은 옴짝달싹도 못하고 주저앉는다고 하더니 소운평이 완전 그 꼴이었다.

반대로 생각하자면 그만큼 조인환의 기세가 무지막지하다는 사실이나 다름없었다.

주춤 물러나는 모습에서 무슨 눈치라도 챘는지 조인환이 바짝 다가들며 다그쳤다.

"그 계집을 보았구나!"

"그, 그게 저… 꼭 봤다기보다는 상황에 따라 그럴 수도 있다는 얘긴데, 헙!"

'요놈의 입이 방정이지!'

소운평은 주둥이를 쥐어뜯고 싶은 충동을 느꼈다.

차라리 처음부터 안면몰수하고 고개를 내젓거나 손해보는 셈치고 그냥 가르쳐 주면 그만인 것을 놀란 와중에 내심을 고스란히 드러낸 꼴이라니!

"네놈이 감히 본인 금도옥소 조인환을 앞에 두고 흥정을 벌이자는 것이냐?"

불길이 치솟는 눈동자가 태울 듯 노려보자 소운평은 아예 나락으로 떨어지는 기분이었다. 게다가 손에 들린 저놈의 금도는 왜 이리 날카로워 보이는지!

'주… 욱… 었다!'

이렇게 된 이상, 역시 가장 원초적인 방법으로 밀어붙이는 게 최고였다.

"아이고, 나리. 제 몰골을 보십시오. 무려 사흘 동안 물배를 채웠습니다. 병들어 몸져누운 노모(老母)가 돌아가시기 전에 맛난 음식이라도 드시게 할 생각으로 벌인 일이니 제발 용서해 주십시오!"

소운평은 부랴부랴 허리를 숙이곤 얼굴이 가려지는 틈을 이용해 잽싸게 눈가에 침을 찍어 발랐다.

곧바로 터져 나오는 대성통곡!

"어허허헝!"

최대한 일그러진 얼굴, 동정심을 유발하는 표정, 눈가로 줄줄 흘러내리는 침 줄기.

그것만으로도 절로 측은지심이 생길 정도였는데, 소운평은 부족하다고 느꼈는지 아예 바닥에 배를 깔고 엎드려 흙탕물을 두드려 댔다.

그러나 실상 조인환에겐 그런 것들이 눈에 들어올 리 없었다. 그의 뇌리는 한 사람의 영상으로 가득했으니까.

"말해라!"

처억!

목 언저리에 금도가 걸쳐졌다.

목덜미로 전해지는 금속체의 서늘한 감촉에 소운평은 부르르 진저리를 쳤다.

"저, 저기로 넘어갔습니다요!"

그는 부랴부랴 소녀가 넘은 담벼락을 가리켰다.

"거짓이면 네놈 목숨은 장담하지 못한다!"

금도를 거두지 않은 채 조인환은 슬쩍 눈짓을 했다.

그러자 염패와 두 명의 적의인이 담을 넘어갔다. 잠시 동안 발자국 소리가 어지럽게 들리더니 불쑥 염패의 얼굴이 담 위에 나타났다.

"이공자님, 여기 이게!"

그의 손에 들린 건 비단으로 만든 작은 향낭(香囊)이었다. 재질도 고급인데다 양면에 정교하게 봉황이 수놓인 것이 절대 빈민가에서 뒹굴 물건이 아니었다.

'드디어 찾았구나!'

내내 벌겋게 달아올랐던 조인환의 얼굴에 처음으로 여유로 여겨지는 표정이 새겨졌다.

그것도 잠시, 곧 그는 싸늘히 안색을 굳혔다.

"계집을 발견하는 자는 은 오십 냥, 산 채로 끌고 오면 열 배를 받게 될 것이다. 여의치 않으면 죽여도 좋다! 역시 같은 금액을 내리겠다. 뒤져라!"

"우와아!"

사기충천한 적의인들은 앞 다투어 몸을 날렸다.

소운평은 거의 미치기 일보 직전이었다.

'대체 이 자식은 왜 안 가는 거야? 망할 자식, 급하면 얼른 사라질 것이지…….'

금도는 여전히 목덜미에 닿아 있었다. 다행히 살가죽 위에 살짝 올려진 형태를 유지하고 있지만, 언제 어떻게 변하게 될지 모르지 않은가!

"놈, 그나마 사실대로 실토한 덕분인 줄 알아라!"

'이크!'

소운평은 순식간에 자라목이 되었다.

쿵!

느낌에 뭔가 떨어진 것 같았다. 동시에 목을 누르던 금도의 감촉이 씻은 듯이 사라졌다. 슬며시 고개를 들어보니 예상대로 아무도 없었다.

"망할 놈, 졸지에 관 짜는 줄 알았잖아."

상반신만 일으킨 채 소운평은 부랴부랴 목 언저리를 더듬었다. 엷게 피가 배어 나오고 약간 쓰라린 것 외에는 별다른 이상이 없는 듯했다.

그제야 무사하다는 것이 현실로 다가왔다. 한편 모처럼 만에 다가온 횡재수가 무산된 것이 못내 아쉬웠다.

'애고, 재수없는 놈은 역시…….'

입맛을 다시며 막 몸을 일으키려는데 뭔가가 발바닥을 자극했다. 손을 뻗으니 단단한 물체였다.

'뭐지? 헉!'

물체를 확인한 소운평의 눈이 툭 튀어나왔다.

내심 돌멩이쯤으로 여겼는데, 그것은 놀랍게도 은덩이였다. 그것도 열 냥은 됨직한!

"끼야아!"

소운평은 펄쩍펄쩍 뛰며 제자리를 맴돌았다.

나중에 뭔가 떨어지는 느낌을 받은 게 이것인 것 같았다. 하늘에서 저절로 떨어질 일은 없으니 조인환이란 그 백의 사내가 벌인 짓이 분명했다.

'자식이! 줄 거면 그냥 줄 것이지 맘 졸이게……. 흐흐, 이게 다 탁월한 연기력 덕택 아니겠어?'

과정이야 어찌 됐든 목적한 바를 이룬 셈이었다. 옥환에 이어 은덩이까지, 생애 최초로 손에 넣은 거금에 그는 만세라도 부르고 싶은 심정이었다.

"자, 성문 앞으로!"

소운평은 씩씩하게 걸음을 옮겼다.

그렇게 한참 동안 빗속을 걸어가던 소운평은 문득 걸음을 멈추고는 고개를 갸웃거렸다.

'가만, 그러고 보니 돈도 넉넉히 있겠다, 굳이 성안에 갈 필요가 없잖아?'

주위를 살피던 소운평은 오래지 않아 원하는 것을 발견할 수 있었다.

의외로 가까웠다. 그가 서 있는 곳에서 북동쪽으로 대략 십 장 정도 되는 거리였다. 높이 솟은 대나무 장대에 매달려 붉은 깃발이 휘날리고 있었는데, 커다란 글씨로 그가 간절히 바라는 세 가지가 모두 적혀 있었다.

술[酒]! 밥[飯]! 잠자리[客]!

'쳇! 계집이란 말은 왜 없는 거야?'

내심 툴툴대는 것과 달리 소운평의 발놀림은 가히 번개가 무색할 지경이었다.

"기다려라, 밥아!"

*　·　　*　　　*

대화관(大華館).

낡은 현판에는 그렇게 적혀 있었다.

"어서 오게나!"

노파를 응시한 소운평은 그대로 돌아나가고 싶은 마음이 굴뚝같았다.

'젠장!'

저게 인간의 모습이 맞아?

축 늘어진 살덩이가 아무리 적게 잡는다 해도 백오십 근은 너끈히 나갈 것 같았다. 인간이라는 생각보단 대뜸 살찐 하마가 떠올랐다.

보기가 좋아야 맛도 좋다지만, 이건 아예 음식도 접하기 전에 숨통이 콱 막히는 일이 아닌가!

하지만 노파의 시선은 집요했다. '제발, 들어오게나!' 하고 간절히 호소하는 눈빛을 접한 소운평은 맥이 탁 풀려 버려 저도 모르게 자리에 앉고 말았다.

평소라면 어림도 없는 일이지만, 자고로 주머니가 넉넉해지면 인심은 후해지는 법이니까.

수건과 찻잔을 챙겨 든 노파가 달려왔다. 말이 달리는 것이지 굼벵이가 기어가는 그런 정도의 속도였다. 그러고도 곁에 와서 한동안 숨을 몰아쉬었다.

"젊은이, 뭘 줄까?"

"아, 일단 물기라도 닦아야 할 거 아닙니까!"

"이런, 내 정신 좀 보게."

노파는 부랴부랴 수건을 건네고는 소운평이 대충 몸을 닦기가 무섭게 주문을 채근했다.

"뭐로 할 건가?"

히죽 웃는 노파의 입 안은 온통 검은색 일색이었다. 입을 벌릴 때마다 악취라고 여겨도 좋을 지독한 연초 냄새가 흘러나왔다.

'완전 하수구로군!'

소운평은 인상을 썼다. 아래위로 은근히 노파를 째려보며 그는 퉁명스레 물었다.

"뭘 잘하는데요?"

"그야 돼지고기 볶음이지!"

당연하다는 듯한 노파의 말에 소운평은 대책이 안 선다는 표정을 지었다. 전혀 기대에 못 미치는, 아니, 일말의 도움조차 안 되는 엉뚱한 대꾸였다.

'뭘 잘하는데요?' 라는 말은 실상 '이 집에서 가장 맛있고 자신있게 내놓는 음식이 무언가요?' 라는 말과 별반 다르지 않았다.

한데 돼지고기 볶음이라니! 돼지고기 볶음은 특별히 자랑할 만한 요리는 절대 아닌 것이다.

양념장과 약한 술로 밑간을 한 돼지고기에다 서너 가지의 야채를 넣어 볶은 다음, 매콤한 고추 기름으로 맛을 낸 것이 보통의 돼지고기 볶음이었다.

돼지고기를 살 돈만 있으면 어느 집에서라도 해먹는 그저 그런 평범한 음식에 불과했다.

그러니 소운평의 목소리가 그릇 깨지는 소리로 변한 것은 너무도 당연했다.

"그거 말고 다른 것은 없나요?"

"에, 그게… 그러니까……."

노파는 우물쭈물 말을 더듬었다.

일순간에 누렇게 떠버린 얼굴이 그야말로 허를 찔렸다는 표정이었다.

하지만 곧 얼굴을 바꾸더니 언제 그랬냐는 듯 장사꾼 본연의 모습으로 돌아갔다.

"헐헐, 물론 다른 여러 가지도 되지. 대화관의 음식 솜씨는 정평이나 있는 편이라오, 젊은이. 하지만 오늘은 워낙 손님이 많아서 벌써 준비한 재료가 다 떨어졌지 뭔가. 돼지고기를 빼고 남은 거라곤 닭과 오리 몇 마린데, 그나마 그것들이 아직 살아 있는 것들이라 잡고, 굽고, 튀기려면 적게 잡아도 반 시진 정도는 족히 걸릴 텐데……."

노파는 말끝을 흐리더니 슬쩍 소운평을 응시했다.

이러쿵저러쿵 말은 많았지만 결국 '당장 되는 건 돼지고기 볶음뿐이니 반 시진을 기다려 닭이나 오리를 먹든가, 아니면 그냥 돼지고기 볶음을 먹든가 네가 알아서 해라!' 뭐 대충 그런 얘기였다.

'허!'

정녕 기가 막힐 노릇이었다.

음식 솜씨가 뛰어나다는 말은 둘째 치고 닭이나 오리가 남아 있다는 사실조차 의심스러웠다.

'들어와 자리에 앉았으니 이것저것 가리지 말라는 얘긴가? 배짱도 유분수지, 망할 노인네!'

발끈하려던 소운평은 이내 생각을 바꾸었다.

'하긴, 돼지고기 볶음만 해도 그게 어디야.'

주머니 속에서 느껴지는 은덩이의 매끄러운 감촉은 그를 호인(好人)으로 만들기에 충분했다. 몹시 허기가 진 것도 이유 중의 하나였다.

"좋아요. 그럼 돼지고기 볶음으로 하죠. 대신 밥은 좀 넉넉하게 주시죠."

"술은 필요 없고?"

"술이요?"

되묻고 보니 갑작스레 술 생각이 간절했다. 어쩐지 뭔가 빠진 것 같다 싶었는데 그게 바로 술이었던 모양이었다.

'뭐가 좋을까?'

소운평은 가만히 기억을 더듬었다.

딴엔 뭔가 근사한 술 이름이라도 떠올리려 했는데, 여태껏 마셔본 술이라고 해야 싸구려 죽엽청이 전부인지라 말문이 콱 막혔다.

"그냥 비싸지 않은 걸로 알아서 주세요."

그렇게 말하는 수밖에 달리 방도가 없었다.

"헐헐, 알겠네."

노파는 육중한 몸을 돌려 주방으로 걸어갔다.

저만치 막 주방으로 들어가려던 노파의 발걸음이 멈춰졌다. 그리곤 애써 허리를 돌리더니 소리쳤다.

"한데 오늘 묵고 갈 건가?"

소운평이 고개를 끄덕이자, 노파는 뒤뚱거리며 다시 탁자로 다가왔다.

"숙박 요금은 선불이야."

그 정도는 소운평도 익히 아는 사실이었다.

그러나 기분 나쁜 건 그도 어쩔 수 없었다. 자신의 아래위를 훑는 노파의 시선엔 노골적인 불안감이 담겨 있었으니 말이다.

'나참! 누가 떼먹고 도망이라도 갈까 봐서!'

돈 얘기가 나오자 문득 떠오르는 게 있었다.

"저… 할머니, 혹시 옷을 한 벌 구해주실 수 있나요? 지금은 밤이니 괜찮아도 아침에 성안으로 가려면 아무래도 좀 불편할 것 같은……."

"돈만 낸다면 뭐든 못해 줄까?"

노파는 시원스레 고개를 끄덕였다.

"하긴, 여기는 그 몰골이 딱 어울려. 하루가 멀다 하고 사람이 죽어나가니까 말이야. 하지만 성안에 가려고 한다면 발도 들이기 전에 위사(衛士) 놈들에게 치도곤을 당할 게 분명해. 돈만 받아 처먹을 줄 알지, 그 녀석들은 원래 단순하거든. 관리란 놈들은 하나같이……."

한참을 침까지 튀겨대며 흥을 보던 노파는 이내 탁자에 놓인 찻물을 벌컥 들이켰다. 그리곤 다시 옷 이야기로 되돌아갔다.

"그래, 어떤 걸 찾는데?"

소운평은 미리 생각해 둔 것이 있었는지 망설임없이 즉시 대꾸했다.

"특별히 찾는 게 있을 리가 있나요? 그저 짙은 색의 옷이면 됩니다.

웃옷이나 바지 안쪽에 따로 주머니가 달린 것이면 더 좋고요."

"그건 문제될 게 없지. 내일 아침까지 구해주면 되나? 그나저나 문제는 말이야."

다음에 이어질 말을 알고 있는지라 소운평은 재빨리 말을 가로챘다.

"모두 얼마죠?"

"헐헐, 눈치는 빨라서……."

노파는 다시 히죽 웃고는 손가락을 꼽으며 계산을 하기 시작했다.

"에… 어디 보자. 돼지 볶음이 한 접시에다 술 한 병, 방 값, 그리고 자고 가니까 물론 아침 식사도 할 테고, 거기다 옷이 한 벌이면… 그러니까……."

한참 동안 중얼거리며 손가락을 놀리던 노파는 불쑥 오른손을 내밀었는데, 쭈글쭈글한 손가락 두 개를 꼿꼿이 세운 채였다.

'헉! 두 냥씩이나!'

소운평은 입을 쩍 벌렸다.

하지만 그것이 전부가 아니었다. 경악하는 그의 귓가로 노파의 음성이 들려왔다.

"거기다 오십 문 더!"

은 두 냥에 동전 오십 문, 결국 두 냥 반인 셈이었다.

'젠장, 뭐가 그리 비싸!'

기껏해야 시장에서 호떡이나 유과(油菓)를 사먹은 기억뿐인 그로서는 투덜거려 봐야 별 도움이 될 리 없었다.

돈의 값어치는 뼈저리게 느끼고 있지만, 실질적인 물건의 가격은 거의 몰랐던 것이다.

그래도 어디서 주워들은 것은 있는지 그는 눈을 질끈 감으며 외쳤다.

"꼬리는 떼고 이걸로 하시죠!"

　힘차게 내밀어진 소운평의 오른손은 손가락 두 개를 꼿꼿이 세운 모습이었다.

3

'역시 외관으로 사물의 본질을 평가하는 건 멍청한 자들이나 하는 짓이야!'

입가에 묻은 음식 찌꺼기를 닦아내며 소운평은 흡족한 미소를 지었다.

걱정했던 것과는 달리 노파의 음식 솜씨는 훌륭했다.

두툼하게 썬 돼지고기는 솜덩이처럼 야들야들했으며 아삭아삭 씹히는 야채가 감칠맛을 더했다. 게다가 속이 얼얼할 정도로 매운 고추를 넣은지라 사천(四川) 땅에서 자라난 그의 입맛에 딱 맞았다.

"카아!"

마무리를 짓듯 벌컥대며 찻물을 마신 소운평은 주위를 둘러보았다.

탁자는 여전히 텅 비어 있었고, 턱을 고인 채 고개를 끄덕거리던 노파는 저만치 떨어져 코를 골고 있었다.

'술시(戌時) 경인 것 같은데······.'

잠자리에 들기는 아직 이른 시간이었다. 몸은 말할 수 없이 피곤을 호소하는데 이상하게 잠이 오지 않았다.

슬슬 따분해지기 시작했다. 밥 먹는 도중 내내 옆에 앉아 떠들어대 울상을 짓게 만들었던 노파의 잔소리마저 그리울 지경이었다.

소운평은 슬그머니 창가로 자리를 옮겼다.

쏴아아······!

하늘에 구멍이라도 났는지 비는 그칠 줄 모르고 계속해서 쏟아졌다. 빗물이 퉁겨지는 소리만 요란할 뿐 어두운 거리엔 개미 새끼 한 마리 보이지 않았다.

'썰렁하군.'

소운평은 이내 술병을 입으로 가져갔다.

"쿨룩, 쿨룩!"

절로 기침이 터졌다. 목구멍이 화끈거렸고 뱃속이 찡 하고 울릴 정 도였다.

'더럽게 지독하네.'

소운평은 눈가로 흐른 눈물을 닦으며 투덜거렸다.

술은 독하기로 이름난 화주(火酒)였다. 오죽하면 술 이름에 불[火]이 라는 글자를 붙였겠는가.

그걸 멋모르고 양껏 들이켰으니 당연한 일이었다.

"으, 차가워라!"

갑자기 등 뒤에서 누군가의 음성이 들려왔기에 소운평은 소리가 들 린 곳을 살폈다.

반점의 입구에 한 사내가 서 있었다. 청의(靑衣)를 걸치고 허리엔 철검(鐵劍)을 두른 것이 무림인의 행색인데, 머리엔 어울리지 않는 너덜너덜한 죽립을 쓰고 있었다. 아마도 비를 피하기 위해 급조한 것 같았다.

사내는 호들갑스럽게 물기를 떨어내고 빠른 걸음으로 노파에게 다가갔다.

'손님인가? 아냐, 이런 곳에 설마……'

돈푼깨나 있어 보이는 자가 굳이 이런 곳에 올 리가 없었다. 신기하기도 하고 내심 무료하던 차인지라 소운평은 자연스레 그를 주시하게 되었다.

사내는 죽립을 벗고 자리에 앉았다.

"이봐, 할멈! 일어나!"

탁자에 놓인 수건으로 얼굴을 대강 닦은 사내는 다짜고짜 노파의 다리를 툭 찼다.

노파의 맞은편, 즉 반쯤 등을 돌린 자세라 얼굴을 자세히 볼 수는 없었지만 노파를 대하는 태도로 보아 좋은 일로 찾아온 자는 아닌 듯했다.

"끄응!"

노파는 꿈지럭거리며 몸을 일으켰다. 꽤나 아팠는지 눈을 뜨자마자 정강이를 문질러댔다. 그러다가 사내를 발견하곤 화들짝 놀랐다.

"어, 언제 오셨는지……?"

한순간 노파의 눈이 세차게 떨리는 것 같았는데, 두려워한다기보다는 난처해하는 것 같았다.

"준비는 됐겠지?"

사내는 다리를 척 꼬며 손바닥을 내밀었다.

까닥까닥 사래질을 하는 손가락을 바라보는 노파의 안색은 누렇다 못해 아예 시커멓게 변했다. 한 닷새 정도 측소에 못 간다면 저런 상태가 되리라.

노파는 부랴부랴 품속을 뒤졌고, 곧 사내의 손에는 기름칠이라도 한 듯 반질거리는 은덩이가 올려졌다.

"다섯 냥이라… 그간 밀린 두 달치 이자로군. 원금은 어떻게 된 거야?"

"그건 시간을 좀 더 주시면 어떻게……."

노파의 입가에 헤픈 웃음이 실렸다.

"계속 이런 식으로 나오면 진짜 곤란하지!"

고개를 절레절레 흔들어대던 사내의 음성이 도자기 깨지는 소리로 돌변했다.

"이봐, 할망구. 누군 흙 퍼다 장사하는 줄 알아? 돈이 팽글팽글 돌아야 나도 남는 게 있을 것 아냐! 내 돈 스물다섯 냥, 당장 내놔!"

물기로 흥건히 젖은 수건이 날았다.

철퍼덕!

턱이 홱 돌아가고 얼굴이 벌겋게 달아오르는 것이 충격이 상당한 듯 싶었다. 그런데도 노파는 아픈 기색을 드러내기는커녕 황급히 머리를 조아렸다.

"없는 돈이 어디서 나오겠습니까요. 요즘은 장사가 시원찮아 보시다시피 파리만 날립니다. 석 달만 시간을 주신다면 꼭 갚겠습니다요, 서(徐)나리!"

우는 듯 웃는 듯 일그러진 노파의 얼굴이 꽤나 우스웠는지 사내는 어깨를 크게 들썩였다.

"좋아. 성의를 봐서 이번 한번은 눈감아주지. 몸뚱이가 성하고 싶다면 석 달 후에 틀림없이 갚아! 가만있자, 그러면 계산이 어떻게 되나?"

사내는 머리를 긁적거리며 손가락을 꼽기 시작했다.

'그러니까 돈을 받으러 온 자였구나!'

귀를 쫑긋 세우고 두 사람의 대화를 엿듣던 소운평은 이내 인상을 찌푸렸다.

유년 시절 그를 길러주었던 송(宋)가는 둘째가라면 서러워할 정도로 지독한 노름꾼이었다. 따는 자와 잃는 자로 극명하게 편이 갈리는 것이 노름판일진대, 송가는 항상 재수가 지지리도 없는 편에 속했다.

연전연패(連戰連敗).

당연히 있는 재산 몽땅 까먹고 없는 살림에 빚까지 왕창 지는 신세가 돼버렸다. 덕분에 그는 두 다리로 걷기 시작할 무렵부터 고리대금 업자들의 횡포를 봐왔다.

덩치는 물먹은 돼지처럼 커다랗고 문신과 오만 가지 흉터로 전신을 도배하다시피 한 자들이 벌이는 행사(行事)는 또 얼마나 살벌하던지…….

물론 눈앞의 사내는 키가 오 척에 이르기 바쁘고 덩치도 작았지만, 본디 그 바탕이 어디 가겠는가? 분명 얼굴은 우락부락하고 흉터가 가득하리라.

'에구, 인생 종 치는 사람이 또 늘었군!'

내심 안됐다는 투로 혀를 차는데, 돌연 사내가 등을 돌리더니 버럭 소리 질렀다.

"거기 지저분한 놈!"

"예? 저요?"

스스로를 가리키며 되묻는 소운평을 향해 사내는 정확히 손가락을 가리켜 보였다.

"그래, 네놈 말이다. 본 어르신네가 목이 몹시 마르니 술을 가져와라!"

'뭐 저따위가 다 있어?'

잔뜩 기분이 상했다.

그러나 이미 사내의 직업을 알아버린 데다 불과 한 식경 전에 생사의 위기를 겪은 탓인지 사내의 허리에 걸린 검이 유독 눈에 들어왔다.

"젊은이, 미안하지만 좀 부탁하네!"

거기다 노파까지 가세하자 어쩔 수 없었다. 주방으로 걸어간 소운평은 선반에서 술 한 병과 대충 안줏거리를 챙기고는 노파의 자리로 다가갔다.

"여기 가져왔는데요."

행여 사내와 눈이라도 마주칠세라 그는 눈을 아래로 깔고 조심조심 술병을 내려놓았다.

그러나 묘한 것이 사람의 마음이다. 피하려고 들면 들수록 더욱 궁금해지니 말이다.

'어라?'

은연중 가자미 눈으로 사내를 살피던 소운평은 황당한 기분이 되었다. 사내의 얼굴은 아무리 뜯어봐도 그가 상상했던 것과는 거리가 멀었다.

삼십 대 중반으로 보이는 깡마른 얼굴이었는데, 그 모습이 실로 가관이었다. 길고 뾰족하게 튀어나온 턱과 입을 열지 않아도 입술 사이로 드러나는 뻐드렁니, 거기다 윗입술 주위에는 수염을 기른 상태였다.

한데 그 수염이란 것이 길이는 무척 긴데 반해 슬쩍 살펴도 개수를 셀 수 있을 정도로 부실했다.

그래서인지 전체적인 모양새가 마치 한 마리의 커다란 쥐새끼를 보는 듯했다. 전신에 푸른 무복을 걸쳤기에 영락없는 푸른 털을 가진 희귀한 쥐새끼였다.

게다가 사내의 성을 떠올린 순간, 그는 마침내 참았던 웃음을 터뜨렸다.

"푸헤헤헤헤!"

영락없는 쥐새끼라고 여겼는데 하필 사내의 성이 서(徐)가라니. 물론 쥐를 의미하는 그 '서(鼠)'는 아니겠지만 너무도 공교로운 일이 아닌가 말이다. 정녕 웃지 않고는 배겨나지 못할 일이었다.

"이 자식이!"

한순간 사내의 눈빛이 싸늘하게 변하는 것을 의식한 소운평은 찔끔한 표정으로 너스레를 떨었다.

"헤헤, 기분 상하셨다면 용서를 바랍니다. 대협의 풍모가 워낙 출중하셔서 저도 모르게 그만."

자고로 몰매와 아부엔 장사 없다고 사내의 입가로 헤픈 미소가 걸렸다.

"험, 험, 네놈이 차림새는 그래도 사람 보는 눈은 제법 탁월하구나."

그러나 생긴 게 좀 이상할 뿐이지 사내도 바보는 아니었는지라 석연치 않다는 듯 고개를 갸웃거렸다.

'칭찬해 주면 대충 넘어갈 것이지……'

위기를 느낀 소운평은 잽싸게 술을 따라 권했다.

"자, 목이 마르실 테니 한잔 쭈욱 드시죠."

"카아! 좋다!"

입가를 슥 문질러 닦은 사내는 좀 전의 의심은 까맣게 잊은 듯 이내 노파에게 눈길을 주었다.

"요즘은 안팎으로 일이 산더미 같아서 매달 찾아오기도 버거우니, 아예 석 달 후 한 번에 갚는 게 좋을 것 같군. 이자까지 모두 서른두 냥 하고도 오십 문인데, 내 특별히 오십 문은 감해주지."

"아이구, 나리! 고맙습니다!"

노파는 육중한 몸을 흔들며 감격했다.

사내는 게걸스럽게 술을 따라 마셨다. 그리곤 노파에게 몇 마디 당부를 하고 몸을 일으켰다.

한데 여전히 탁자 주변에 서 있는 소운평이 눈에 들어오자 그는 실로 엉뚱한 생각을 했다.

"왜, 네놈도 돈 좀 써볼 생각이 있냐?"

"뭐, 꼭 그렇다기보다는……."

소운평이 잠시 머뭇거리며 말을 더듬자 사내는 히죽 웃더니 다시 자리에 앉았다. 그리곤 번개같이 품속을 뒤져 장부와 붓 통을 꺼냈다.

"암, 잘 생각한 일이야. 업계를 통틀어 전대미문의 초저금리(低金利)를 지향하는 나를 만난 건 진정 행운이랄 수 있는 일이지."

사내가 그렇게 말함으로써 결국 소운평은 졸지에 돈을 빌리려는 자가 되고야 말았다.

"이름이 뭐냐?"

"운평, 소운평인데요."

사내는 한 손으론 붓을 놀리며 계속 질문을 던졌고, 소운평은 어쩔 수 없이 보조를 맞춰야 했다.

　"그래, 집은 이곳 소주냐?"

　"집은 없는데요."

　"그럼 부모는?"

　"전 고아거든요."

　"물론 일자리는 있겠지?"

　"아뇨. 지금 구하고 있는 중인데요."

　"뭐야?"

　사내가 어이가 없다는 듯 벌린 입을 다물지 못하는 것도 잠시, 곧 그의 눈썹이 하늘로 치켜졌다. 초저금리에 행운이 어쩌구 떠들어대며 살살 눈웃음까지 치던 모습은 오간데없이 사라졌다.

　"이 자식이 누굴 바짓저고리로 보나? 개뿔도 없는 주제에 뭔 배짱으로 돈을 빌려달래!"

　퍼억!

　왼쪽 무릎 아래가 불에 덴 듯 화끈했다.

　'아이고, 정강이야!'

　소운평은 한쪽 다리를 감싸 안은 채 뒤집어진 풍뎅이처럼 제자리를 맴돌았고, 발길질에 이어 사내의 손에 들린 두툼한 장부가 그의 뒤통수로 떨어져 내렸다.

　"케엑!"

　우당탕!

　중심을 잃고 비틀대던 소운평은 의자와 한몸이 되어 바닥에 처박혔다.

"가뜩이나 바빠 죽겠거늘… 망할 놈 때문에 괜히 금싸라기 같은 시간만 낭비했네. 퉤!"

쓰러진 소운평의 발치로 누런 가래침이 떨어졌다.

"석 달 후에 꼭 갚아!"

사내는 노파에게 재삼 엄포를 놓은 다음, 뭐가 그리 바쁜지 죽립을 챙겨들고 곧장 밖으로 나갔다.

"턱 빠지는 줄 알았네. 망할 놈 같으니!"

귓전을 울리는 노파의 악담을 들으며 소운평은 힘겹게 상체를 일으켰다.

'휴우, 다행이다!'

정강이를 살핀 소운평은 안도의 숨을 불어냈다.

다행스럽게도 멍이 시퍼렇게 든 것 외에 별다른 이상은 없는 듯했다. 몇 차례 접었다 펴는 동작을 반복해도 큰 지장이 느껴지지 않자 그는 몸을 일으켰다.

시큰한 통증이 새삼 화를 부추겼다.

'개자식!'

이건 완전히 저 혼자 넘겨짚고 벌인 일이 아닌가!

'입이라도 뻥긋하고 당했으면 억울하지나 않지, 잘못이라면 괜히 옆에 서 있던 거랑 묻는 말에 꼬박꼬박 대꾸한 것밖에 없는데 말이야.'

그사이 노파는 잔뜩 구겨진 얼굴로 사내가 남긴 술을 마시고 있었다.

사내의 정체가 궁금해진 소운평은 창가로 가서 술병을 챙기곤 슬그머니 노파 옆 자리에 앉았다.

"그자는 누굽니까?"

"매번 공짜 술을 마시는 도둑놈이었지."

한데 묘하게도 과거형이었다. 노파는 거칠게 술을 들이킨 후에 설명을 시작했다.

"그 망할 놈의 이름은 서이룡(徐異龍)으로 운영루란 기루의 경비 조장이라네. 쥐꼬리만한 위세를 믿고 그저 공술이나 탐하는 별 볼일 없는 놈이었는데, 뭔 바람이 불었는지 얼마 전부터 고리대금에 손을 대더라고."

"생긴 건 영 아니던데요?"

"그거야 그렇지."

노파는 맞장구를 치며 다시 술을 마셨다.

"그 얼굴에, 그 덩치에 일이 제대로 되겠나? 제딴엔 한다고 하겠지만 가끔 함께 오는 덩치 큰 수하들만 아니라면 어림도 없는 일이지."

"그렇군요."

고개를 끄덕이던 소운평은 이내 술을 따랐다. 노파가 연신 술을 들이키자 저도 모르게 회가 동한 것이다.

'크아!'

뱃속을 훑는 짜릿한 느낌에 진저리를 치던 소운평은 문득 노파와 눈이 마주쳤다.

그러자 노파는 머리를 긁적이더니 손을 내밀었다.

"나도 한잔 주지? 술은 원래 혼자서 마시면 흥이 안 나는 법이니."

아예 작심했는지 노파의 쭈글쭈글한 손에는 커다란 물잔이 들려 있었다.

'돈 받고 판 걸 날로 먹으려 해?'

소운평의 눈이 쭈욱 찢어졌다.

그러나 노파는 굴하지 않았다. 노골적으로 불쾌감을 드러내는 눈빛을 받으며 되려 나무라듯 말했다.

"아, 호탕하게 생긴 젊은이가 왜 이리 꽁해. 노인 공경(老人恭敬)이란 말이 괜히 생긴 줄 알아? 오는 정이 있어야 가는 정도 생기는 법이야."

'노인 공경? 힝! 말이 되는 소리를 해야지! 가만?'

한데 내심 콧방귀를 뀌던 소운평이 어쩐 일인지 잽싸게 술을 따르는 것이 아닌가!

그것도 녹을 듯 살살 웃어가며 말이다.

"헤헤, 그럼요. 노인 공경이라, 백 번 지당하신 말씀이시죠. 자, 쭈욱 드세요."

노파는 갑작스레 돌변해 버린 소운평의 태도가 좀 이상했는지 고개를 한번 까닥해 보였다. 그러더니 곧 알았다는 듯 히죽 웃었다.

노파는 단숨에 술잔을 비웠다. 두꺼비가 파리를 채듯 신속한 동작이었다.

"한 잔 더 하시죠."

소운평은 재차 술을 따랐다.

물론 노파는 당연하다는 표정으로 잔을 내밀었다. 커다란 잔에 두 번씩이나 술을 가득 채우자니 술병이 바닥을 드러낸 것은 당연했다.

"커어!"

깨끗하게 술잔을 비운 노파는 안주를 집어 들었다.

'에구, 아까워라. 두 모금밖에 못 마신 것을……'

내심 속이 부글부글 끓었지만 입 밖으로 나오는 말은 정반대였다.

"헤헤, 시원하시죠?"

볶은 콩을 우물거리던 노파가 불쑥 입을 열었다.

"원하는 게 뭐야?"

과연 늙은 생강이 맵다고 노파는 단번에 정곡을 찌른 것이다.

노파의 시선을 받은 소운평은 내심 '들켰구나' 하는 표정으로 찔끔했지만 최대한 부드럽게 말했다.

"일자리를 구하려 하는데 혹시 사람 구하는 데를 아시나 해서요. 전 이곳이 초행이라 아는 사람도 없고 아무래도 할머니는 장사를 하시니까 이곳 사정을 누구보다 잘 아실 거 같아서요. 그렇죠?"

"암, 그건 맞는 말이지."

웬일인지 노파는 순순히 고개를 끄덕이더니 일단 기다려 보라는 듯 손짓을 했다. 그리곤 한 손으로 턱을 괴고 다른 손으로는 머리를 긁적였다.

허연 가루가 탁자에 우수수 떨어졌고 때 마침 불어온 바람에 눈앞으로 날아왔지만, 소운평은 그런 것에 신경 쓸 겨를이 없었다. 그의 시선은 오직 노파의 입만 보게끔 고정된 듯했다.

이윽고 한참을 생각하던 노파는 조용히 말했다.

"한 군데 있긴 한데……."

어딘가 모르게 여운(餘韻)이 느껴지는 목소리였다.

노파가 어물쩡 말을 얼버무리자 몸이 단 소운평은 황급히 채근했다.

"그런데요?"

"그, 그게… 그러니까……."

또다시 노파가 말을 더듬자 소운평은 답답했는지 자신의 가슴을 두드렸다.

하지만 답답하기로 치면 오히려 노파가 더했다.

'젊은 놈이 둔하기는! 꼭 내 입으로 말해야 되나. 멍청한 거야, 덜떨

어진 거야. 늙은이가 이 정도 말했으면 대충 알아서 해야지 원.'

소운평을 한차례 째려본 노파는 어쩔 수 없다는 듯 오른손을 내밀었다.

'엥?'

무심결에 손가락을 확인한 소운평은 하마터면 그대로 주저앉을 뻔했다.

꼿꼿이 퍼진 손가락 두 개!

정말 어이가 없었다. 노파는 대가를 요구하는 것이다. 그것도 피 같은 돈을 두 냥씩이나. 차라리 그것이 무엇을 의미하는지 몰랐더라면…… 하는 심정으로 그는 탄식을 터뜨렸다.

'정말 무서운 세상이야. 하다 못해 늙은이까지 등을 치려 들다니…….'

일자리를 얻는 것은 다른 무엇보다 중요했다. 그랬기에 하등의 망설일 이유가 없었지만, 노파가 요구하는 돈은 실상 상대가 마음먹기 여하에 따라 쓰지 않아도 될 돈이었다. 그는 그것이 못내 아쉬웠다.

갈등을 겪는 그의 마음을 부채질이라도 하듯 노파가 지나가는 말로 중얼거렸다.

"사람을 구하는 데가 성 내에서 세 손가락 안에 드는 기루(妓樓)라지? 미기(美妓)가 많기로 소문난 곳이라 눈요기는 실컷하겠어. 게다가……."

'히야.'

귀가 솔깃해진 소운평은 저도 모르는 사이 이야기에 빠져들었다.

"숙식은 기본이고 보수도 후하다고 들었는데, 어느 놈인지 봉 잡는 셈이지. 암!"

'흐흐, 점점…….'

"보수가 한 달에 은 열 냥이던가?"

'끼야아!'

집도 절도 없는 그에겐 그야말로 꼭 맞는 좋은 조건이긴 한데, 아무리 그렇다 해도 피 같은 거금 두 냥을 고스란히 갖다 바칠 수는 없는 노릇이 아닌가!

'암, 절대 그럴 순 없지!'

"할머니, 하루 종일 일하시느라 피곤하시죠?"

웬 뚱딴지 같은 소리?

그렇게 묻는 노파의 눈을 외면한 채 소운평은 재빨리 뒤로 돌아가 노파의 어깨에 손을 올렸다.

"이거 정말 장난이 아닌데요. 근육이 잔뜩 뭉쳐서 돌덩이처럼 단단하네요."

노파는 심하게 몸을 움찔거렸지만 소운평은 개의치 않고 부지런히 어깨를 주물렀다. 시간이 흐를수록 노파의 전신은 물먹은 솜처럼 스르르 아래로 늘어졌다.

"헤헤, 무지 시원하시죠?"

"응, 응."

노파는 부지불식간에 대꾸했다. 입가엔 절로 흐뭇한 미소가 잡히고 눈까지 슬며시 감는 것이 간을 빼달래도 빼줄 그런 모습이었다.

'흐흐, 뜻대로 돼가는구나!'

희희낙락하던 소운평은 이내 간드러진 음성으로 입을 열었다.

"저기, 할머니, 그게 말입니다. 손자뻘되는 젊은이가 일자리를 구한다는데 그렇게 야박하게 구시면 안 되죠. 도와주시는 셈치고 그냥 어떻게 안 되겠습니까?"

그러나 노파의 반응은 싸늘했다.

"안 돼!"

외마디 비명과 함께 발딱 고개를 치켜드는 폼이 꿈도 꾸지 말라는 그런 모양새였다.

'망할 늙은이, 씨도 안 먹히는군! 그렇다고 여기서 물러날 내가 아니지!'

소운평은 흐트러지려는 맘을 다잡았다.

"헤헤, 뭐 정이 그렇다면 저로서도 어쩔 수 없는 노릇이네요. 하지만 두 냥은 너무 비싸다구요. 안마 받은 것도 있고 하니 좀 깎아주시죠. 네?"

끈질긴 놈!

노파의 눈은 그렇게 말하는 것 같았다.

질렸다는 표정으로 소운평을 응시하던 노파는 이내 오른손을 들었는데 이번에 펴진 손가락은 하나였다.

'그럼 그렇지!'

소운평은 그럴 줄 알았다는 듯 히죽 웃었다.

애초 바라던 대로 된 것은 아니었지만 두 냥에서 무려 절반을 깎았으니 그게 어디야? 게다가!

'흐흐, 매달 열 냥이 생기는 자리를 단돈 한 냥에 샀으니 열 배 장사 아니겠어?'

행여 그사이 노파가 말을 바꿀세라 그는 재빨리 은덩이를 건넸다.

"자, 어서 말씀해 주시죠."

재촉하는 시선이 부담스러웠는지 노파는 헛기침을 하고는 눈빛을 빛냈다.

"사실 이건 비밀인데."

흡사 누가 듣기라도 하면 큰일이라도 날 듯 노파는 간신히 알아들을 수 있는 작은 소리로 중얼거렸다.

"성안에 들어가면 곧장 운영루(雲縈樓)를 찾아가. 사람을 구하는 곳이 바로 거기니까. 워낙에 유명한 곳이니만큼 아무나 붙잡고 물어도 가르쳐 줄 게야."

그 말을 끝으로 노파는 자리에서 일어났다.

"이놈의 비 때문에 손님이 오긴 틀린 것 같으니 그만 잠이나 자야겠구먼."

늘어져라 기지개를 켠 노파는 입구 천장에 매달린 등롱을 걷고 문을 닫아걸었다. 그런 다음 기둥 사이를 돌며 일일이 유등을 끈 후에 남은 두 개의 유등을 들고 소운평에게 다가왔다.

그때까지도 소운평은 멍한 상태로 앉아 있었다.

'운영루, 운영루……. 흐흐, 드디어 내 인생에도 서광이 비치는구나. 가만, 그러고 보니 어디서 들어본 곳인데? 아까 그 서이룡이란 자도 그렇고, 설마 그 꼬마 녀석이 말하던 그 운영루?'

꼬마의 초롱한 눈망울과 더불어 잊고 있었던 사실이 불현듯 뇌리를 스쳤다.

'이름이 소혜라고 했었나? 게다가 열일곱 살이고. 날이 밝는 대로 운영루에 들르고, 볼일이 끝나면 곧장 고 계집과… 어이구, 죽겠다!'

짜릿한 생각으로 부르르 진저리를 칠 무렵, 귓가로 노파의 비웃는 듯한 소리가 들렸다.

"계집 생각이 나는 게로구먼."

정곡을 찔린 소운평은 마치 귀신이라도 본 듯한 얼굴이 되었고 노파는 그 정도는 일도 아니라는 듯 휘휘 손을 내저었다.

"원, 놀라기는. 사내놈이 입을 헤벌리고 눈을 거슴츠레 뜰 때는 계집 생각할 때밖에 더 있겠어? 작년에 돌아간 우리 영감도 마찬가지였지. 젊어서 날 바라볼 때는 늘 그런 표정이더라구."

어정쩡하게 서 있는 소운평에게 유등을 건네준 노파는 어두워진 실내 한곳을 가리켰다.

"방은 저기 층계를 올라가서 왼쪽 두 번째야. 물 새는 방도 상관없다면 아무 곳이나 들어가도 상관없지만. 옷은 아침에 방문 앞에 놔두지."

그리곤 노파는 횅하니 사라졌다.

소운평은 어깨를 으쓱해 보이곤 이내 계단을 올랐다.

삐걱 삐걱!

계단이 요동 치는 소리와 함께 소운평의 모습은 곧 이층으로 사라졌다.

다음날 소운평은 진시(辰時) 말쯤에 일어났다.

들뜬 마음에 새벽 늦게까지 잠을 설친 것을 상기한다면 비교적 일찍 일어난 셈이었다.

무려 한 시진 가까이 때 빼고 광을 낸 소운평은 노파가 사다 준 깨끗한 흑의를 걸치고 식사를 했다. 물론 전날과 마찬가지로 돼지고기 볶음이었다.

식사를 마치고 대화관을 나선 소운평이 성문에 도착한 것은 태양이 막 정점으로 향하는 정오 무렵이었다.

제 3 장

소유권은 일자리를 구하고 양테는 바람처럼 말을 탄다

ㄱ

"비켜라, 비켜!"

관졸(官卒)로 보이는 사내가 인파를 뚫고 사라지자 주변의 사람들이
우르르 몰려들었다.

벽면에는 네 장의 방문이 연이어 붙어 있었다. 그중에 하나, 풀칠이
덜 마른 것에는 한 사내의 얼굴이 자세히 그려져 있었는데, 홀렁 벗겨
진 머리와 흉터로 가득한 것이 일견키에도 몹시 흉악해 보였다.

"세상에, 저놈이 글쎄 부녀자를 다섯 명이나 겁탈하고 살해한 자라
는군. 죽일 놈 같으니!"

한 사내가 주먹을 불끈 쥐고 분기를 드러냈다.

한데 일행인 듯한 옆의 사내가 엉뚱한 소리를 했다.

"그나저나 현상금이 은 백 냥이면 유래가 없이 큰 금액인데, 요즘은
일거리도 없으니 이참에 함께 저자나 잡아보는 게 어떤가?"

"예끼, 이 사람아. 말 같은 소릴 하게."

다른 사내가 어깨를 툭 치며 면박을 줬다.

"저토록 흉악무도한 놈이 '나 잡아가쇼!' 하고 두 손 놓고 기다려 줄 것 같나? 그럴 거라면 공연히 화를 자초하지 말고 운영루에나 한번 가보게."

"갑자기 운영루는 왜?"

"이 친구가 눈은 뒀다 뭐에 쓰려나? 저 끝에 붙은 방문을 좀 읽어보게. 사람을 구한다던데."

"그래? 잠깐 기다리게."

사내는 부랴부랴 사람들 사이를 헤쳤다.

'뭐, 운영루? 사람을 구해?'

방문 앞에 모인 사람 중 하나에게 운영루의 위치를 묻고 있던 소운평은 화들짝 놀랐다.

물론 그 사실을 노파만 알고 있으리는 법은 없었지만, 설마 떠들썩하게 방문까지 붙었으리라고는 꿈에도 생각지 못한 일이었다.

'그래, 아마 다른 내용일 거야!'

소주에서 제일 가는 유명한 기루쯤 되면 막일꾼 말고도 딸린 식구들이 부지기수일 것이고, 방문은 그런 사람들을 구하는 것일 게 분명했다.

아니, 꼭 그래야만 했다. 만약 그렇지 않다면 속이 쓰리다 못해 아예 홀랑 뒤집어질 테니까.

소운평은 목을 길게 늘이고 앞을 살폈다.

그러나 거의 까막눈이나 마찬가지인 그로서는 답이 나올 가능성은 애당초 전무했다.

사방 두 자 넓이의 황지(黃紙)에 빽빽이 적힌 글 중에 아는 거라곤 달랑 두세 글자뿐이니 신통력이 없는 다음에야 무슨 내용인지 어찌 알아보겠는가!

'대체 뭐라고 쓴 거야?'

답답하기 그지없는 차에 마침 좀 전의 그 사내가 눈에 띄자 그는 사내에게 다가가 등을 두드렸다.

"뭐요?"

"그게… 전 글을 몰라서……."

소운평은 머리를 긁적이며 방문을 가리켰다.

"사람을 구한다는 내용이요."

사내는 퉁명스레 말하곤 걸음을 뗐다.

'멍청이, 그건 나도 안다니까!'

소운평은 후닥닥 달려가서는 사내의 앞을 막아섰다.

"거듭 죄송합니다만, 이왕 도와주시는 김에 좀 자세히 말씀해 주시죠!"

졸지에 멈춰 선 사내는 곱지 않은 눈빛으로 한차례 쏘아보더니 입을 열었다.

"일꾼을 구한다는 내용이오. 인원은 다섯 명에다 보수는 달에 은 열 냥, 관심있는 자들은 오늘 정오까지 운영루로 모이라는 얘기요. 이제 됐소?"

사내는 짜증이 가득한 시선으로 소운평을 노려보았다.

그러나 소운평이 그런 것 따위에 신경 쓸 여유가 있을 리 만무했다.

'망할 늙은이!'

혹시나 했는데 역시나!

노파의 말과 다른 것은 기한이 '정오까지'라는 말밖에 없었다. 결국 일자리를 코앞에 두고도 거금 한 냥을 넙죽 갖다 바친 꼴이었다. 자신을 비웃으며 희희낙락했을 노파의 얼굴이 눈에 선했다.

'급살맞을 노인네가 사기를 치려면 그나마 시간이나 제대로 알려줄 것이지!'

급히 하늘을 올려다본 소운평은 이내 가슴을 쓸어 내렸다. 천지신명이 돌보기라도 했는지 아직 정오가 지나지 않았던 것이다.

'늦으면 끝장이다!'

그는 발바닥에 불이 나도록 달려갔다.

그때까지도 소운평을 바라보고 있던 사내는 일순 멍청한 표정이 되었다.

그럴 만도 했다. 멀쩡하게 생긴 놈이 난데없이 글줄을 읽어 달라더니, 그 짧은 순간에 낯빛을 수십 차례 바꾸고 부리나케 달려간다면 누구라도 그렇게 되리라.

"별 미친놈을 다 보겠군."

사내는 피식 웃으며 일행의 곁으로 걸어갔다.

＊　　　　　＊　　　　　＊

어느 곳에 가더라도 술 마시고, 도박하고, 계집질하는 곳은 소위 유흥가(遊興街)라는 이름으로 함께 모여 있기 마련이다.

그 점은 소주 역시 별반 다르지 않았다.

아니, 오히려 소문난 색향(色鄕)이라는 명성에 걸맞게 놀랍도록 방대한 규모를 자랑했다.

서문(西門)을 통과하면 두 대의 사두마차가 나란히 달릴 정도로 넓은 길을 마주하게 되는데 바로 서문대로(西門大路)다.

대로를 따라 삼십여 장을 올라가다 보면 사방으로 뻗은 갈림길을 만나게 된다. 여기서 똑바로 올라가면 소주 관청(官廳)에 도착하게 되고, 오른쪽은 부호들이 사는 부촌(富村)이고 유흥가로 가는 길은 왼쪽이다.

왼쪽으로 접어들면 길이 급격히 좁아지면서 동가장(東家莊)이라 불리는 허름한 장원이 나타난다.

말 그대로 동(東) 씨 성을 가진 노인이 사는데, 집 앞에는 커다란 배나무가 있고 그 옆 그늘에는 사람들이 쉴 수 있는 정자(亭子)가 있다.

유흥가로 가자면 반드시 이곳을 거쳐야 하는지라 우습게도 몇몇 기지(奇智)가 있는 자들은 '도박장에 가자!', 혹은 '기루에 가자!' 라는 말 대신에 '동가장에 가자!' 라는 말을 쓰기도 했다.

유흥가는 이곳 동가장에서 멀지 않았다.

십여 장을 내려가면 본격적인 환락가였다. 바로 동가장의 담장이 끝나는 곳이기도 했다.

길 양쪽으로 줄지어 서 있는 수십 채의 건물들은 모두 주루나 도박장, 혹은 기루였다.

건물은 하나같이 거대하고 호화로웠다. 다른 곳에 비해 크기는 작았지만 그중에 가장 돋보이는 건물은 역시 미녀가 많기로 소문난 운영루였다.

비상하는 붕조(鵬鳥)의 형상을 닮은 운영루의 본관은 이층으로 이루어져 있는데 이곳은 단지 가무(歌舞)와 술만을 파는 곳이다.

그 뒤쪽에 별원(別院)이라 불리는 곳이 존재하는데 이곳이야말로 최고의 미녀가 최고의 환락만을 제공한다고 알려진 별천지였다.

소주에 온 자라면 누구나 한 번쯤 가기를 희망하는 곳이기도 했다. 그렇기에 운영루의 문턱은 사시사철 내방객이 끊이질 않았다.

하지만 지금은 한낮이었다. 입구가 열린 본관의 일층만을 제외하고는 깊은 잠에 빠진 듯 침묵을 지켰다.

그런데 지금 막 숨을 몰아쉬며 운영루의 문턱을 넘어서는 자가 있었다.

촤륵!

거칠게 주렴(珠簾)을 걷어낸 소운평은 황급히 안쪽을 향해 외쳤다.

"아직 정오가 지나지 않았죠?"

씩씩대며 숨을 고른 그는 이내 눈을 동그랗게 떴다.

지원자들로 북적대야 할 텐데 너무도 예상 밖이었다. 줄잡아 오십여 개의 탁자가 자리한 실내에는 분주히 청소를 하는 점원 몇을 제외하고는 아무도 없었다.

'벌써 끝났구나! 이게 무슨 꼴이야. 애써 장만한 옷은 땀에 절고 일자리는 날아가고…….'

잔뜩 실망한 소운평은 어깨를 축 늘어뜨리고 발길을 돌렸다. 그가 주렴을 걷으며 실내를 벗어날 무렵이었다.

"잠시만 기다려 주시지요!"

청소를 하던 점원 하나가 황급히 달려왔다.

이윽고 소운평이 돌아서자, 점원은 공손하게 허리를 숙이며 인사를 했다. 덕분에 소운평 역시 어색하게 마주 인사를 했다.

점원은 대략 열여섯이나 일곱쯤으로 보였다. 눈이 둥글고 유난히 큰 데다 피부가 희어서 원래 나이보다 훨씬 어려 보여 앳된 소년과도 같았다.

"외람되지만 혹시 방문을 보고 찾아오셨습니까? 아니라면 진심으로 사죄드리겠습니다."

점원은 다시 허리를 숙였다.

다소 과장되어 보이기까지 하는 그 모습에 주눅이라도 들었는지 소운평은 엉겁결에 존대를 했다.

"아, 아닙니다. 맞습니다."

"역시 그러셨군요."

점원은 자신의 예상이 맞았다는 사실에 얼굴 가득 웃음을 띠었다.

그러나 그것도 잠시 점원은 곧 울상을 지었다.

"사실 손님께서는 이곳이 아니라 본 루(樓)의 후문으로 가셔야 합니다. 그러자면 밖의 담장을 돌아가야 하는데 워낙에 멀다 보니 도착할 때쯤이면 이미 문이 닫혀 있을 겁니다. 정말 죄송합니다."

점원은 자신의 실수라도 되는 양 아예 바닥에 닿을 듯이 허리를 숙였다.

일순 어이가 없어진 소운평은 버럭 소리를 질렀다.

"짜식이, 그럼 잽싸게 얘기를 해야 할 것 아냐! 늦으면 네가 책임질래?"

동그래진 점원의 눈동자를 뒤로하고 그는 득달같이 밖으로 내달렸다.

*　　　　*　　　　*

"흐아암……!"

노춘길(魯春吉)은 입이 찢어져라 하품을 해댔다.

그의 임무는 축시(丑時)부터 묘시(卯時)까지 반 시진을 주기로 순찰(巡察)을 도는 것이었다. 정상적이라면 지금 시간엔 잠자리에 들어 코를 골고 있어야 했다.

한데 평소대로 임무 교대를 마치고 숙소로 돌아가려는 찰나, 재수 없게도 일자리를 구하러 오는 떨거지들을 안내하는 일이 할당된 것이다.

잠을 못 자 눈앞은 가물거리지, 아침을 굶은 데다 잘하면 점심까지 건너뛰게 생겼으니 심사가 편할 리 없었다.

"제기랄! 이게 무슨 꼴이야!"

팍!

그는 애꿎은 돌멩이에게 화풀이를 했다.

잔뜩 힘이 들어간 탓에 발길질이라고 제대로 될까? 빗맞은 돌멩이는 요란스레 대문에 부딪치곤 반대쪽에 서 있는 전칠(田七)의 발치께로 떨어졌다.

"우리가 이런 꼴을 당하는 게 어디 어제 오늘 일인가? 괜히 열내봐야 자네 몸만 더 축나지."

"그거야 그렇지만…… 에잉!"

노춘길은 재차 돌멩이를 걷어차곤 바닥에 주저앉았다.

그러자 전칠이 피식 웃으며 말했다.

"억울하면 진급이나 하게. 그러면 어린것들 대신 이런 데 끌려 나오는 불상사는 더 이상 없을 게 아닌가? 나도 자네 덕 좀 보세."

"에끼, 이 사람아! 누굴 놀리는 건가? 자네 말처럼 쉬웠다면 벌써 조장 자리 정도는 꿰차고도 남았을 거네."

"허, 그 친구 뚫린 입이라고 말은 청산유수로군. 입심은 가히 조장감
이네그려!"

혀를 내두르던 전칠이 문득 화제를 돌렸다.

"올 놈들은 이미 왔을 테고 얼추 시간도 된 듯하니 그만 들어가는 게
어떤가?"

"벌써 그렇게 됐나?"

아닌 게 아니라 태양은 막 정점을 넘어서는 중이었다. 까맣게 잊고
있던 피곤기와 허기가 일시에 밀려들었기에 노춘길은 서둘러 몸을 일
으켰다.

그러자 전칠이 말했다.

"난 먼저 가서 식사를 준비하라 이를 테니 뒤처리는 자네가 알아서
하고 오게나."

"알겠네."

횅하니 사라지는 전칠을 응시하던 노춘길은 빠른 걸음으로 계단을
올랐다. 사실 뒤처리라 말할 것도 없었다. 대문만 걸어 잠그면 그걸로
끝이니까.

끼이익— 쿵!

대문이 닫히고 빗장까지 굳게 걸렸다.

'애고, 배고파! 이거 기분 같아선 돼지 한 마리를 먹어도 모자랄
것 같은데?'

아랫배를 쓸어안고 노춘길은 부랴부랴 걸음을 뗐다.

그러나 채 다섯 걸음을 옮기기도 전에 그는 걸음을 멈춰야 했다. 누
군가가 대문을 두드렸기 때문이다.

탕! 탕!

'대체 어떤 놈이야?'

고개를 갸웃했지만 그는 곧 걸음을 재촉했다.

무엇보다 배를 채우는 것이 시급했고, '저러다 곧 지쳐 돌아가겠거니!' 하는 생각에서였다.

그러나 문밖에 있는 자는 그의 예상대로 움직여 주지 않았다. 돌아가기는커녕 오히려 대문을 미친 듯이 두들겨 대는 게 아닌가!

쾅! 쾅! 쾅! 쾅!

'이런 육시랄 놈이!'

수염이 가득한 얼굴이 보기 흉하게 일그러졌다.

귀를 막고 도망치듯 사라지면 그만이겠지만, 그 이후에도 소란이 지속되면 틀림없이 누군가 나와볼 테고, 그렇게 되면 뒷일은 고스란히 그가 감당해야 했다.

'그냥 가? 말아?'

갈등도 잠시, 결국 노춘길은 눈썹이 휘날리도록 대문으로 뛰어갔다.

"커흑!"

대문이 열리자마자 느닷없이 주먹이 날아왔으니, 빗장이 벗겨지는 소리에 희희낙락하던 소운평이 피하지 못한 것은 너무도 당연했다.

'아이고, 나 죽는다!'

설마 죽기야 하겠는가마는 내장이 몽땅 꼬이는 듯한 통증에 소운평은 바닥에 축 널브러졌다.

"꼴을 보아 하니 네놈도 일자리 때문에 온 것 같은데, 이미 시간이 지났으니 썩 꺼져라!"

노춘길은 있는 대로 눈을 부라렸다.

생각 같아선 먼지가 풀풀 날리도록 두들겨 주고 싶었지만, 배가 고프다 못해 눈앞에 별이 보일 지경인지라 그는 엄포를 놓는 것으로 대신했다.

"다시 귀찮게 굴면 아예 제삿상을 받게 만들어주마!"

그 말을 끝으로 노춘길은 휑하니 등을 돌렸다.

끼이익!

문을 밀어대는 소리가 들려오자 소운평은 불침 맞은 사람처럼 발딱 일어섰다.

"이 망할 털보야, 내가 누군지 알고 이러는 거냐? 이런 짓을 벌이고도 네놈이 무사할 것 같으냐!"

끽!

대문이 멈추고 노춘길의 얼굴이 다시 나타났다.

"그래, 네놈이 누군데?"

말투는 여전히 거칠었지만 그의 시선은 조심스레 상대의 전신을 훑고 있었다.

육 척에 가까운 키, 새것처럼 보이는 정갈한 흑의, 깔끔하게 빗어 넘긴 머리, 단정한 이목구비를 지닌 이십 세 전후로 평범해 보이는 자였다.

노춘길은 고개를 갸웃거렸다.

'손님 중에 저런 자가 있었던가?'

별원을 드나드는 자들은 인근에서 행세깨나 한다는 부호나 관리, 혹은 그들과 연관 있는 자들이 대다수였다. 그런 관계로 웬만한 자는 인상착의를 아는데, 눈앞의 인물은 아무리 되짚어봐도 기억에 없었다.

그러나 이유야 어찌 됐든 좀 전에 날뛴 데는 나름대로 이유가 있을 터였다.

"소형제는 대체 누군가?"

노춘길은 당당한 태도를 잃지 않으려 노력했지만, 어느새 변해 버린 말투는 제쳐 두고라도 눈동자가 거세게 흔들리는 것만은 감추지 못했다.

물론 소운평이 그것을 놓칠 리가 없었다.

'흐흐, 일단 관심은 끌었는데!'

그렇다고 방심할 수는 없는 노릇이었다. 그는 느긋하게 뒷짐을 지며 중얼거렸다.

"그건 댁이 알 거 없고, 그나저나 숙부님은 잘 계시는지 모르겠네?"

"숙부? 혹시 그 숙부란 분이 이곳에 계시는 분인가?"

노춘길의 음성이 다분히 조심스러워졌다.

'이놈아, 넌 걸려든 거야!'

내심과는 달리 소운평은 조금 퉁명스레 대꾸했다.

"숙부님은 서이룡이란 분으로 이곳 경비조의 조장으로 계시는데요."

순간, 노춘길의 눈이 찢어져라 부릅떠졌다.

"뭐야? 그럼 자네가 조장님의 조카란 말인가? 이거 내가 몰라보고 큰 실수를 했네그려!"

'갑자기 이놈이 미쳤나?'

이건 예상을 뛰어넘는 놀라운 반응이 아닌가!

덥석 손을 잡더니 아래위로 흔들어대는 것으로도 모자라 몸에 묻은 흙먼지까지 일일이 털어주는 그의 행동이 소운평에겐 놀랍다 못해 기괴하게 느껴졌다.

하기야 노춘길이 속한 이조의 조장이 서이룡이라는 사실을 그가 어찌 알겠는가.

한바탕 난리법석을 떤 후에 노춘길은 한결 부드러워진 태도로 입을 열었다.

"원, 꽉 막힌 친구하고는. 진작에 그렇게 말했으면 봉변을 당하진 않았을 게 아닌가?"

'쳇, 언제 시간이나 줬냐? 다짜고짜 주먹을 날려놓고 이제 와서 딴소리는……'

소운평이 입술을 삐죽거리자, 제딴에도 약간 미안했던지 노춘길은 재빨리 화제를 바꿨다.

"한데 어째서 이곳으로 왔나? 사람을 만나려면 정문 쪽에 통보를 하는 것이 보통인데. 이곳은 밤과는 달리 낮에는 사람이 상주하지 않는단 말일세."

"아, 그건 말이죠."

스윽!

소운평은 혀로 입가를 축이곤 말을 이어갔다.

반 각 가까이 지루하게 이어지던 일장 연설이 끝난 후, 노춘길이 나지막한 소리로 중얼거렸다.

"결국 '일자리 때문이다, 이런 말이로군."

한데 눈빛이 달라지는 것이 영 수상했다. 거기다 소운평의 얼굴을 힐끔거리며 고개를 갸웃하는 것이 무슨 생각을 하는지는 삼척동자도 알 수 있었다.

'뭐야, 이 자식! 서, 설마 눈치 챈 거야?'

소운평은 심장이 덜컥 내려앉는 것 같았다.

사실 애초부터 작정한 일은 아니었다. 부리나케 달려왔건만 문이 닫혀 있기에 되돌아가려는 찰나, 문득 서이룡에 대한 것이 떠올랐다. 밑져야 본전이라고 문을 두드린 것이 여기까지 이른 것이다.

하지만 이젠 사정이 달라졌다. 만일 일이 틀어지면 저 털보에게 맞아죽는다는 사실은 불을 보듯 뻔했다.

'좋아. 이 정도에 밀릴 수는 없지! 어디 갈 데까지 한번 가보자구!'

흐트러지려는 마음을 다잡은 소운평은 가장 정직한 방법으로 핵심을 찔러갔다.

"거 의심도 참 많네. 확인해 보면 일각도 못 돼서 들통날 것을 아무려면 내가 거짓말을 할까 봐서 그래요?"

"아니, 그게 꼭 그렇다기보다는……."

노춘길은 일순 찔끔하며 손을 내저었다. 몹시 허둥대는 것이 갈피를 못 잡는 듯했다.

'이제 슬슬 마무리를 지어볼까?'

행여나 웃는 얼굴을 들킬세라 소운평은 급히 시선을 돌렸다.

"에휴, 뭐 일자리야 다음에 구해도 그만인데, 그간 애써주신 숙부님껜 뭐라고 둘러대나? 누가 못 들어가게 막아서 그랬다고 말씀드리면 그 성격에 가만있지 않으실 텐데, 이거 사실대로 고할 수도 없고……."

한숨을 내쉰 소운평은 이내 발걸음을 돌렸다.

이쯤 되자 노춘길은 몸이 바짝 달았다. 한 자락 남았던 의구심이 구만 리 밖으로 날아갔음은 물론이거니와 꼼짝없이 사실로 믿게 된 것이다.

"소형제, 잠깐만 기다리게!"

노춘길은 저만치 오 장여 앞을 걸어가는 소운평을 향해 득달같이 몸을 날렸다.

'흐흐, 그럼 그렇지!'

멈춰 선 채 희희낙락하던 소운평은 자신의 몸이 허공으로 번쩍 들려지자 그만 혼비백산했다.

"어, 엇!"

남이야 놀라든 말든 그를 옆구리에 낀 노춘길은 부랴부랴 대문 안쪽을 향해 뛰어갔다.

휙! 휙!

주변의 사물이 부딪칠 듯 다가왔다가는 지나갔다. 소운평은 눈을 질끈 감고 흔들림에 몸을 맡겼다.

길게 뻗은 담장을 따라 삼십여 장을 달린 노춘길은 이윽고 커다란 건물 입구에 서 있는 월동문(月洞門) 앞에 소운평을 내려놓았다.

'애고, 정신없어라!'

휘청대던 소운평이 어느 정도 정신을 차리자 노춘길은 월동문 안쪽을 가리켰다.

"늦지 않아 정말 다행이군. 저기 모인 이들과 함께 서 있으면 될 것이네."

그곳엔 대략 백오십여 명에 이르는 인물들이 모여 있었다. 생김이며 차림새가 각양각색이었는데, 몹시 긴장한 얼굴로 제각기 이야기를 나누는 모습이었다.

"혹시 누가 제지하면 내 얘기를 하면 아마 문제는 없을걸세. 끝까지 도와주고 싶지만 때를 놓치면 끼니를 걸러야 하니 이해해 주리라 믿겠네."

"그럼요. 그 정도는 이해하는 게 도리겠죠. 아무튼 고맙네요."

소운평은 씨익 웃었다. 어찌 됐든 그의 고맙다는 말만은 진심이었다.

"고맙다니, 별 소리를 다하는군. 한데 자네 말이야……."

노춘길의 음성이 은근해졌다.

"험! 절대 그런 일은 없으리라 여겨지네만, 내가 자넬 때린, 아니, 좀 전에 발생한 불가항력적인 사태를 설마 조장님께 고하지는 않겠지?"

'괜히 내 무덤 팔 일 있나? 암, 절대 말 안 하지!'

소운평은 느긋하게 팔짱을 끼고 너스레를 떨었다.

"그건 벌써 까맣게 잊었으니 신경 쓰지 말아요. 도움을 받은 것도 있고 하니 신세 갚는 셈치고 숙부님께 잘 말해 주죠. 이름이 뭔가요?"

"하핫! 역시 소형제는 생김새만큼이나 화통하군! 내 이름은 노춘길이네."

한바탕 호탕하게 웃은 노춘길은 소운평의 어깨를 툭 건드리며 작별을 고했다.

"그럼 난 자네만 믿고 가겠네."

카랑카랑한 음성이 들려온 건 그때였다.

"뭘 믿는단 말이냐?"

노춘길은 황급히 뒤를 돌아보았다.

"헛! 조장님!"

그 순간!

쩍 벌어진 소운평의 입에선 줄줄 침이 흘렀다.

2

"이런 멍청한 놈을 봤나!"

짜악!

손자국이 선명한 뺨을 어루만지는 노춘길은 도무지 자신이 맞아야 하는 이유를 알 수 없었다.

"이놈이 아직도!"

서이룡의 눈에 화악 불길이 치솟았다.

짜자악!

이번엔 왕복으로 불이 번쩍 하더니 핏물이 튀었다.

그래도 마찬가지였다. 여전히 이유를 찾지 못한 노춘길은 멀뚱히 서이룡을 바라볼 뿐이었다.

그러자 서이룡의 입에서 발작이라고 볼 수밖에 없는 고함이 터져 나왔다.

"이 멍청한 자식아, 난 삼대 독자란 말이다! 일가 친척은 물론 형제 자매도 없는데 무슨 놈의 조카가 있어 나를 찾아온단 말이냐!"

물론 그 얘기를 듣고도 알아듣지 못할 정도로 노춘길이 어리석지는 않았다.

스윽!

살기로 번들거리는 시선이 소운평을 응시하더니 다시 서이룡을 향해 돌려졌다. 파르르 떨리는 눈동자가 무언가를 애타게 갈구하는 눈빛이었다.

이윽고 서이룡이 고개를 끄덕거리자 노춘길은 주먹을 말아 쥐고 소운평에게 다가갔다.

뚜두둑!

손가락 관절에서 울려 나오는 소리가 소운평에겐 장송곡(葬送曲)의 일부처럼 느껴졌다.

'망할, 설마 저놈이 면접관일 줄은…….'

정녕 생각지도 못했던 변수였다. 일시에 눈앞이 가물가물 흐려졌다.

"이놈, 각오해라!"

성큼 다가드는 기세가 얼마나 사나웠던지 소운평은 반사적으로 주춤주춤 뒤로 물러났다.

"아, 아니, 그게 아니라…….'

"아니긴 뭐가 아니냐, 이놈아. 지금부터 헛소리를 지껄인 대가를 확실하게 받아내겠다!"

씨익 노춘길의 입가로 미소가 걸렸다. 엄청난 재난을 예고하는 불길한 미소였다.

게다가 뒤를 이어 들려온 음성!

"보아하니 나이도 어린 데다 촌 무지렁이 같은데 적당히 분이 풀리면 그냥 보내줘라. 물론 팔다리 하나쯤은 부러뜨려야 시원하겠지만."

서이룡이 혼잣말하듯 지껄이는 소리를 듣고 소운평은 아예 사색이 되었다.

"자, 잠깐!"

그가 느닷없이 양손을 들어 올렸는지라 노춘길이 잠시 주춤했다.

거리는 대략 일 장!

반드시 무슨 수를 짜내야 했다. 맥없이 병신이 되어 쫓겨날 수는 없었다. 그러자면 우선 상대방의 주의를 끄는 것이 급선무였다.

"나리, 접니다! 어제저녁에 대화관에 가셨던 걸 기억해 보십시오!"

"네놈이 그걸 어찌 아느냐?"

"접니다. 운평입니다!"

"운평?"

서이룡이 막상 고개를 갸웃하며 관심을 보이자, 막 손을 쓰려던 노춘길은 종잡을 수 없는 얼굴이 되었다.

그 덕에 소운평은 약간의 시간을 벌 수 있었다.

'이걸 어쩐다?'

난감한 듯해도 방법이 전혀 없는 것은 아니었다. 놈이 돈을 밝힌다는 것은 전날 겪어서 알고 있었다.

피 같은 전 재산을 넙죽 상납하자니 아까웠지만, 더 이상 대안을 짜낼 여유가 없었다. 기다리다 못한 노춘길이 득달같이 달려들었기 때문이다.

"나리, 그날 왜 제가 돈을 빌리지 않았습니까? 지금 당장 그 돈을 갚겠습니다!"

우렁찬 음성과는 달리 소운평은 될 대로 되라는, 거의 자포자기한 심정이었다. 더구나 매섭게 다가드는 주먹의 행방을 차마 눈 뜨고 바라보기 어려웠기에 아예 눈까지 질끈 감아버렸다.

잔뜩 쉬어 카랑카랑한 음성이 울린 것은 그가 눈을 감는 것과 엇비슷한 시기였다.

"그만 해라!"

어어 눈앞을 어지럽히던 압력이 눈 녹듯 사라지자 소운평은 길게 안도의 한숨을 내쉬었다.

'살았구나!'

슬며시 눈을 떠보니 노춘길은 저만치 물러나서 아깝다는 눈초리로 씩씩대는 반면 서이룡은 눈을 빛내며 자신을 주시하고 있었다.

'호오, 이놈 보게?'

상대가 장소까지 꼬집어주었기에 누군지 알아보는 것은 그리 어렵지 않았다. 옷차림이 좀 나아졌다 뿐이지 대화관에서 자신을 화나게 만들었던 그 거지 꼴을 했던 녀석이 분명했다. 그도 바보는 아닌지라 노춘길에게 어떤 수작을 부렸는지는 훤히 꿰뚫고 있었다.

이건 실로 교활한 녀석이 아닌가 말이다!

'가뜩이나 일이 많이 늘어났으니, 이런 놈 하나 데리고 있으면 훨씬 수월하겠지?'

서이룡은 히죽 웃으며 되물었다.

"그래, 돈을 갚겠다고?"

말이 끝나자마자 소운평은 후닥닥 달려가 공손히 두 손을 내밀었다.

"여, 여기……."

"호오, 다섯 냥이구나!"

서이룡의 입이 쫘악 벌어졌다.

'흐흐, 이게 웬 횡재냐! 그건 그렇고, 앞으로 부려먹으려면 약점을 좀 잡아두는 것이 순서겠지?'

돌연 서이룡의 얼굴이 일그러지는가 싶더니 귀가 울릴 정도의 호통이 터져 나왔다.

"이놈, 이건 원금에도 못 미치지 않느냐! 애초 빌려간 돈에 이자까지 합하면 열 냥으로 기억하는데, 나머지는 대체 언제 갚을 셈이냐?!"

'뭐, 뭐야?!'

소운평은 혼이 달아날 지경이었다. 그도 그럴 것이 전 재산에 가까운 돈을 헌납하고도 고스란히 다섯 냥의 부채를 떠안아야 하는 것이다.

그러나 선택의 여지는 없었다. 여차하면 상대가 기분 나빠할 테고, 그러면 저 노가 성을 가진 털보는 신나게 분풀이를 할 것이 분명하니까.

자신이 인정하면 그 순간부터 족쇄가 채워진다는 것을 뻔히 알면서도 응하는 수밖에 방법이 없었다.

"좀 더 시간을 주시면 곧 갚겠습니다."

소운평은 굽힌 허리를 한동안 펴지 않았다. 그렇게 하지 않으면 이를 악문 것을 들킬 것 같아서였다.

그것을 경의로 받아들였는지 서이룡의 입가로 다시 헤픈 웃음이 실렸다.

"기특한 놈! 이왕 왔으니 쫓아내긴 그렇고, 아무튼 네놈에게도 기회를 주마. 저기 모여 있는 떨거지들 틈에서 기다리고 있어라."

툭툭, 소운평의 등을 두드린 서이룡은 이내 월동문 안으로 걸어 들어갔다.

'으헉!'

고개를 들던 소운평은 질겁했다. 저만치서 노춘길이 아직도 자신을 째려보고 있는 것이 아닌가.

행여 불통이 튈세라 후닥닥 안쪽으로 달려간 소운평은 슬그머니 대열의 꽁무니에 합류했다.

서이룡이 미리 언질을 한 탓인지 그를 제지하는 무사는 없었다. 무사들은 힐끔 보더니 신경도 쓰지 않는 반면, 지원자들 중에 몇몇 사람은 인상을 찡그렸다.

그들은 끼리끼리 모여 귓속말을 주고받더니 노골적으로 적의를 드러냈다.

아마도 그들은 이미 정오가 지나 문이 닫혔는데도 나타난 소운평이 자신들의 합격에 지대한 영향을 주리라 믿는 듯했다.

'쳇, 지들이 째려보면 어쩔 거야!'

소운평은 보란 듯이 가슴을 쭉 폈다.

그때 건물 안에서 한 사내가 걸어나왔다. 이십 대 초반쯤의 무사로 커다란 체구만큼이나 우락부락하게 생긴 자였는데, 다짜고짜 버럭 소리를 질렀다.

"거기 검은 옷 입은 놈, 안으로 들어가라!"

'누구지? 설마 난가?'

주변을 두리번거리던 소운평은 그만 화들짝 놀랐다. 자신을 제외하고 검은 옷을 입은 자는 어디에도 없었던 것이다. 그제야 소운평은 부랴부랴 달려갔다.

"예, 갑니다, 가요!"

"거기 앉아라!"

소운평이 조심스레 맞은편 의자에 몸을 얹자 불쑥 서이룡이 물었다.

"네놈 이름이 뭐냐."

고뿔이라도 걸렸는지 잔뜩 쉬어 갈라진 목소리였다. 그것은 있을 건다 있으면서도 전혀 어울리지 않는 얼굴만큼이나 우스꽝스럽게 느껴졌다.

'큭큭, 저 생김새는 여전하군.'

하지만 내심과는 달리 그는 정색을 하고 대꾸했다.

"제 이름은 소운평인데요."

"좋아, 소운평. 업무상 몇 가지 기록할 게 있다. 묻는 족족 잽싸게 대답해라. 오늘은 몹시 바쁜 날이니만큼 본격적인 얘기는 나중에 하는 걸로 하자."

'엥, 무슨 본격적인 얘기?'

고개를 갸우뚱하는 소운평에게 질문이 쏟아졌다.

"나이, 고향, 가족 관계 등등, 네놈 신상에 대해 소상히 말해라!"

"에, 그게 그러니까……."

사실 얘기하고 자시고 할 것도 없었다. 혈혈단신이니만큼 떠들고 싶어도 얘기 거리가 없으니 그저 몇 마디 중얼거리곤 끝이었다.

"좋아, 다 됐다."

서이룡은 이만 나가보라는 듯 손을 흔들었다. 서류를 작성하느라 여전히 고개를 숙인 채였다.

'쳇, 뭐가 이리 간난해!'

밖으로 나가려던 소운평은 문고리를 잡은 채 조심스레 물었다.

"그런데 발표는 언제쯤 하나요?"

대답은 간단했다.

"곧!"

*   *   *

두두두두!

말은 바람처럼 달리고 있건만 양태(陽泰)는 손에 든 채찍을 연신 휘둘러 댔다.

쫙! 쫘악!

말 궁둥이에 선명한 자국이 생겨났다. 고통을 이기지 못한 말은 아예 거품을 물고 내달렸다.

양태의 눈썹이 휘날리고 호흡이 가쁠 정도니 가히 비호와도 같은 빠르기였다.

그런데도 양태는 전혀 만족한 표정이 아니었다.

두툼한 입술은 일그러져 꽉 다물린 상태였고, 몇 해 지나지 않으면 환갑을 맞을 나이에도 유난히 팽팽한 이마에는 굵은 고랑이 패여 좀처럼 펴질 줄 몰랐다. 게다가 고삐를 잡은 손마저 가늘게 떨리는 게 철탑과도 같은 그의 체구와 전혀 어울리지 않았다.

말수가 적고 신중한 데다 한 마리 곰처럼 우직한 성격이라 과거 한때 복지웅(伏地熊)이라 불리기도 했던 그의 모습은 도무지 찾아볼 수 없었다.

그만큼 양태의 모습은 평소와 너무도 달랐다.

만약 그를 조금이라도 아는 자가 지금의 모습을 본다면 놀라 자빠지고 말리라.

급히 서두른 덕에 성을 나선 지 일각여 만에 양태는 목적지에 도착할 수 있었다.

저만치 앞쪽으로 대풍방(大風幫)이 위용을 드러내자 그는 서둘러 입구 쪽으로 말을 몰아갔다.

정문 앞을 확인한 양태는 순간적으로 당황했다.

정문 양쪽을 지켜야 할 위사(衛士)들은 물론이고, 네 명이 번초(番哨)를 서야 할 대문 옆의 망루(望樓) 역시 텅 비어 있었던 것이다.

'이런 쓸개 빠진 자식들!'

양태는 주먹을 불끈 쥐었다.

정오 무렵이었다. 어이없게도 교대 조(組)가 오기도 전에 우르르 식사를 하러 간 것이 분명했다. 성격대로라면 불러모아 치도곤을 내는 게 순서였지만 지금은 그 따위 일에 신경 쓸 경황이 아니었다.

말은 대문에서 오 장 근처까지 다가든 상태였다. 사람이 없으니 방법은 두 가지였다.

그러나 양태는 말에서 내려 직접 문을 열거나 소리쳐 사람을 부르는 방법을 선택하지 않았다. 대신에 그는 마상에서 우수를 쭉 뻗어냈다.

"하아압!"

보통 사람의 두 배에 이르는 무쇠 같은 주먹이 목표로 삼은 것은 앞을 가로막은 육중한 대문이었다.

우우웅!

주먹이 다 뻗기도 전에 막대한 압력이 생겨나며 주위의 공기가 무섭게 요동 쳤다.

마침내 양태의 우수가 일자(一字)로 펴지는 순간!

콰우!

엄청난 돌개바람이 소용돌이쳤다. 폭풍 같은 소용돌이는 높이가 일장, 폭은 그것의 두 배나 되는 거대한 정문과 정확하게 충돌했다.

꽈광!

천지를 뒤엎는 폭음이 일었다. 두께가 반 자에 이르는 대문이 폭발하듯 산산이 부서졌다.

마치 거대한 폭풍이라도 불어온 듯한 광경이었다.

흙먼지가 뿌옇게 일어나 시야를 가렸고, 조각난 나무 파편들은 어지러이 허공으로 날아올랐다. 충격의 여파로 발생한 막대한 압력에 멀리 떨어진 건물의 기왓장이 들썩일 정도였다.

실로 무지막지할 정도로 대단한 주먹이요, 믿기 어려운 위력이었다.

이것이야말로 양태가 십여 년 만에 다시 펼치는, 그를 철참권(鐵斬拳)이라 부르며 두려워하게 만들었던 대철마권(大鐵魔拳)이 절정에 달한 모습이었다.

투두둑!

파편들이 어지러이 바닥으로 떨어져 내렸다.

어느 정도 소요가 가라앉자 조금이나마 상황이 드러났다. 대문은 흔적도 없이 사라졌고, 그 자리에는 똑같은 크기의 빈 공간이 생겨나 있었다. 그러나 아직도 흙먼지가 일어 시야를 가린 상태였다.

양태는 달리던 속도 그대로 말을 몰아갔다.

히힝!

그의 모습은 곧 자욱한 먼지 속에 묻혀 사라졌다.

"안 됩니다, 총관님! 그 누구도 들이지 말라는 소방주님의 엄명이 계셨습니다!"

"비켜라, 이놈!"

양태는 위사를 제치고 걸음을 재촉했다.

그러자 두 명의 위사는 똥 씹은 얼굴이 되었다. 누렇게 뜬 얼굴로 서로를 마주 보는 것도 잠시, 그들은 곧 몸을 날려 양태의 앞을 막아섰다.

"총관님, 저희 입장도 생각해 주셔야……."

"그, 그렇습니다, 총관님!"

'이, 이놈들이……!'

양태의 두 눈썹이 꿈틀 용솟음치더니 솥뚜껑만한 두 주먹이 허공을 갈랐다.

퍼펑!

요란한 폭음을 뚫고 묵직한 신음이 울렸다.

"큭!"

"커억!"

두 명의 위사는 비틀거리며 뒤로 물러났다. 입가로 가늘게 핏물이 흐르는 것이 내상을 입은 듯 보였지만, 안색만은 더없이 밝았다. 그것으로 그들은 소방주의 명령을 어긴 것이 아니기 때문이었다.

장군 멍군이라고, 양태 역시 그들의 의도를 알아채고 가볍게 내상을 입히는 것에 그친 것이다.

뒤로 물러나 가볍게 예를 차리는 위사들을 뒤로하고 양태는 월동문 안으로 들어섰다.

화원에 둘러싸인 아담한 소축(小築)!

빠른 걸음으로 화원을 지나 소축으로 다가간 양태가 막 문고리를 잡았을 때였다.

"양 총관님, 이곳이 어느 분의 거처란 것을 혹시 잊으신 건 아닌가요?"

불현듯 등 뒤에서 늙은 여인의 목소리가 들려왔다. 책망하는 듯한 싸늘한 어조였다.

과연 퍼뜩 뇌리를 스치는 생각이 있었다. 결국 그는 자신의 경망스러움을 탓하며 문고리를 놓았다.

"총관님이 염려하시는 것은 누구보다 잘 알지만 방금 아가씨의 청백(淸白)을 더럽힐 뻔했다는 엄청난 사실을 알고는 계시나요?"

매섭게 그를 쏘아보는 사람은 근 육십은 되어 보이는 깡마른 노파였다.

그녀의 이름은 두선랑(斗善浪)이었다.

원래 그녀는 방주의 본부인인 이(李) 부인을 모시던 침모(寢母)였는데, 그녀가 세상을 떠나고 방주와 재혼한 기(己) 부인이 딸을 낳자 유모 자격으로 젖먹이 때부터 위청란을 돌봐온 이였다.

기 부인이 낳아준 어머니였다면 두선랑은 길러준 실질적인 어머니였다. 늙어 꼬부라진 지금도 여전히 식사를 직접 챙길 정도로 위청란에게 쏟는 애정은 남달랐다.

그것은 양태를 비롯한 대풍방의 모든 식솔이 공감하는 사실이었다. 그런 사실을 누구보다 자세히 지켜본 양태였기에 두선랑의 시선을 대하고도 담담할 수 있었다.

게다가 그는 거기에서 그치지 않고 깊숙이 허리를 굽히며 사죄를 했다.

"모모, 실로 죄송하게 되었소이다!"

노파 두선랑의 노안(老眼)이 더 이상 커질 수 없을 만큼 동그래졌다.

두선랑은 이팔 청춘 꽃다운 처녀가 아니었다. 살아온 햇수의 수십 배나 되는 세상사의 모든 일을 골고루 겪은 그런 인물이었다.

그녀의 경험에 비추어볼 때 소위 권력을 가진 자들과 힘을 지닌 자들은 절대 양태와 같지 않았다. 한결같이 자신의 말과 행동이 옳음을 주장했고 그것을 바탕으로 상대를 핍박하기 일쑤였다.

그러나 양태는 어떤가? 그는 대풍방의 우총관이라는 놀라운 신분을 가졌다. 방주(幇主)가 칩거(蟄居)에 든 이후 방 내의 모든 일은 그의 손에서 처리될 정도로 엄청난 인물이었다.

그런 양태가 한낱 유모에 불과한 자신에게 정중한 사과의 말과 함께 허리를 숙여온 것이다.

보고도 도무지 믿을 수 없는 일이었다.

그녀는 지금에서야 알 것만 같았다. 노소(老小) 가리지 않고 방도(邦徒)들이 유난히 양태를 믿고 따르는 이유를 말이다.

사정이 그러하니 자연 양태를 대하는 태도가 조심스러워질 수밖에 없었다.

"아가씨는 지금 치료 중이십니다. 중한 상처를 입으셨지만 의원의 말로는 생명을 다투는 일은 없을 거라 하더군요. 잠시 기다리시면 치료가 끝나는 대로 만나실 수 있게 전해드리지요."

"고맙소이다, 모모."

양태는 가볍게 예를 표했고 두선랑은 송구스럽다는 듯 더욱 허리를 숙였다.

"그럼, 저는 이만."

힘겹게 허리를 편 두선랑이 막 실내로 들어가려 할 때였다. 문이 벌컥 열리더니 한 사람이 밖으로 걸어나왔다.

옥을 다듬은 듯 아름답지만 여전히 무표정한 얼굴의 주인공, 그녀는 다름 아닌 위청란이었다.

"아가씨!"

"소방주님!"

두 사람의 입에서 동시에 신음 소리가 터졌다. 비록 다른 소리였지만 지칭하는 인물과 그 속에 담긴 진한 우려의 감정은 한결같았다.

"웬 수선들이야. 누가 죽기라도 했어?"

위청란은 귀찮다는 표정으로 손을 내젓더니 이내 뜰 아래로 내려섰다.

그녀의 몸짓은 예상과는 달리 경쾌했다. 약간 얼굴이 창백한 것 이외엔 별다른 문제가 없는 것이 확실했다.

그 순간 가슴을 졸이던 양태가 안도의 한숨을 내쉰 건 너무도 당연했다.

"모모, 난 어머니와 보기 싫은 자들을 만나야 해. 그런 다음에 운영루에 갈 거니까 오늘 저녁은 모모 혼자서 먹어야 할 거야."

위청란은 조용하게 말하고는 걸음을 옮겼다. 아예 관심이 없는 것인지 두선랑의 옆에 서 있는 양태에겐 시선조차 돌리지 않은 채였다.

"아가씨."

두선랑은 무어라 말하려다 급히 입을 다물었다.

기분이 나쁘다거나, 혹은 고민이 생길 때면 그것을 속 시원히 풀어버리는 남다른 방법을 누구나 한 가지씩 가지고 있기 마련이다.

위청란의 경우에는 어울리지 않게도 술(酒)이었다.

그것을 잘 알기에 노파심에 당부를 하려 했던 것이다.

그러나 살다 보면 결과가 좋지 않을 것을 뻔히 알면서도 말리지 못하는 때도 있기 마련이다. 두선랑의 경우에는 지금의 상황이 그랬다.

'아가씨…….'

한숨을 쉬며 그녀가 고개를 들었을 때에는 위청란은 이미 화원을 지나 월동문 앞에 이르러 있었다.

막 문을 나서던 그녀는 갑자기 걸음을 멈추더니 양태를 응시했다.

"어머니가 부랴부랴 칠인회(七人會)를 소집했으니 나중에 불려가 잔소리를 듣기 싫다면 양 총관도 참석하는 게 좋을 거야."

그리곤 빠른 걸음으로 사라졌다.

'칠인회!'

이번의 안건은 불문가지(不問可知)였다.

그간의 불가침(不可侵) 선언을 어기고 도발해 온 적검문(赤劍門)의 적대 행위에 대한 대처 방안이 논의될 것이 분명했다. 비할 바 없는 중차대(重且大)한 일이었지만 양태의 귀에는 전혀 무게없이 들렸다.

'양 총관, 양 총관이라……'

이미 그녀는 떠났는데도 그의 귓가에는 아직도 그 매정한 소리가 들리는 듯했다.

가슴이 한쪽이 미어지는 것 같았다. 이제는 그녀의 말대로 소방주와 총관의 관계로밖에 기억되지 않는다는 사실이 그를 절망케 했다.

"양 아저씨, 업어줘요!"

다섯 살이 되던 해 처음으로 그에게 다가오더니 귀엽게 웃으며 꺼낸 말이었다. 그리고 일곱 살이 되면서 부친의 무공을 익히게 되자, '양 숙부의 무공도 가르쳐 주세요' 하며 그의 팔에 매달려 떼를 쓰던 그녀였다. 엉성한 자세로 대철마권의 기수식을 펼치는 그녀를 바라보며 미소 짓던 기억이 어제의 일처럼 느껴졌다.

그러나 지금의 그녀는 어떠한가. 웃음을 잃은 지 오래였고 성격마저 차가워졌다. 게다가 방 내의 가장 외진 곳에 홀로 떨어져 지내는 것이다.

양태는 그 이유를 누구보다 잘 알고 있었다.

열한 살이 되던 해에 벌어진 사소한 사건 이후로 그녀는 부친과 자신을 포함한 세상사와 멀어져 마음을 굳게 닫아버린 것이다.

그날의 일은 철없는 그녀의 오해에 불과했다. 아니, 어쩌면 이미 예견되었던 일이었는지도 몰랐다.

양태는 지금이라도 달려가 모든 사실을 털어놓고 싶은 생각이 굴뚝같았지만 차마 그럴 수는 없었다.

그 일은 오직 방주와 자신만이 아는 비밀이었다. 방주는 그 일을 위해 이십 년의 세월을 바치고도 모진 형벌을 받는 중이었다.

그는 한순간의 기분에 휩쓸려 그 모든 것을 수포로 돌릴 정도로 어리석은 자는 아니었다. 그랬기에 양태의 심정은 실로 참담했다.

"그럼, 이만."

엉거주춤 허리를 굽히는 두선랑을 뒤로하고 양태는 걸음을 옮겼다. 납덩이라도 짊어진 듯 그의 발걸음은 무겁기만 했다.

3

칠인회(七人會)!

말 그대로였다. 방주와 좌우 총관, 그리고 대풍방을 이끌어가는 네 명의 당주(堂主)가 모이면 정확히 일곱이 되기에 붙은 명칭이었다.

이십 년 전, 대풍방이 발족하면서 방주인 위충량과 지금의 좌우 총관인 진무방과 양태가 모여 업무를 상의하던 것에서 유래된 것이다. 그후로 점차 방의 세력이 넓어지며 청룡, 백호, 주작, 현무의 사 개 당(堂)이 설립되면서 참여하는 인원은 일곱으로 늘어났다.

'칠인회'라는 정식 명칭이 사용된 것은 이때부터였다.

면면(綿綿)이 이어지던 이 회의는 단순한 업무만을 논하는 데 그치지 않고 지금에 와서는 명실공히 대풍방의 최고 의결 기구로 자리하게된 것이다.

칠인회는 원칙적으로 매달 그믐날에 한 번씩 정기적으로 열렸다.

무릇 모든 일에는 예외가 있는 법, 칠인회 역시 마찬가지였다. 방 내에 중대한 일이 발생하면 비정기적인 모임이 열리기도 했다.

방주가 단독으로 주재하거나 삼 인 이상이 발기하면 모임이 성사되는 것이다. 하지만 대풍방이 발족한 이래 지금까지 이십 년 동안 비정기적인 모임이 벌어진 일은 단 한 차례도 없었다.

"무얼 망설이는 거냐. 업무에 바쁜 이들이 네 얼굴이나 보려고 모인 줄 아느냐?"

연이은 재촉에 위청란은 마지못해 자리에서 일어났다.

실내에는 그녀를 제외하고 모두 일곱 명이 자리했다.

상석(上席)에 자리한 삼십 대의 자의미부(紫衣美婦)는 방모(幇母)이자 위청란의 생모인 기여영이었고, 그 아래로 총관인 진무방과 양태가, 다시 아래로는 사신당(四神堂)의 당주들이 앉아 있었다.

그들은 시선을 모두 한곳에 고정시킨 채 귀를 쫑긋 세우고는 위청란의 입이 열리기만을 기다렸다.

뚫어져라 응시하는 시선에 평범한 방년(芳年)의 소녀라면 얼굴이라도 붉어질 법도 한데 위청란의 얼굴은 시종일관 무표정했다.

그녀는 기여영을 똑바로 쳐다보며 입을 열었다.

"어머니 말대로 그 자식과 태호에 물놀이를 갔다가 돌아올 때였어요."

기여영이 인상을 찌푸리며 말을 가로챘다.

"무슨 말을 그렇게 하느냐! 그 자식이라니? 별다른 일이 없다면 장차 남편이 될 사람이거늘 그런 식으로 말하면 안 되는 법이다!"

돌연한 사태에 한참 긴장하며 귀를 기울이던 사람들이 맥이 풀린 것은 당연했다. 그녀의 체면이 있는지라 뭐라 할 수 없는 그들은 눈길을 주는 것으로 대신했다.

그러자 머쓱해진 기여영은 몇 차례 헛기침을 하고는 위청란을 향해 손짓을 했다.

다시 위청란의 음성이 이어졌다.

"누군가가 이십여 명의 수하들을 데리고 앞을 막아서더니 자신은 적검문의 이공자인 조인환(趙引幻)이라고 하더군요. 그리고는 구역질 나는 목소리로 나를 진정 사랑한다느니, 청혼을 거절해 속이 상했다느니, 다른 놈팡이를 만나서 화가 치민다는 등 쓸데없는 얘기를 늘어놓고는 느닷없이 나를 납치하려고 했어요."

"죽일 놈!"

"조가 애송이가 감히!"

여기저기서 분통을 터뜨리는 소리가 들렸다.

그중에 한 명은 아예 탁자를 부서져라 내려쳤다. 사십 대 중반에 턱수염을 멋지게 기른 이였는데, 그는 사신당 중에 주작당을 맡고 있는 위대붕(委大硼)이었다.

평소 성격이 급하고 격앙되면 물불 가리지 않기로 정평이 나 있는 그였는지라 과연 이번에도 실망시키지 않고 면모(面貌)를 보인 것이다.

자신에게 시선이 쏠린 것을 느낀 위대붕은 좀 전에 기여영이 그랬던 것처럼 멋쩍게 웃었다.

소란이 진정되자 위청란은 계속해서 말을 이어갔다.

"그자의 무공은 저와 엇비슷하더군요. 한데 시비가 일던 중에 홍화(紅花)가 인질로 잡혀서 그 아이를 구하려다 심한 상처를 입게 되었어요. 결국 홍화는 죽고 저는 가까스로 도망쳐 위기를 모면했어요. 이게 다예요."

말을 끝낸 위청란은 상석을 향해 고개를 까딱하더니 휑하니 실내를 빠져나갔다.

그러자 사람들은 일순 멍청한 표정으로 옆 자리의 인물한테 고개를 돌렸다.

회합을 급조케 한 당사자가 홀연히 사라진 것도 그랬지만, 길길이 날뛰어야 할 위청란이 남 얘기하듯 전혀 반응을 보이지 않는다는 게 중요한 이유였다.

하지만 워낙 제멋대로 바뀌는 그녀의 태도를 익히 아는지라 곧 저마다 고개를 끄덕였다.

이윽고 기여영이 말했다.

"그럼 대책을 말해 보세요."

위대붕이 자리를 박차고 일어섰다.

"대책은 한 가지뿐입니다. 적검문을 일거에 섬멸하는 것! 그것 말고 또 무슨 대책이 있겠습니까?"

그는 적검문을 반드시 멸문(滅門)해야 한다며 연신 침을 튀겨댔다.

물론 재고할 여지도 없는 너무도 당연한 말이었다. 일파의 위(位)를 계승해야 할 이를 납치하려 했다면 당연히 정면 도전을 한 것이나 마찬가지였다.

'당연한 말이오!'

사람들은 내심 그렇게 중얼거리면서도 한편으로는 당황한 표정을 지었다.

기실 그가 많은 얘기를 했다지만 '섬멸', 혹은 '멸문'이라는 말만 반복해서 강조했을 뿐 구체적인 계획이나 방법에 대해서는 전혀 언급이 없었던 것이다.

그것이 답답했는지 누군가가 위대붕의 말을 잘랐다.

"잠시 진정하고 자리에 앉으시오, 위 당주!"

머리가 희끗하고 유난히 잔주름이 많은 중년인, 바로 현무당주의 직책을 맡은 곽연(郭然)이었다.

뭐라 투덜거리며 위대붕이 자리에 앉자 그는 조용히 일어나서 입을 열었다.

"본인의 의견도 위 당주의 뜻과 다르지 않소이다. 본 방은 어느 때보다 전성기를 누리고 있는 실정이외다. 알다시피 이미 소주의 유흥가 중 절반에 가까운 기루나 도박장이 본 방에 의탁해 있고, 본 방에서 직접 운영하는 곳은 스물다섯 곳이나 되오. 이곳에서 벌어들이는 막대한 자금을 바탕으로 그간 우리는 꾸준히 세력을 넓혀 왔소."

그는 목이 타는지 탁자 위에 놓인 찻잔을 들더니 한 모금 마시고는 말을 이어갔다.

"그 결과 본 방의 인원은 어제를 기점으로 무려 삼천을 넘어섰소. 물론 무공을 모르는 일반인을 제외한다면 절반도 되지 않는 천이백 정도의 숫자지만, 그 점은 적검문 역시 다르지 않을 테니 충분히 자웅을 결할 만한 숫자라 여겨지오. 여기에 약간의 지략(智略)이 가미된다면 과거와는 달리 적검문을 완전히 소멸시키는 것도 무리가 아니라는 생각이외다."

"역시 곽 당주는 대단하오!"

위대붕은 엄지 손가락을 불쑥 치켜세웠다. 싱글거리며 웃는 모습이 마치 '내가 하려던 말이 바로 그것이었소!' 라는 표정이었다.

사람들은 저마다 고개를 끄덕였다. 곽연의 말은 극히 개인적인 의견을 피력한 것이었지만 실상 모두가 공감하는 바이기도 했다.

그의 말처럼 대풍방은 최고의 전성기를 구가했다.

대풍장(大風莊)이 과거 진무방을 위시한 일단의 무림인을 영입하여 대풍방으로 출범할 당시의 수십 배를 능가하는, 그야말로 비교하는 자체가 어리석을 정도로 급성장한 상태였다.

그러나 적검문은 그렇게 호락호락한 상대가 아니었다.

적검문은 오래된 역사를 가진 흑도의 거물 방파였다.

지금 실내에 자리한 인물들이 태어나기 훨씬 전부터 소주의 암흑가를 지배해 온 단체였다. 그 오랜 세월을 이겨내고 아직까지 존재한다는 사실은 그만큼 그들이 충분히 강하다는 증거였다.

게다가 현 문주인 등소(鄧邵)는 역대 문주들 중에 가장 강하며 잔인한 자로 알려져 있다.

대풍방이 그렇듯 적검문 역시 등소의 손에 의해 제이의 도약기를 맞아 날로 세력을 넓히고 있었으니 결코 만만히 볼 상대가 아닌 것이다.

그런 사람들의 마음을 대변이라도 하듯 입을 여는 자가 있었다.

"구구절절 옳은 말씀이지만 그렇게 속단할 일만도 아닌 듯하외다."

천천히 자리에서 일어나는 이는 백호당주인 원후승(元侯承)이었다.

그는 실내의 인물 중 가장 나이가 어린 삼십 대 후반이었다. 처음 대풍방에 몸담을 때가 그의 나이 열아홉이었을 때니, 정확히 이십 년 만에 대풍방을 대표하는 일곱 수뇌부의 일 인이 된 것이다.

그렇다고 뒤를 봐주는 자가 있다거나 편법을 쓴 것은 전혀 아니었다. 그는 오로지 자력으로 쟁취한 것이었다. 그만큼 어떤 일이든 본질을 꿰뚫는 그의 능력은 탁월하다 말할 수 있었다.

원후승은 헛기침을 하고는 입을 열었다.

"대책을 논의하기에 앞서 몇 가지 의문점이 있기에 그것을 먼저 말하려 하외다. 잠시 전 소방주님의 말씀에 의하면 습격한 사람은 적검문의 이공자인 조인환을 포함해 이십여 명으로 알고 있소."

그는 잠시 말을 끊고 주위를 둘러보았다. 마치 동의를 구하는 듯한 행동에 사람들은 저마다 고개를 끄덕이며 자신의 의사를 밝혔다.

그러자 원후승은 입가로 미소를 머금고는 말을 이었다.

"여기서 중대한 사실 두 가지를 알 수 있소. 그 첫째로 소방주님을 납치하려 한 그자가 과연 적검문의 이공자인 조인환이 확실하냐는 거요. 그리고……."

위대붕이 또다시 자리를 박찼다.

"그럼 아니란 말이오?"

"하하! 위 당주, 그만 진정하시고 제 말을 끝까지 들어보시지요."

원후승은 가볍게 목례를 했다.

또다시 발작하려던 위대붕은 상대가 이토록 예의를 갖추자 어쩔 수 없었는지 한소리 신음을 토하고는 맥없이 자리에 앉았다.

"단정하는 건 아니외다. 하지만 시기가 너무 공교롭다는 생각이 드는군요. 본 방과 적검문은 이십여 년째 아무 탈 없이 지내왔습니다. 그런 그들이 갑자기 문제를 일으킬 까닭이 없지 않습니까? 게다가 여기 계신 분들 중에 그자의 얼굴을 아는 분이 계시오? 본인이 알기에는 양 총관님을 제외하고 그 누구도 그자의 얼굴을 모르는 것으로 알고 있소이다. 그 점은 소방주님 역시 다르지 않다고 보오. 그렇지 않습니까?"

자신을 바라보는 양후승의 시선에 양태는 무심결에 고개를 끄덕였다.

"양 당주의 말이 맞네."

확실히 그랬다. 작년 여름 양태는 대풍방의 인물로는 최초로 적검문의 창립 기념일에 축하 사절로 다녀온 기억이 있었다. 그때 양태는 등소(鄧邵)의 두 제자를 모두 보았던 것이다.

"더욱 이상한 일은 그자의 행동이외다. 상대는 적검문의 이공자라는 신분을 지닌 자요. 그런 자가 과연 그토록 허술하게 일을 처리했을까요? 본 방의 소방주님을 납치하려는데 변변치 않은 수하 이십여 명이라… 누가 보아도 상리(常理)에 어긋나는 일임에 틀림없소."

"그럼 적검문이 아닌 다른 곳이 개입했다는 소리요?"

되묻는 이는 곽연이었다. 그의 얼굴은 도무지 믿을 수 없다는 불신의 표정으로 가득했다.

원후승의 말이 이어졌다.

"물론 확인할 수는 없지만 그럴 가능성을 배제하기는 어려운 상황이지요. 과거 본 방이 쉽게 세력을 확장할 수 있었던 이유를 생각해 본다면 충분히 타당성이 있는 일이외다. 비록 세력이 작다고는 하나 소주에는 본 방과 적검문만 있는 것이 아니니까요."

"음……."

곽연은 굵직한 신음을 터뜨렸다. 물론 가능성은 희박했지만 무시하기 어려운 사실이기도 했다. 대풍방이 오늘날과 같은 성세를 구가하게된 데는 방의 등장이 워낙 시기 적절했던 까닭도 있었다.

과거 적검문은 오룡회(五龍會)라는 단체와 이권을 놓고 접전을 벌인적이 있었다. 적검문의 세력이 압도적이었지만 적지 않은 피해를 입은것도 사실이었다.

양측이 극심한 타격을 입고 소강 상태로 접어들 무렵, 새로이 등장한 대풍방이 오룡회를 무너뜨리고 고스란히 그들의 세력을 흡수했고,

그것을 바탕으로 단기간에 거대 세력으로 급부상했던 것이다.

만약 지금의 사건에 암중의 인물이 개입되었다면, 분노한 자신들이 앞뒤 가리지 않고 전쟁을 벌인다면 비슷한 전력을 지닌 두 방파는 치명적인 타격을 입게 될 것이 분명했다.

그때 암중 세력이 등장한다면 대풍방은 그야말로 오룡회의 전철을 밟을 게 확실했다.

이같은 생각을 가진 것은 곽연 혼자만이 아니었다. 약속이라도 한 것처럼 모두가 침묵을 지키자 위대붕이 발끈 소리쳤다.

"이도 저도 아니고 이대로 강 건너 불 구경하듯 두고만 보자는 얘기요?"

매서운 질타에도 불구하고 누구 하나 대꾸가 없었다. 모두의 얼굴에 난감한 기색이 가득했다.

사건의 전모가 뚜렷이 밝혀지지 않은 상태였기에 섣불리 대안을 내놓거나 행동할 수 없는 게 당연했다. 적검문과의 일전은 방의 존립 자체를 위협하는 커다란 사건임이 분명했으니 말이다.

모두가 침묵으로 일관할 때 누군가가 자리에서 일어났다. 바로 좌총관 진무방이었다.

"양 당주의 말에도 다분히 일리가 있기는 하지만, 본인은 이번 소행이 적검문의 짓이라 믿어 의심치 않소. 그자의 진위는 양 총관께서 얼굴을 아시니 쉽게 확인할 수 있을 테고, 여의치 않을 시에는 적검문 쪽과 연락을 취한다면 금세 전모가 드러날 일이요. 하지만 이번 일은 적검문과는 별개로 조인환 개인이 벌인 일이 아닌가 하오. 얼마 전 그가 소방주님을 상대로 매파(媒婆)를 보낸 사실을 여러분도 잘 아시리라 믿소. 게다가 양 당주의 말처럼 기습자의 숫자도 적고 무공 또한 박약한 자들이 아니었소? 아마도 우발적인 행동이었음이 분명하오."

그는 좌중을 둘러보며 단호하게 말했다.

"등소가 누구요? 적검문 창건 이래 최고의 무공을 지녔다고 평가되는 자요. 외람되지만 만약 그가 직접 개입했다면 소방주님은 결코 무사히 돌아오시지 못했을 거요."

"그렇다 해도 소방주님을 능멸한 그자의 행위는 반드시 단죄되어야 하오이다!"

싸늘한 음성의 주인공은 여태 침묵을 지키던 청룡당주 악무비(岳武조)였다.

"그자를 처리하는 것은 단순히 본 방의 위상을 세우는 것 이상으로 중요하오. 자칫 대응이 늦어지면 본 방이 적검문에 밀린다는 인상을 주게 될 테고, 그렇게 되면 본 방은 운영상에 치명적인 타격을 받을 거요."

"악 당주의 말이 맞소. 그러기 위해서는 일단 적검문 쪽에 연락을 취하는 일이 급선무요. 섣불리 나서서 문제를 크게 일으키기보다는 그쪽의 변화를 주시하며 그에 따라 대응하는 것이 옳을 듯하오."

진무방은 네 명의 당주들을 한차례 돌아보고는 신중한 음성으로 말을 이었다.

"이 사실이 알려지면 방도들이 심하게 동요할 테니 우선은 극비에 부치도록 합시다. 그리고 오늘 부로 방 내의 경비를 강화해야 함은 물론이고 외단의 경비를 맡은 자들에게 각별히 주의를 주도록 하시오. 또한 놈이 재차 소방주님을 노릴지도 모르니 소방주님의 안위에 더욱 신경을 써야 할 것이고. 한데, 양 총관의 생각은 어떠시오?"

자신을 바라보는 진무방의 시선에 양태는 내심 씁쓸히 웃어야 했다.

아무리 사심이 없는 그였어도 이미 확정하다시피 말해 놓고 새삼스레 자신에게 의향을 묻는 그의 태도가 달가울 리가 없었던 것이다.

그렇기는 해도 그의 말은 구구절절 옳았다.

"그렇게 하도록 합시다."

양태가 느릿하게 고개를 끄덕이자 사람들의 시선은 일제히 상석으로 향했다.

별 관심 없다는 시큰둥한 얼굴로 옷깃을 매만지던 기여영은 화들짝 놀라며 자세를 가다듬었다. 그리곤 정색을 하고 입을 열었다.

"좋아요. 다들 이의가 없으니 진 총관의 말대로 시행하는 것으로 하죠. 적검문에 보낼 서한은 양 총관이 알아서 보내도록 하세요. 이것으로 회합을 모두 마치겠어요. 다들 돌아들 가세요."

"알겠습니다!"

우렁찬 외침을 끝으로 사람들은 저마다 실내를 나섰다.

양태 역시 밖으로 걸음을 옮겼다. 하지만 그는 채 문밖으로 나서지 못하고 도로 들어와야 했다. 기여영이 그를 불러 세운 것이다.

"양 총관, 갔던 일은 어찌 되었죠?"

순간 양태는 눈앞이 노래지는 것을 느꼈다.

이 시간 자신은 지부대인의 관저(官邸)에 있어야 할 몸이란 사실이 퍼뜩 뇌리를 스친 것이다.

단순히 생일 잔치에 하례객으로 간 것이라면 모르되 출발하기 전에 반드시 혼사 여부를 결정지으라는 기여영의 신신당부가 있었던 터였다.

그런 것을 연회(宴會)가 시작되기도 전에 부랴부랴 홀로 되돌아온 것이니, 갑자기 없어진 그를 찾느라 당황하는 이환(李晥)의 얼굴이 눈에 선했다.

어쩔 수 없었다. 수행원으로 데려간 이환의 능력에 기대를 거는 수밖에 달리 방도가 없었다.

"왜 대답이 없죠?"

재촉하는 기여영의 음성에 양태의 얼굴은 아예 시커멓게 물들었다.

'이환… 믿는다!'

제4장

안테는 위충광을 찾아가고 소운평은 소녀와 재회하다

ㄱ

양태는 착잡한 심정으로 청풍각(清風閣)을 벗어났다. 한낮의 태양이
따끔거릴 정도로 눈을 자극했기에 그는 한 손으로 눈가를 가린 채 잔
뜩 인상을 써야 했다.

몇 번 눈을 깜박이던 양태는 어느 정도 적응이 되자 댓돌 아래로 내
려섰다.

번초(番哨)를 서던 무사들이 포권을 하며 인사를 건넸지만 그는 별
반 대꾸도 없이 걸음을 옮겼다.

느릿하게 걸음을 옮기는 그의 속마음은 걸음걸이만큼이나 무겁기만
했다.

"후우⋯⋯!"

깊은 한숨을 토해낸 양태는 머리를 흔들었다.

예감이 좋지 않았다. 이유를 알 수 없는 불안감이 한층 머리 속을 복

잡하게 만들었다.

오늘 상석에는 분명 방주가 자리했어야 했다. 물론 방주의 신상이 그럴 만한 상태가 아니란 것은 누구보다 잘 아는 사실이었다.

근 오 년 가까이 매번 그래 왔었기에 이젠 일상처럼 느껴지는 일이기도 했다.

그래도 처음에는 이렇지 않았다. 회의 때마다 방주의 의견이 거론되었고, 유일하게 방주와 연락이 되는 자신은 그때마다 방주의 거처를 찾아야 했던 것이다.

처음엔 어색해하던 기 부인도 이제는 어렴풋이 방주 대행다운 면모를 갖춰 가고 걱정스럽던 방의 모든 일들도 순조롭게 돌아갔다. 방의 세력은 날로 커져 갔고 일체의 문제도 벌어지지 않았다.

당연히 쌍수를 들어 기뻐해야 할 일이지만 한편으로 씁쓸하기만 했다.

그들의 기억에서 방주는 사라져 가는 것이다.

이젠 어느 누구도 방주의 안위에 대해 묻지 않았다. 돌연한 방주의 칩거 소식에 침을 튀기며 반대하던 위대붕이나 곽연마저도 마찬가지였다. 그저 자신들의 일에 매달릴 뿐 관심 밖의 일인 양 일언반구도 없었다.

그 자리에 방주가 자리하지 않았다는 사실을 너무도 자연스레 받아들이는 그들의 태도, 그는 그것이 못내 가슴 아팠다.

더욱이 방주 홀로 겪고 있을 고통을 생각하자니 가슴이 미어지는 것 같았다.

그리고 진무방의 태도는 왠지 그를 찜찜하게 만들었다.

방주의 칩거 이후에도 그는 대풍방의 좌총관으로서 최고의 노력을 아끼지 않았다.

그는 대풍방의 창업 공신으로 지금까지 누구보다 방을 위해 헌신한 자 중의 하나였다. 실제로 그의 탁월한 능력이 없었다면 대풍방이 오늘날과 같은 성세를 누리는 데는 적어도 십 년은 더 걸릴 정도라 말해도 과언이 아니었다.

그런 까닭에 외부인(外部人)으로는 가장 높은 지위인 총관에까지 임명된 것이다.

방주가 칩거에 든 이후 방 내의 일을 처리하는 데 그의 의견이 많은 비중을 차지했다.

사람들은 누구나 그의 말에 귀를 기울였다. 사신당의 당주들은 물론이고 심지어 방주 대행에 임명된 기 부인조차도 그랬다.

중요한 일은 물론 사소한 일에까지 모든 일에 그의 의견이 최우선이 되었다. 그렇지만 누구도 불만을 토로하는 자는 없었다. 그의 의견은 늘 옳았고 항상 만족할 만한 결과를 안겨주었다.

그의 뛰어난 역량으로 볼 때 어쩌면 자연스러운 일이기도 했다. 차츰 그의 영향력은 커갔고, 사람들은 그의 지시를 받는 것에 익숙해져갔다.

하나 양태를 불안하게 만드는 이유는 그것이 아니었다.

인간이라면 누구에게나 욕심이란 게 있기 마련이다. 인간인 이상 그 점은 진무방 역시 다를 리가 없었다.

설사 그가 한 점 욕심이 없는 정인군자(正人君子)라 하더라도 주위에서 그를 대하는 눈초리를 대하면 한 번쯤 우쭐하는 마음이 드는 것이 보통의 인간이었다.

하지만 그는 예전과 다름없었다. 여전히 그는 대풍방의 좌총관으로 임무에 충실할 뿐 실오라기만큼의 사심도 보이지 않았다.

사실 지극히 바람직한 태도였다. 양태 역시 당연하게 받아들여야 하건만, 마치 폭풍 전야의 고요함을 대하듯 뜻 모를 불안감에 젖어들어야 했다.

차라리 그가 스스로 방주 위에 오른 듯 행동하며 안하무인(眼下無人)이었다면 이렇게 불안한 마음이 들지는 않았을 터였다.

'혹시 질투라도 하는 건 아닌지?'

양태는 스스로에게 질문을 던졌다. 그리고는 자신이 생각해도 어이가 없었는지 이내 멋쩍게 웃었다.

갈수록 진무방의 영향력이 커지는 것과는 반대로 자신의 입지는 날로 쇠약해졌다. 그렇다고 아직까지 방 내에서 그를 무시할 수 있는 자는 아무도 없었다.

그는 방주의 오른팔이자 대풍방의 우총관으로서 여전히 방도들의 존경을 받는 몸이었다.

총관이라는 직책 따위는 안중에도 없었다. 방주의 간곡한 권고가 아니었다면 미련없이 벗어던지고 방주의 곁에서 평생을 보내고 싶었다.

그것은 양태의 솔직한 심정이었다.

'방주……!'

위충량의 얼굴을 떠올리자 가슴을 도려내는 듯한 통증이 느껴졌다. 게다가 어제저녁에 발생한 소방주를 겨냥한 납치 사건은 그를 혼란스럽게 만들었다.

이 소식을 전해 들은 방주가 얼마나 충격을 받을지 그는 잘 알고 있었다. 결국 그는 걸음을 멈추고 잠시 동안 고민해야 했다.

그러나 어찌 되었든 소방주의 친부였다. 더구나 숨긴다고 감추어질 일도 아니었다. 사실을 전해 듣고 미칠 듯 분노하는 광경을 본다 해도 그건 나중의 일이었다. 물론 그 모습을 보는 자신은 더욱 괴로워해야 겠지만.

고개를 든 양태는 어느새 자신이 방의 제일 후미진 곳인 가산(家山) 입구에 도착해 있는 것을 발견했다. 이곳부터는 방주령(帮主令)으로 선포된 금지였다.

그는 걸음을 재촉했다. 실타래처럼 얽힌 그의 마음만큼이나 재빠른 걸음이었다.

야트막한 구릉을 지나니 눈앞으로 한 채의 사당이 나타났다. 바로 위가(偉家)의 선조를 제사 지내는 조사당(祖祠堂)이다.

지붕 군데군데 푸른 이끼가 끼어 낡고 오래되어 보이는 사당의 양편에는 석상이 서 있었다. 어찌나 세월의 풍상을 겪었는지 비바람에 깎이고 쓸려 그저 사람의 형체만을 간신히 유지한 돌덩이에 불과했다.

막 조사당 앞을 지나치려던 양태는 문득 걸음을 멈추었다. 그리고는 두 손을 모은 채 석상을 향해 허리를 숙이며 나직이 중얼거렸다.

곁에 있어도 알아들을 수 없을 만큼 작은 소리였다. 무엇을 빌었는지는 오직 양태 본인만이 알리라.

사당 뒤쪽으로는 짙푸른 죽림(竹林)이 펼쳐져 있었다. 한데 햇빛에 반사되는 대나무 줄기들은 은은한 붉은빛을 띠는 것이 아닌가. 바로 자죽(紫竹)이었다.

이 자죽으로 둘러싸인 안쪽에는 한 채의 건물이 자리했는데 이름 그대로 자죽원(紫竹院)이었다.

원래 이곳은 대풍장 시절부터 매년 원단이나 기일이 되면 위가의 선조들을 모시는 제례를 올리기 위해 가주들이 묵는 숙소였다. 제례가 있기 전날 홀로 묵으며 목욕재계하고 심신을 정갈히 하던 엄숙한 곳이었다.

그러나 오 년 전부터는 아예 금지로 지정되어 버려지다시피 한 오지에 불과했다.

그것을 증명이라도 하듯 주위에는 사람의 키만큼이나 높이 자란 잡초들이 무성했다.

잡초들 사이로 작은 길이 나 있었다. 아니, 길이라고 하기에는 너무도 초라했다. 사람의 발길이 닿는 대로 잡초가 누워버려 간신히 사람 하나가 지나다닐 공간이 확보된 것에 불과했다.

'그 말이 사실이었군.'

양태는 고개를 끄덕였다. 몇 달 전에 기 부인으로부터 조석(朝夕)으로 방주께 보양탕을 보낸다는 전갈을 받은 적이 있었다.

칩거 후에 왕래가 전혀 없을 정도로 무관심한 사이였지만 '그래도 남편을 위하는 마음이려니' 하는 생각에 기쁘게 받아들인 양태였다.

과연 그 말대로 꾸준히 약을 나르는 게 분명했다. 그렇지 않았다면 자신도 한 달에 두 차례밖에 오지 않는 이곳에 저렇듯 길이 생겨날 리 없는 것이다.

양태는 빠른 걸음으로 죽림으로 다가갔다. 막 죽림 앞에 이른 그는 흠칫 몸을 세워야 했다.

전신을 얼릴 것 같은 싸늘한 예기(銳氣)!

삽시간에 몸이 갈기갈기 찢길 정도로 날카롭고 예리한 기운은 바로 살기(殺氣)였다.

절정에 달한 양태가 잠시 긴장감을 느낄 정도로 엄청난 기운이었다.

'오늘도인가?'

양태는 긴장을 풀며 피식 웃었다. 미세한 기척을 느끼고 살기를 보내는 사실로 미루어 그가 틀림없었다. 한 번도 만나본 적은 없지만 그가 방주를 호위하는 두 명의 그림자 중 하나라는 사실만은 알고 있었다.

살기에 둘러싸인 채 양태는 그저 묵묵히 서 있었다.

그러자 잠시 후에 살기가 씻은 듯 사라졌고, 양태는 서둘러 죽림 안으로 들어갔다.

그의 몸은 댓잎에 가려 금세 자취를 감추었다.

후욱!

방문을 열자마자 후끈한 열기가 느껴졌다. 더불어 코끝으로 매캐한 먼지 냄새가 짐승의 시체가 썩는 듯한 악취를 동반한 채 밀려들었다.

양태는 이마를 잔뜩 찌푸렸다.

진동하는 악취 때문만이 아니었다. 실내에서 풍기는 악취는 한 사람의 몸 상태가 극도로 악화되고 있다는 사실의 증거였기 때문이었다.

서둘러 문을 닫은 양태는 쓰러지듯 바닥에 부복했다. 그의 짓눌려진 입술 사이로 폐부를 자아내는 신음이 흘러나와 실내를 울렸다.

"방주!"

고개를 숙인 양태의 면전, 아직도 어두운 그곳에 한 사람이 탁자를 마주하고 의자에 앉아 있었다.

먹물처럼 검은 장포로 전신을 가린 채 어둠 속에 웅크린 인물은 바로 대풍방의 방주이자 양태의 주인인 위충량(偉衝粱)이었다.

머리를 가린 두건(頭巾) 안쪽의 어두운 곳에서 잔뜩 갈라터진 목소리가 흘러나왔다.

"불시에 어쩐 일인가?"

작기는 했어도 사람을 압도하는 힘이 은연중 배어 있는 음성이었다. 하지만 왠일인지 목소리의 끝은 힘을 잃더니 이내 가늘게 잦아들었다.

아마도 불쑥 찾아온 것에 사연이라도 있음을 감지한 듯한 모습이었다.

양태는 고개를 들었다. 그리고는 약간 머뭇거리더니 조심스레 입을 열었다.

"소방주께 약간의 문제가 있기에……."

"자세히 말해 보게!"

위충량의 목소리가 거칠어졌다.

"어제저녁 등소의 둘째 제자가 소방주를 납치하려다 실패하는 일이 벌어졌습니다. 그 와중에 소방주께서 약간의 상처를 입으셨는데 다행히 큰 지장은 없습니다."

"등소, 네놈이 감히!"

분노한 위충량은 탁자를 내려쳤다.

픽!

한데 그 소리가 묘했다. 삶은 호박을 벽에다 던지면 이러한 소리가 날까. 도저히 맨주먹이 탁자에 부딪치는 소리라고 생각할 수 없는 그런 소리였다.

탁자 위는 핏물과도 같은 끈끈한 액체가 흥건했다. 게다가 손을 감았던 붕대가 풀어지며 살짝 드러난 팔뚝은 온통 피고름으로 녹아내리는 중이었다. 실로 눈뜨고 볼 수 없는 처참한 광경이었다.

"끄으……!"

위충량은 전신을 떨며 연신 탁자를 내려쳤다.

픽! 픽! 픽!

탁자가 일렁거리며 핏물과 함께 너절한 살점이 사방으로 튀었다. 위충량의 상반신은 금세 악취를 풍기는 액체로 범벅이 되었다.

"제발 고정을!"

양태는 애가 탔다. 의도(醫道)에 문외한인 그가 보기에도 병의 징후는 극히 심한 상태였다. 행여 심화(心火)마저 생긴다면 돌이킬 수 없는 화를 초래할지 모르는 일이었다.

"방주!"

다급해진 양태는 무릎으로 기어가 위충량의 다리를 움켜쥐었다.

흠칫!

위충량의 몸이 순간적으로 경직되는가 싶더니, 양태의 손을 뿌리치고 황급히 뒤로 몸을 빼냈다.

"내 몸에 손대지 마라!"

싸늘한 외침에도 불구하고 절대 화를 내는 것이 아니란 것을 양태는 잘 알고 있었다. 그는 자신이 병에 옮을 것을 염려하는 것이다.

'방주······.'

양태의 눈에 뿌옇게 습기가 어렸다.

어느 정도 흥분이 가셨는지 위충량은 다시 의자에 몸을 기댔다.

"방의 대응책은 정해졌나?"

"습격한 인물은 적검문의 이공자라는 인물인데, 아무래도 본인 여부도 확실치 않고 게다가 사건의 전반에 석연치 않은 점이 많은지라······."

양태의 말은 계속해서 이어졌다.

그가 들은 사건의 전반적인 내용과 칠인회에서 거론되었던 대응 방

책의 소상한 내용까지 모두 말하는 데는 근 이 각(二刻)이란 시간이 소요되었다.

위충량은 담담한 어조로 고개를 끄덕였다.

"옳은 결정이야."

흥분한 채 짐승같이 날뛰던 자로는 생각되지 않을 만큼 차분한 모습이었다.

"그래, 그 아이의 태도는 좀 어떤가?"

"전과 다름없으십니다. 어떤 일에도 관심을 보이질 않으시고 여전히 운영루에서 술을 마시는 것으로 시간을 보내십니다. 큰 문제를 일으키지는 않으시지만 항상 종잡을 수 없이 행동하시는지라 방도들이 곤란을 당하는 경우가 허다합니다."

"아직도 나를 원망하는 게지……."

위충량은 그렇게 중얼거리며 고개를 떨구었다. 딸아이의 얼굴을 떠올릴 때마다 그는 늘 죄인이었다.

"돈이 그렇게 중요한가요? 그것 때문에 딸의 하나뿐인 친구와 부모를 해쳐야만 했던가요? 아버지의 딸로 태어난 것이 정말 원망스러워요!"

열 살이 될 무렵, 학당(學堂)에 다녀온 딸아이가 울부짖으며 던진 말이다.

눈물이 가득한 눈으로 차신을 바라보는 시선은 비수가 되어 그의 가슴을 후벼팠다. 그 후로 딸아이는 그에게서 멀어져 갔다. 그것은 견딜 수 없는 고통이었고 절망의 나락이었다.

과거 세력을 형성하기 위해선 오룡방과의 충돌은 불가항력이었다.

그렇다고 절대 의도적인 것은 아니었다. 피와 살점이 난무하는 혼란스러운 와중에 소녀 하나가 희생된 것이 무슨 대수일까마는, 자신의 손에 비참하게 죽음을 맞은 오룡방주의 여식이 딸아이의 절친한 친구일 줄은 생각지도 못했던 일이었다.

그러나 미리 알았다 해도 그렇게 할 수밖에 없었다. 그때의 결정은 다시 한 번 그 당시로 돌아간다 해도 다르지 않을 터였다.

무엇보다 돈이 절실히 필요했다. 오직 그것만이 두 사람의 생명을, 아니, 이젠 수백으로 불어난 생명을 살릴 수 있기 때문이었다.

"험, 험!"

헛기침소리에 정신을 차린 위충량은 눈앞의 양태를 바라보며 물었다.

"혼사 문제는 어떤가?"

"아무래도 관부(官府)와 무림세가의 일이니만큼 관 대인이 약간 망설이고 있는 상태입니다. 하지만 관 대인의 자제가 워낙 지대한 관심을 보이니 조만간 명쾌한 답변이 있겠지요. 소방주님은 여전히 관심조차 없는 모습인데 비해 기 부인께서 적극적으로 나서는 실정입니다."

"여영이?"

따지고 보면 그녀 역시 큰 피해자였다.

어린 나이에 자신에게 시집와 버림받다시피 외롭게 지내왔던 그녀였다. 딸아이는 관인(官人)에게 출가시켜 고생시키지 않겠다는 그녀의 마음을 모르는 바는 아니었다.

그렇지만 혼사만큼은 딸아이의 손에 맡기고 싶은 것이 그의 솔직한 심정이었다. 상대가 촌 무지렁이나 거지라 해도 말이다.

"가능하면 그 아이의 뜻을 거스르지 않게 해주게. 어릴 적부터 유난

히 자네를 따르던 아이가 아닌가? 그렇게 해주겠지, 양제(陽弟)?'

'방주!'

양태는 눈시울이 뜨거워지는 것을 느꼈다. 무려 사십여 년 만에 다시 들어보는 소리였다.

전대 가주(家主)가 살아 계시고 선친이 집사로 일할 무렵, 어렸을 때의 두 사람은 남몰래 호형호제(呼兄呼弟)하며 마치 친형제처럼 지내왔었다.

그러던 것이 위충량이 가주 위를 승계(承繼)한 후부터는 속마음이야 달랐겠지만, 오로지 주종(主從) 관계로만 지내온 것이다.

수십 성상이 흐른 지금에 그때의 호칭을 다시 듣게 되다니, 어찌 감회가 새롭지 않겠는가? 마치 열서넛의 어린 시절로 돌아간 양 양태의 가슴은 두근두근 두방망이질 치기 시작했다.

'물론이외다, 방주!'

감격에 겨워하는 양태의 귓가로 재차 음성이 들려왔다.

"그건 그렇고, 겨우 등소의 둘째 제자 아이에게 당하는 꼴이라니, 그 아이가 여전히 호위를 거부하는 게로군."

"그렇습니다. 호위라고 따르게 해봐야 소방주님의 실력에도 미치지 못하는지라 번번이 따돌림을 당하기 일쑤이고, 그렇다고 사신당의 당주들을 호위로 부릴 수도 없는 입장이라……."

"그럴 줄 알았네."

위충량은 고개를 끄덕이고는 허공에다 손짓을 했다. 그저 의미없이 한차례 손을 까닥인 것에 불과했다.

한데 정녕 놀라운 일이 벌어졌다.

스륵!

미세하게 공기가 움직인다고 느껴지는 순간 실내의 어둠 속에는 한 사내가 그림자처럼 모습을 드러냈다.

그 모습이 너무나도 자연스러워 마치 원래부터 실내에는 세 명이 있었던 것처럼 느껴질 정도였다.

흠칫!

양태는 머리칼이 쭈뼛 곤두서는 느낌이었다.

모습을 드러낸 자는 삼십 대로 여겨지는 흑의를 걸친 사내였다. 육척(尺)에 못 미치는 키에 날렵한 체구를 지녔는데 치렁한 흑발이 얼굴의 태반을 가려 용모는 확인할 수 없었다.

사내는 옆구리에 병기를 매달고 있었다. 길고 짧은 두 자루의 도였다.

양태가 놀란 것은 사내가 어울리지 않게 병기를 두 자루나 지녔기 때문이 아니었다.

사내의 모습은 실로 기이할 정도로 특이했다.

전혀 존재감이 느껴지지 않았다. 분명 눈앞에 서 있건만, 사내에게선 일점의 기척이나 호흡도 느껴지지 않을 뿐더러, 아무리 눈을 크게 뜨고 바라봐도 전신의 윤곽 또한 흐릿했다.

믿을 수 없는 사실에 양태는 한껏 눈을 치켜떴다.

언젠가 수염이 막 돋아날 무렵 미친 듯 탐독했던 무서(武書)의 한 자락이 뇌리를 강타했다.

은신(隱身)의 최고봉(最高峰)은 자신의 모습을 티끌 한 점 없이 숨기는 것이 아니다. 자연에 순응하는 것이요, 주위의 만물과 완벽하게 동화되어 스스로 천지 만물 속에 녹아드는 것! 이것이야말로 은신의 최고의 경지라 할 수 있으리라.

  그렇다. 자신의 눈앞에 서 있는 흑의 사내는 어둠의 일부분인 듯했다. 아니, 순수한 어둠 그 자체였다.

  양태가 여태껏 믿지 못하던 경지를 사내는 적나라하게 보여주고 있는 것이다.

  "이름은 아도(啞刀)일세! 과거 자네에게 어렴풋이 얘기했던 둘 중의 한 명이지."

  그 점은 양태도 분명히 기억하고 있었다.

  다른 자의 이름은 아비(啞匕)였다. 둘은 한날 한시에 태어난 쌍둥이였고, 공교롭게도 모두 벙어리였다. 게다가 중화인(中華人)이 아니었다. 양태가 아는 사실은 이것이 전부이기도 했다.

  원래 그들은 왜국(倭國) 무장의 후예로 부유한 왜상(倭商)의 경호원 노릇을 하던 자였다.

  거상의 수행원으로 소주에 온 그들은 어쩌다 폐로(肺癆)에 걸리게 되었고, 설상가상으로 풍토병(風土病)까지 겹쳐 운신할 수 없을 지경에 처했다. 그러자 왜상은 그들을 매정하게 버리고 떠났다.

  낯선 타국에서 언어 소통조차 못하는 그들이 살아날 수 있을 가능성은 거의 전무했다. 그들은 거리를 헤매다 죽음에 이를 운명이었다.

  그때 구해준 것이 위충량이었다. 그들을 거두어 병을 치료해 주고 먹이고 입혔다. 몸이 정상으로 돌아온 뒤에는 그들의 나라로 돌려보내주려는 호의까지 베풀었다.

  그러나 그들은 한사코 위충량의 곁을 떠나려 하지 않았다.

결국 위충량은 그들을 받아들이게 되었다. 아무도 모르게 따로 거처를 마련해 그들의 미진한 무공을 보완해 주고 중화인의 예법과 도리를 가르쳤다.

그 결과 지금에 와서는 위충량의 그림자와도 같은 존재가 되었던 것이다.

"그렇다면 이자로 하여금……."

워낙 상대의 은신술에 놀랐는지라 상대를 자세히 살필 겨를이 없었던 양태는 사내 아도를 주시했다.

놀랍게도 내력의 흔적은 거의 느껴지지 않았다. 증거로 양쪽 태양혈(太陽穴)도 밋밋했다.

그런데도 머리카락 사이로 드러난 사내의 눈빛은 날카롭기 그지없었다.

작은 키에 호리호리한 몸매, 유난히 긴 팔과 소매 아래로 드러난 섬세한 손가락. 쾌도(快刀)을 사용하는 자의 전형적인 모습이었다.

'절정에 달한 은신술과 쾌도라……?'

양태의 입가로 희미하게 미소가 어렸다.

번거로운 것을 싫어하는 소방주의 호위로는 두말할 나위 없이 제격인 자였다.

위충량의 머리가 아도를 향해 돌려졌다.

"내 딸을 알고 있겠지?"

까닥!

아도의 머리가 살짝 숙여지더니 원래대로 돌아갔다. 나무토막이 꺾여지는 듯한 기계적인 동작이었다.

"그동안의 모든 것은 진정 고맙게 여기고 있다, 아도. 이 시간 이후로 넌 나를 떠나야 한다. 네게 청컨대 너의 목숨처럼 그 아이를 지켜다오!"

간절한 염원과도 같은 외침이었다. 위층량의 얼굴을 가린 두건이 한순간 파르르 떨린다고 느낀 것은 양태의 착각이었을까.

사내 아도의 눈빛이 약간 흔들렸다. 하지만 아주 짧은 찰나의 순간에 불과했다.

이윽고 아도의 허리가 직각으로 굽혀졌다.

잠시 후, 허리를 숙인 자세 그대로 아도의 신형이 흐릿하게 일렁이기 시작했다.

스르륵!

마치 모래 속으로 물이 스며들 듯 아도는 실내에서 사라졌다. 그가 떠난 자리에는 빈 공간만 존재할 뿐 어디에도 그의 흔적은 남아 있지 않았다.

그 모습에 양태는 또다시 놀라야 했다.

"실로 대단한 자입니다!"

"아도의 무공이 내공에 기초를 둔 것이 아니기에 상승의 무공을 구사하는 데 약간의 지장이 있다는 사실을 빼고는 능히 일류 고수라 해도 좋을 걸세. 일 대 일이라면 본 방에서 그의 쾌도를 상대할 인물은 채 열 명을 넘지 않을 것이네."

확신하는 듯이 단호한 음성이었다.

"이제 청란의 일은 한숨 돌려도 될 게야. 그리고 자칫 일이 커지게 되면 자네의 발이 묶이는 수가 생기게 될 테니 적검문의 일은 최대한 신중을 기하도록 하게."

"알겠습니다!"

문득 위충량은 화제를 돌렸다.

"운애곡(雲崖谷)에는 언제쯤 다녀올 텐가?"

"글쎄요……."

양태는 잠시 생각에 잠겼다.

평상시대로라면 석 달이 되는 날인 닷새 뒤쯤에 다녀와야 했다. 하지만 적검문의 일이 불거져 나온 지금 며칠씩 자리를 비울 수는 없는 일이었다.

'한 달 정도라면 어떻게든 수습이 될까?'

만약 일이 전면전(全面戰)으로 커지지 않는다면 적검문이 조인환을 자체적으로 징계하며 사건이 마무리되든가 국지전(局地戰)의 수준에서 그친다면 충분히 가능성이 있는 일이었다.

막연하게 그렇게 생각한 양태는 조심스레 대꾸했다.

"특별한 일이 없다면 다음달 초엿새쯤으로 생각하고 있습니다만."

"그런가? 한 달 가까이 남은 셈이로군. 둘 다 잘 지내고 있겠지?"

위충량의 음성이 젖어들었다. 진득한 그리움과 회한이 묻어나는 음성이었다.

'방주!'

양태의 눈에도 뿌옇게 물기가 어렸다.

"혼자 있고 싶네."

갑작스레 위충량은 등을 보이며 돌아앉았다. 명백한 축객령(逐客令)이었다.

"방주!"

양태는 무어라 말하려다 말고 입을 닫았다. 그리고는 몸을 일으키고는 깊숙이 허리를 숙였다.

"알겠습니다!"

천천히 방문으로 걸어가는 그의 어깨는 축 늘어져 유난히 초라해 보였다.

막 문고리를 잡아가는 그의 등 뒤로 위충량의 조용한 음성이 들려왔다.

"그들을 잘 보살펴 주게."

2

"마지막이다. 소운평!"

'으헉!'

긴장이 일시에 풀려 버린 소운평은 하마터면 바닥에 주저앉을 뻔했다.

'흐흐!'

입이 헤벌죽 벌어지며 절로 침이 흘러나왔다.

"이봐, 내가 소운평이야! 바로 나라구!"

잔뜩 기분이 오른 소운평은 옆에 서 있던 사내의 손을 움켜쥐고 제자리에서 펄쩍펄쩍 뛰었다.

손을 잡힌 사내는 싸늘히 노려보고는 인상을 쓰며 손을 뿌리쳤다. 그 바람에 소운평은 비틀거리다 옆의 사내와 어깨를 세게 부딪쳤다.

입에서 '어이구!' 소리가 새어 나올 정도로 통증이 심했지만 시종일

관 웃음을 짓는 소운평이었다.

보다 못한 서이룡이 냅다 소리를 질렀다.

"이봐, 네놈! 빨리 앞으로 나오지 못해!"

"예, 예!"

찔끔한 얼굴로 소운평은 재빨리 앞으로 뛰어나갔다.

앞쪽에는 먼저 호명된 네 명의 사내들이 나란히 서 있었는데, 그는 오른쪽 끝에 자리를 잡았다.

그러자 서이룡은 슬쩍 그를 한 번 노려보고는 남은 자들한테 시선을 주었다.

장내는 거의 난장판을 방불케 했다. 자신이 제외됐다는 사실에 한탄하는 자, 망연자실한 표정으로 고개를 푹 숙인 자, 그들이 제각기 떠들어대는 소리로 귀가 아플 지경이었다.

짜증이 난 서이룡은 눈을 부라렸다.

"이 자식들, 조용히 못해!"

사내들은 일제히 입을 닫았고 삽시간에 장내가 조용해졌다. 개중에 몇몇은 서슬이 시퍼런 서이룡의 모습을 대하고 오줌이라도 지릴 것 같은 몰골이었다.

서이룡의 입가에 득의의 미소가 걸린 것은 너무도 당연했다. 그는 자신이 생각하는 최대로 인자한 표정을 지으며 입을 열었다.

"기다리면 언젠가 너희에게도 기회가 오게 될 테니 그리 아쉬워할 필요는 없다. 자, 모두 두 줄로 나란히 서기 바란다!"

사내들이 앞을 다투어 줄을 섰기에 곧 두 줄로 길게 늘어선 행렬이 이루어졌다.

그러자 서이룡은 뒤쪽의 수하에게 눈짓을 했다.

그에게 지목당한 자는 이마에 동전만한 사마귀를 지닌 이십 대의 무사였다. 그는 연신 투덜거리며 건물 안으로 들어갔다.

잠시 후 모습을 드러낸 사내의 양손에는 묵직해 보이는 주머니가 들려 있었다. 사내는 주머니를 바닥에 내려놓고는 다시 자리로 돌아갔다.

서이룡은 주머니 속에 손을 넣었다.

"이것은 본 단의 단주께서 돌아갈 여비로 하사하시는 일종의 위로금이다."

그의 손에 들린 것은 반짝이는 은자였다. 그것도 한 냥은 족히 되는 크기였다.

"와!"

"최고다!"

여기저기서 환호성이 일었다. 좀 전에 낙담하던 것과는 달리 사내들의 얼굴은 환하게 밝아졌다.

기껏해야 반나절을 기다린 것에 불과한데 여비 조로 은 한 냥이라니… 그들의 얼굴에는 한결같이 운영루의 행사에 감탄하는 기색이 역력했다.

"나눠줘라!"

지시를 받은 두 명의 무사가 사내들 사이로 바삐 움직였다. 그들은 일일이 머릿수를 헤아려 가며 차례대로 돈을 나눠주었다.

이윽고 모두가 돈을 받아 들자 서이룡은 몇 마디 당부를 한 후에 해산을 명했고, 사내들은 무사들의 인솔을 받아 질서 정연하게 장내를 벗어났다.

행렬의 긴 꼬리가 월동문 밖으로 사라진 연후에 서이룡은 남은 다섯

에게로 시선을 돌렸다.

다섯 명은 공통점이 있었다. 우선 무공을 거의 모른다는 점이 그랬고, 한결같이 큰 키에 얼굴이 준수한 축에 드는 것이 또한 그랬다.

"네놈들이냐, 운이 좋은 다섯 놈이?"

어정쩡한 자세로 서 있는 사내들을 향해 서이룡은 씨익 웃어 보였다.

"네놈들은 오늘 부로 운영루의 식솔이 되었다. 아니, 정확히 말하자면 대풍방의 방도가 된 것이다. 비록 허드렛일을 하는 비천한 일꾼에 불과하지만 그 점은 자부심을 가져야만 할 것이다."

사내들은 저마다 고개를 끄덕였다. 얼굴 가득 자랑스러운 기색이 완연한 것이 가식이 아닌 진심으로 그렇게 생각하는 것이 분명했다. 하지만 그중에 단 한 사람은 예외였다.

소운평은 고개를 갸우뚱했다.

'운영루면 운영루지, 대풍방은 또 뭐야?'

하긴 운영루의 실질적인 주인이 대풍방이고, 이곳이 대풍방이 직접 운영하는 스물다섯 개의 기루 중 하나라는 사실이 그가 알 리 만무했다.

아무리 생각해도 연관 관계를 찾을 수 없게 되자 그는 대충 '그런가 보다' 하고는 얼버무렸다. 설사 알았다 해도 지금은 그런 것 따위에 관심을 둘 여유가 없었다.

그의 머리 속은 매달 자신에게 돌아올 은 열 냥으로 가득 차 있었기 때문이다.

사정이 그렇다 보니 당연히 서이룡의 말도 귀에 들어올 리가 없었다.

"차후로 너희는 본인의 보호 아래 놓이게 될 것이다. 문제가 생긴다면 재빨리 나를 찾아오면 된다. 내 이름은 잘 알고 있겠지?"

"예, 서 나리!"

이구동성으로 외치는 사내들의 고함 소리에 서이룡은 흡족한 미소를 지었다.

"좋아! 숙소를 정해줄 테니 오늘은 푹 쉬도록 해라. 자세한 것은 차차 알게 될 것이다. 이들을 따라가면 숙소로 안내해 줄 것이다."

그 말을 끝으로 서이룡은 건물로 들어갔다. 물론 소운평에게 슬쩍 눈길을 주고는 말이다.

어느새 나타났는지 사내들의 앞에는 다섯 명의 무사가 서 있었다. 그들은 각자 한 명씩을 손짓해 선택하더니 함께 장내를 떠나갔다.

하지만 그런 사정은 알 바 없다는 듯 소운평은 그때까지도 헤벌쭉 웃으며 감격에 잠겨 있었다.

전노육(田魯六)이라는 이름을 가진 무사의 얼굴이 처참하게 일그러진 것은 당연지사였다.

"야, 이 자식아!"

그 소리에 퍼뜩 정신이 든 소운평은 일순 어리둥절한 얼굴로 주위를 둘러보았다.

우습게 생긴 서이룡의 얼굴도, 자신의 주위에 서 있던 사내들도 모두 사라진 뒤였다. 그를 반기는 것은 저만치 떨어진 채 잡아먹을 듯 노려보는 무사의 얼굴이었다.

그제야 전후 사정을 눈치 챈 소운평은 나는 듯 무사에게 달려갔다.

"헤헤, 죄송합니다!"

소운평은 실실거리며 연신 허리를 숙여댔다.

하지만 전노육은 가소롭다는 표정을 지으며 솥뚜껑만한 주먹을 휘둘렀다.

곧 돼지 멱 따는 듯한 비명이 장내를 울렸다.

"꾸에엑!"

*   *   *

위청란이 술을 마시는 방법은 특이했다.

그녀는 작은 술잔을 선호했다. 엄지와 검지를 둥글게 말면 만들어지는 공간만큼의 크기를 가진 작은 술잔을 좋아했다.

우선 술잔에다 술을 가득 채우고 들어 올린다. 그런 다음 마시기 시작하는데, 여기서부터 그녀의 남다른 취향이 드러나게 된다.

그녀는 절대 한꺼번에 술잔을 비우지 않았다. 그렇다고 서너 번에 걸쳐 나누어 마시는 것도 아니었다.

술잔을 입에다 대고는 윗입술을 술에 적신다.

그러면 입술에 술이 방울방울 맺히게 되는데, 놀랍게도 그녀는 입술에서 흘러내리는 술 방울을 혀로 받아 마시는 것이다.

약간 특이하기는 해도 충분히 그럴 수 있는 일이었다.

그러나 남달리 주량이 뛰어나지 않으면 엄두도 내지 못하는 일이기도 했다. 같은 양이라 해도 이런 방법으로 마시게 되면 고통스러울 뿐만 아니라 취기도 빨리 느끼기 때문이다.

위청란은 보통 때와 다름없이 오늘도 술을 마셨다.

대지를 뜨겁게 달구던 해가 조금씩 저물어 가는 유시(酉時) 무렵, 그녀는 커다란 누각(樓閣)의 난간에 기댄 채 술잔을 기울이는 중이었다.

누각은 연못의 가운데에 솟은 섬 위에 위치했다. 그래서인지 그녀의 주위는 찰랑이는 물 이외에는 아무것도 눈에 띄지 않았다.

인공적으로 만들어진 연못은 둘레가 백여 장 정도로 제법 넓은 편이었다.

연못가로는 네모난 대리석이 촘촘히 깔린 산책로가 이어져 있고, 그 주위는 온갖 꽃과 기화이초(奇花異草)가 어울려 수려한 정취를 자아냈다. 그리고 남쪽에는 멋들어지게 휘어진 석교(石橋)가 마치 육지와 섬을 연결한 모양처럼 놓여 있었다.

한데 수려한 풍광에도 불구하고 주위에는 인기척이 전혀 없었다.

이곳은 다름 아니라 운영루의 별원 중에 가장 호화롭게 꾸며진, 이른바 천상의 미녀의 시중을 받을 수 있다는 천화원(天花院)의 일부였다.

물경 수백 금을 지불해야 문턱을 넘을 수 있는 곳이다.

당연히 특정한 소수의 인물만이 출입하는 데다 향기로운 술과 꽃 같은 미녀의 시중을 마다하고 한가로이 연못가를 거닐 인물이 몇이나 되겠는가? 그런 관계로 이곳은 늘 인적이 드물었다.

바로 그 점이 위청란이 이곳을 즐겨 찾는 이유였다.

위청란은 천천히 술잔을 입으로 가져갔다. 시선은 잔잔한 수면을 응시한 채였다. 그리고는 입술을 핥는 특유의 방법으로 술을 마셨다.

몸을 웅크리고 혀를 내밀어 입술을 핥는 그녀의 모습은 한 마리 고양이를 연상케 했다.

스으으……!

부드러운 미풍(微風)이 불어와 그녀의 탐스러운 머리칼을 쓸어 넘겼다. 덕분에 반쯤 가려졌던 그녀의 얼굴이 고스란히 드러났다.

갑자기 주위가 환하게 밝아지는 듯했다.

상처의 영향으로 약간 핼쑥한 얼굴이 저물어가는 햇살에 반사되어 보석처럼 반짝거렸다. 마치 구름에 가려졌던 만월(滿月)이 드러나며 일시에 빛을 발하는 듯한 광경과도 흡사했다.

그런 그녀의 얼굴은 인세(人世)의 것이라 볼 수 없을 정도로 아름다웠다.

그러나 여전히 무표정하기만 했다. 감정이라고는 일체 담겨 있지 않은 그녀의 얼굴은 옥(玉)을 정교하게 다듬은 조각상 같았다.

조금씩 어둠에 묻혀가는 수면을 바라보며 그녀는 묵묵히 술잔을 기울였다.

그녀가 마시는 술은 싸구려 백주였다. 여인이 마시기에는 상당히 독한 술이었는데도 불구하고 안주는 없었다.

이번뿐이 아니라 원래 그녀는 안주를 즐기지 않는 편이었다. 안주를 먹게 되면 술 본연의 맛을 느낄 수 없다는 게 그 이유였다.

그녀의 나이 열일곱, 여자로서는 모르되 연륜으로 본다면 상당히 어린 나이였다.

그럼에도 불구하고 늙은 술꾼인 양 벌써 술 맛을 알기라도 하는 걸까? 목을 톡 쏘며 넘어가는 아릿한 통증과 콧속을 울리는 여운을 유난히 즐기는 그녀였다.

그사이 어느덧 해가 완전히 사라지고 주위는 어둠에 잠겼다. 천공에 떠올라 사물을 고요히 비추는 달이 찰랑이는 수면 위에 떨어져 일그러졌다.

위청란은 무심히 수면을 응시했다.

출렁이는 물결에 이지러지던 달 그림자가 서서히 한 사람의 영상으로 변해갔다. 순간, 위청란의 눈빛이 거세게 흔들렸다.

은은한 붉은빛이 도는 얼굴에 짙은 눈썹, 거스를 수 없는 위엄이 가득한 두 눈과 굳게 다물어진 입술, 도무지 잊을 수 없는 얼굴!

바로 부친의 모습이었다.

어린 시절 부친은 그녀의 우상과도 같은 존재였다.

누구보다 자신을 아끼고 사랑해 주었다. 부친의 어깨에 앉아 바라본 세상은 늘 그렇게 아름다웠다. 고사리 손에 쥐어진 검을 보고 너털웃음을 짓던 부친의 모습, 함께 검술을 연마하던 그 시절이 그녀가 추억하는 가장 기쁜 순간이었다.

하지만 지금의 부친은 어떤가. 믿음이 컸던 만큼 배신의 감정 또한 거셀 수밖에 없었다.

갑작스레 그녀는 세차게 고개를 도리질 쳤다. 그리고는 애써 떠오른 생각을 지우기라도 하려는지 거칠게 술 단지를 움켜쥐었다.

'이런!'

막 술을 따르려던 위청란은 아미(蛾眉)를 찌푸렸다.

술이 떨어진 것이다. 어느새 단지는 텅 비어 바닥을 드러낸 상태였다. 얼마 되지 않는 동안에 세 근(斤)의 술을 모두 마셔 버린 것이다.

평소라면 어림도 없을 것을, 역시 상처 때문인지 적지 않게 취기가 올랐다. 그런데도 술을 더 마시고 싶다는 욕구는 강렬했다.

답답한 마음을 잊는 데는 술이 최고라는 사실을 그녀는 진작부터 알고 있었다.

취하면 자유로워진다!

설사 그렇지 않더라도 엉망으로 취해 곯아떨어지면 최소한 현실에

서 벗어날 수는 있으니까 말이다.

술잔을 품속에 갈무리한 위청란은 이내 자리를 박차고 일어섰다.

멀리 휘황찬란한 불빛이 눈에 들어왔다. 천화원을 중심으로 오색의 등롱(燈籠)이 반짝이는 것이 그야말로 불야성을 이룬 상태였다.

그녀는 총총히 석교를 건너 걸음을 재촉했다.

한데 당연할 것 같았던 천화원 방향으로 향하지는 않았다. 오히려 그녀는 반대쪽으로 움직였다.

그녀의 목적지는 천화원과 그 아래 등급인 매(梅), 난(蘭), 국(菊), 죽(竹)으로 불리는 사원(四院)의 사이에 위치한 여러 건물 중의 한 곳이었다.

그곳의 건물들은 태반이 일꾼들의 숙소로 쓰였는데, 숙소 뒤쪽으로는 각 원에 공급하는 물건들을 보관하는 창고가 줄줄이 자리했다.

그중에 가장 낡은 건물은 바로 술 창고였다.

은은한 달빛을 뒤로하고 위청란의 섬세한 신형은 금세 어둠 속으로 사라졌다.

3

전노육이 멈춰 선 곳은 네 칸으로 이루어진 허름한 건물 앞이었다. 소주 제일이라는 운영루에 어찌 이런 건물이 있을까 싶을 정도로 허름했다.

그 옆에 자리한 낡은 건물의 뒤쪽에서 연기가 모락모락 피어 오르는 것이 아마도 주방으로 보였다.

주위는 조용했다. 인기척이 전혀 느껴지지 않자 전노육은 버럭 소리를 질렀다.

"이봐, 안에 아무도 없나?"

그러자 부엌 문이 살짝 열리더니 열서너 살 정도 된 소녀의 얼굴이 불쑥 나타났다.

"어머, 전 아저씨 아니세요?"

반색을 하며 쪼르르 달려오는 소녀는 차림새로 미루어 하녀인 듯했다. 음식을 만들던 중이었는지 소녀의 옷에는 여기저기 음식 찌꺼기가 묻어 지저분했다.

그러나 동그란 얼굴이며 양쪽으로 땋아 내려 댕기를 친 머리 모양새가 무척 귀엽다는 느낌을 주었다.

"소화(素花)야, 전보다 훨씬 예뻐졌구나!"

"고마워요, 아저씨."

활짝 웃는 소녀의 볼에 볼우물이 깊게 패였다. 참으로 앙증맞은 모습이었다.

그 모습을 보던 전노육은 귀여워 죽겠다는 표정으로 소녀의 머리를 쓰다듬어 주었다.

"이곳엔 어쩐 일이세요?"

궁금하다는 듯 고개를 갸웃거리는 소녀를 보며 전노육은 빙그레 웃으며 대꾸했다.

"일전에 대랑(大娘)께서 사람이 필요하다고 말씀하신 적이 있지 않았니?"

갑자기 튀어나온 엉뚱한 질문에 소녀는 잠시 당황하는 기색을 보였다. 하지만 곧 이유가 있으려니 하는 표정으로 생각에 잠겼다.

한참을 고개짓을 하던 소녀는 이내 손뼉을 탁 쳤다.

"네, 확실히 그런 말씀을 하셨죠!"

"그래서 내가 왔단다. 바로 저 친구가 이곳에서 일하게 될 거란다."

"그렇군요."

고개를 끄덕이던 소녀의 시선이 전노육의 손가락을 따라 옮겨갔다. 곧 소녀는 한쪽에 어정쩡하게 서 있는 소운평을 발견하고는 까만 눈동자를 굴렸다. 반짝이는 소녀의 눈망울엔 호기심이 가득했다.

"이리 와라!"

전노육이 손짓을 하자 소운평은 느릿하게 두 사람 곁으로 다가갔다.

"인사해라. 처음엔 아무래도 서투를 테니 알고 지내면 여러모로 도움이 될 게다."

말이 끝나자마자 소녀가 냉큼 허리를 숙였다.

"안녕하세요? 진소화(秦素花)라고 해요. 그냥 편하게 소화라 부르시면 돼요."

"아, 안녕하시오?"

얼떨결에 소운평이 마주 인사를 하자 소녀는 '쿡!' 하고 소리 죽여 웃었다.

"전 열세 살이니 존대는 안 해도 돼요. 그렇다고 절대 우습게 보면 안 돼요. 전 숙소의 식사를 책임지는 사람이니 잘못 보이면 국물도 없을 줄 알아요."

소녀 소화는 허리에 두 손을 척 올리더니 짐짓 으름장을 놓았다. 그러다가는 스스로 생각해도 우스웠는지 혀를 쏙 내밀며 웃었다.

"하하핫!"

너무나 귀여운 모습에 전노육은 웃음을 터뜨렸다. 한참을 웃어대던 전노육은 이내 작별을 고했다.

"난 그만 가야겠다. 잘 있거라, 소화!"

"안녕히 가세요, 아저씨."

이윽고 담장을 지나 그의 모습이 사라지자 소화는 소운평을 보며 재잘거렸다.

"방은 제일 끝에 있는 걸 사용하면 돼요. 참, 아직 식사를 못하셨죠? 들어가 계시면 금방 가져다 드릴게요. 아무튼 우리 사이좋게 지내요."

그녀의 모습이 총총히 부엌으로 사라지자 소운평은 자신의 방으로 들어갔다.

방 안은 약간 비좁은 듯했지만 그건 절대 문제가 될 리 없었다. 침상과 사물을 넣는 문갑이 하나씩 놓여 있고 방문 반대쪽에는 창문이 나 있었다. 그래도 한낱 일꾼의 숙소치고는 깨끗한 편이었다.

"흠, 이곳이 내 방이란 말이지?"

내심 만세라도 부르고 싶은 심정이었다.

그가 언제 혼자만의 공간을 가져본 기억이 있었던가. 선머슴 같은 사내들과 함께 기거하리라 여겼는데 의외로 혼자서 지내게 된 것이다.

그가 감격에 겨워 들떠 있을 무렵, 인기척과 함께 방문이 열리더니 소화의 귀여운 얼굴이 나타났다.

그녀의 손에는 의외로 푸짐한 음식이 차려진 소반이 들려 있었다.

"전 일이 생겨서 가봐야 하거든요. 드신 후에 소반은 밖에 내놓으세요. 그럼 내일 아침에 봐요!"

생긋 웃으며 인사를 건네는 소화를 본체만체하고 소운평은 허겁지겁 음식을 먹는 데 열중했다.

그릇에 가득했던 음식이 사라지는 데는 그야말로 눈 깜박할 정도로 잠깐이었다.

"커억!"

길게 트림을 하며 식사를 마친 그는 소화의 말대로 소반을 문밖에 내놓았다.

낮 동안에 모진 심고(心苦)를 겪은 탓인지 전신이 나른하게 풀려 오자 소운평은 이내 침상에 벌렁 드러누워 잠을 청했다.

그렇지만 등 따시고 배부르면 다른 생각이 드는 것이 인지상정(人之

常情)인 법!

"어구구, 죽겠구나!"

소운평은 느닷없이 하체를 부여잡고 신음을 토했다. 갑자기 계집 생각이 간절해지자 하체가 터질 것처럼 반응을 보인 것이다.

별수없이 그는 침상 위를 데굴데굴 굴러야 했다.

'뭐, 구경 정도야 괜찮겠지!'

결국 위안 삼아 기녀들의 모습을 훔쳐보려고 작정한 소운평은 조심스레 방문을 열고 주위를 살폈다. 문밖에 아무도 없는 것을 확인하고는 조심스레 방을 나섰다.

뜰 아래로 내려선 그는 잠시 고민해야 했다.

'가만있자… 어디로 가야 하지?'

생각은 굴뚝같았지만 도무지 길을 알 수 없는 그로서는 정말 난감하기 짝이 없었다.

급한 마음에 주위를 두리번거렸다. 오래지 않아 목적한 바를 이룰 수 있었다. 어둠을 밝히는 휘황찬란한 불빛을 목격한 것이다.

'헤헤, 그럼 그렇지!'

소운평은 곧 다가올 흥분된 시간을 머리 속에 그리며 바삐 걸음을 놀렸다. 그렇게 얼마를 달렸을까. 돌연 소운평이 울상을 지으며 멈추는 것이 아닌가!

꾸르륵!

급히 먹는 밥이 탈이 난다고, 돌연 아랫배가 살살 아프더니 급기야 참지 못할 지경이 되었다. 방귀가 연이어 터지는 것이 금세 비집고 나올 기세였다.

측소를 찾는 것은 어렵지 않았다. 저만치 떨어진 허름한 건물이 그곳일 게 확실했다.

'좀 참아다오, 이놈아!'

그는 둔부에 잔뜩 힘을 주고 쏜살같이 달려갔다.

우당탕!

문짝이 부서지지 않은 것이 용할 정도였다.

소운평은 부랴부랴 하의를 풀고 자세를 잡았다. 배설의 쾌감만큼 시원한 게 또 있을까. 밑에서 풍기는 쿠린 냄새에도 불구하고 그는 부르르 진저리를 쳤다.

'이제 좀 살 것 같다!'

그가 막 바지춤을 추키는 순간이었다.

삐걱!

돌연 문이 열리더니 옆의 칸에 누군가가 들어섰다. 부스럭거리는 소리에 이어 물 소리가 들려왔다.

쏴아아……!

순간, 소운평의 눈이 빛을 발했다. 어딘가 달랐다. 사내라면 이렇게 요란스럽게 일을 치르지 않을 터였다.

'흐흐, 이게 웬 떡이냐!'

입 안 가득 절로 침이 고였다.

아는 사람은 안다. 때론 직접 일을 치르는 것보다 훔쳐보는 재미가 몇 배 더 짜릿하다는 사실을 말이다!

어느 곳에 있는 측소라도 엿보기를 위한 구멍이 한두 개쯤은 뚫려있기 마련이다. 문틈으로 새어드는 어스름한 달빛에 의지해 벽면을 살펴가던 소운평은 어렵지 않게 그곳을 찾아낼 수 있었다.

새끼 손가락이 겨우 들어갈 정도로 작았는데, 모두 세 개였다. 가장 아래의 것은 쪼그리고 앉은 자세에서도 앞쪽으로 허리를 숙여야 하는 몹시 까다로운 위치였다.

그러나 훔쳐보려는 보물(?)의 위치와 밀접한 관계가 있는지라 소운평은 기꺼이 수고를 감수하기로 작정했다.

'자, 슬슬 즐겨볼까?'

급한 마음에 중간쯤의 구멍부터 시작했기에 눈에 들어온 것은 무릎에 걸쳐진 하의(下衣)였다.

한데 간신히 보이는 무릎 위쪽엔 새하얀 붕대가 감겨져 있는 것이 아닌가!

'쯧쯧, 어떤 놈이 저런 몰상식한 짓을!'

애꿎은 사내 하나를 변태로 전락시킨 소운평은 서둘러 허리를 숙였다. 조심조심 두 손으로 무릎을 짚은 다음 둔부를 바짝 치켜들었다. 그 자세를 유지하면서 목을 길게 늘여야 했기에 허리가 끊어질 듯 아팠다.

발을 앞으로 옮기면 한결 수월하겠지만, 행여 삐걱 소리라도 난다면 말짱 공염불이 아닌가 말이다.

그런 각고의 노력 덕에 그는 훌륭히 목적을 달성할 수 있었다.

'히야, 죽여주는구나!'

탐스러운 둔부가 그곳에 있었다. 기대했던 것만큼 풍만한 편은 아니었지만, 문틈으로 새는 달빛을 받아 은빛으로 빛나는 터라 그 따위 것은 문제가 될 리 없었다.

거기다 쪼그린 자세가 힘겨웠는지 몸을 약간 비틀 때마다 거뭇한 안쪽의 음영(陰影)이 보일 듯 말 듯 눈앞을 어지럽혔다.

'아이구, 그래! 조금만, 조금만 더!'

소운평은 숫제 자지러졌다.

그러나 그처럼 들뜬 것이 화근이었다. 좀 더 자세히 보려 눈을 바짝 들이대다 그만 벽에 이마를 박은 것이다.

쿵!

한 겹 나무 판자로 만들어진 얇은 벽이니만큼 소리와 진동은 고스란히 건너편에 전해졌을 것이다.

'에구, 이런 멍청이!'

후회하면 뭐 하나, 이미 엎질러진 물인 것을!

그래도 '혹시나?' 싶어 제일 위쪽의 구멍에 눈을 댄 순간, 소운평의 눈이 찢어질 듯 부릅떠졌다.

'으헉!'

반대쪽에서도 구멍을 바라보고 있었던 것이다.

그러나 그가 그토록 놀란 이유는 다른 데 있었다. 투명할 정도로 맑은 눈동자, 옥을 다듬은 듯 아름다운 얼굴의 소유자는 어젯밤 그에게 횡재를 안겨주었던, 바로 상처 입은 채 쫓기던 위청란인 것이다.

'으… 재수가 없으려니!'

넓은 소주 운운하며 두 번 다시 만나지 못하리라 철석같이 믿었거늘 불과 반나절 만에 다시 부딪치다니, 그것도 측소에서 둔부를 남김없이 드러낸 모습으로 말이다.

설령 하늘이 와르르 무너지고 땅이 홀라당 뒤집어졌다 한들 이보다 더 끔찍하랴!

이젠 엿보다 들킨 건 문제 축에도 못 끼었다. 어물거리다 정체까지 드러난다면 끝장인 것이다.

와당탕!

몸을 일으키고, 발로 문짝을 걷어차고, 구르듯 밖으로 달려나가는 일련의 동작은 그야말로 숨 한 번 내쉴 짧은 시간에 이뤄졌다.

피하려고 꽁지가 빠져라 내달렸건만, 그는 채 오 장도 못 가서 또다시 문제에 봉착하고야 말았다.

"멈춰!"

화라락 옷자락 날리는 소리에 이어 어느새 그의 일 장 앞으로 위청란이 사뿐히 내려섰다.

'어, 어……!'

피하고 어쩌고 할 새도 없었다. 달려가던 속도가 워낙에 빠른 데다 거리마저 가까웠는지라 소운평은 두 팔을 저으며 버둥대다 위청란과 그대로 충돌하고야 말았다.

"어이쿠!"

"어멋!"

두 사람은 서로 껴안다시피 바닥을 뒹굴었다.

서너 바퀴를 뒹군 후 결국 움직임을 멈추었지만, 충격이 심한 두 사람은 한동안 움직임을 보이지 않았다.

'아이고……'

두어 번 고갯짓을 하자 약간 정신이 돌아왔다. 가장 먼저 그를 반긴 것은 코를 찌르는 술 냄새였다. 그리고 다음은 몸 전체로 느껴지는 여체의 감촉이었다.

한데 그 모양새란 것이 소녀는 바닥에 누워 있고 자신은 그 위에 엎드려 있는 형국이라 마치 춘사(春事)를 벌이는 남녀의 자세와 흡사한 것이 아닌가!

'꾸엑!'

머리 속이 텅 비어버린 듯 하얗게 바래졌다.

안 되는 놈은 뒤로 넘어져도 코가 깨진다더니, 진정 마른 하늘에 날벼락과도 같은 일이 아닌가 말이다. 그것도 머리 한가운데 정통으로 맞은 꼴이었다.

머지않아 닥칠 일에 대한 두려움으로 그는 눈을 질끈 감아야 했다.

"손 치워!"

냉기가 풀풀 날리는 음성에 소운평은 퍼뜩 눈을 떴다.

그러나 정신이 없는 와중에 채 목소리를 알아듣지 못했는지라 이렇다 할 행동 없이 눈만 굴릴 뿐이었다.

그러자 위청란이 재차 싸늘히 말했다.

"손 치우라니까!"

'이런, 제기랄!'

삽시간에 소운평의 안색은 똥 씹은 사람마냥 누렇게 변해 버렸다. 그제야 자신의 두 손이 여전히 소녀의 몸에 올려진 상태라는 것을 발견한 것이다. 그것도 다른 곳도 아닌 봉곳한 젖가슴 부위에 말이다.

그는 화들짝 놀라 손을 거두고는 씨익 웃었다.

딴엔 나름대로 여유를 부린다고 벌인 일인데, 그 웃음이란 것이 고사목(枯死木)의 표면처럼 딱딱하고 어색한지라 볼썽사납기 그지없었다.

"내려가."

또다시 들려오는 높낮이 없는 목소리에 소운평은 절망의 나락에 빠져야 했다. 이번엔 그의 얼굴이 검다 못해 아예 사색으로 물들었다.

'애고, 난 이제 죽었다!'

그는 울상을 지으며 신속하게 일어섰다. 부랴부랴 뒤로 물러나려는

데 돌연 복부에 엄청난 통증이 느껴졌다.

"쿠억!"

수백 개의 송곳으로 일시에 복부를 찌르면 이런 느낌이 들까? 학질이라도 걸린 것마냥 다리를 떨어대던 소운평은 결국 바닥에 주저앉고 말았다.

"그 정도로 죽지는 않아! 어서 일어나!"

뒤통수를 쏘아대는 싸늘한 시선을 의식한 소운평은 용수철처럼 퉁겨 일어났다.

무표정한 얼굴과 냉기를 품은 투명한 눈동자가 코앞에 있었다. 금세 사단을 낼 것만 같았는데, 그녀의 입에선 실로 예상치 못한 말이 흘러나왔다.

"술을 가져와!"

'엥?'

소운평은 일순 황당해졌다.

설마 여인으로서 가져야 할 수치심도 없다는 건가, 아니면 훔쳐보았다는 사실을 모른단 말인가?

머리 속이 오만 가지 생각으로 엉켜드는 와중에도 한 가지 사실이 뇌리를 밝혔다. 자신이 누군 줄 기억 못하는 것이 분명했다. 이어 들려온 말이 그것을 증명했다.

"혹시 구면 아냐?"

위청란이 고개를 갸웃하며 묻자 소운평은 펄쩍 뛰며 두 손을 내저었다.

"아, 아닙니다. 절대 그런 일 없습니다!"

몹시 당황하는 폼이 미심쩍었는지 위청란은 재차 그의 용모를 살폈다.

'이크!'

소운평은 황급히 고개를 떨궜다. 더 이상 이곳에 있어야 득될 것이 있을 리 만무했다.

"여기서 기다리세요. 전 그만 술을 가지러……."

말이 끝나기 무섭게 소운평은 등을 돌렸다. 다행스럽게도 상대는 아무런 반응이 없었다.

'어디 백날 기다려 봐라, 내가 다시 오나!'

느릿하던 걸음이 총총걸음으로 변하더니 어느새 그의 발놀림이 나는 듯 빨라졌다.

"잠깐!"

돌연 위청란이 그를 제지했다.

'에구~ 결국 들켰구나!'

소운평이 울상을 지으며 고개를 돌리자 위청란은 어이가 없다는 얼굴로 반대쪽을 가리켰다.

"술 창고는 이쪽이잖아."

"아, 그렇군요! 제가 그만 착각을……."

소운평은 계면쩍게 웃으며 머리를 긁적거렸다.

막 그녀가 가리킨 곳으로 방향을 트는 순간, 또다시 위청란이 그를 부르는 게 아닌가!

"기다려!"

'대체 또 뭐야?'

툴툴대며 고개를 돌리던 소운평은 하마터면 그 자리에 주저앉을 뻔했다. 분노로 일그러진 눈동자가 그의 우수를 노려보고 있었다.

아마도 손가락에 끼어진 옥환을 보는 것이리라!

'이런 제기랄!'

호사다마(好事多魔)라고, 좀 전에 머리를 긁을 때 눈에 띈 것이 분명했다. 그래도 맥없이 당할 수는 없었기에 소운평은 허둥지둥 변명을 했다.

"이건 대대로 물려온 집안의 가보(家寶)인데, 어째서 그러시는지……."

"흥! 그래? 가보란 말이지?"

위청란이 성큼 다가들었다. 사나운 기세는 둘째 치고 스산한 눈빛은 오금이 저리기에 충분했다.

"내 눈을 똑바로 봐!"

위청란의 얼굴이 바짝 다가왔다. 시선이 맞부딪치고 서로의 숨결이 표피를 간지를 정도였지만, 소운평은 그런 것에 신경 쓸 겨를이 없었다.

위청란의 붉은 입술이 나풀거렸다.

"그러니까 네놈은 나를 알지 못한다는 말이구나. 그러니 어젯밤에도 날 만나지 않았겠지?"

"그, 그럼요! 밤엔 일을 해야지 일꾼인 제가 어딜 가겠습니까. 절대 아닙니다!"

소운평은 사력을 다해 도리질을 쳤다.

"물론 그 망할 자식이 아니니 내게서 옥환을 챙기지도 않았을 테고?"

"무, 물론입니다!"

"당연히 내가 숨은 곳을 일러주지도 못했겠지? 넌 그곳에 없었으니까 말이야."

"그거야 두말하면 잔소리지요! 전 이곳에서 일을 하고 있었는데 어찌 조인환이란 자에게, 헙!"

소운평은 급히 입을 틀어막았다.

'아이고, 끝장이다!'

뒷골이 뜨끈뜨끈해지더니 눈앞이 흐릿해졌다.

다된 밥에 재 뿌린다더니!

스스로 정체를 드러낸 셈이니 손에 칼이라도 들렸다면 그대로 주둥이를 난자하고픈 충동이 일었다.

"이놈, 드디어 꼬리를 드러내는구나!"

일순 위청란의 아미가 거꾸로 치솟았다.

슈악!

위청란의 우수가 번개처럼 허공을 갈랐다. 수편은 한 치의 오차도 없이 소운평의 뺨에 작렬했다.

"우왁!"

핏물이 촤악 튀었다. 급격하게 오른쪽으로 쏠리던 소운평의 몸이 세차게 반대쪽으로 되퉁겨졌다.

좌악! 좌악!

격타음이 울릴 때마다 소운평의 몸은 좌우로 세차게 퉁겨지며 비틀거렸다. 휘청거리되 마치 오뚝이처럼 서 있게 만든 것이다. 실로 절묘한 힘의 분배였다.

오래지 않아 소운평의 뺨은 찐빵처럼 부풀어 올랐고 입술은 죄다 터져 형체를 분간하기 어려울 정도였다. 너덜거리는 입술 사이로 핏물이 꾸역꾸역 흘러나와 앞섶을 적시는 통에 흉신악살과도 흡사한 몰골이었다.

다리에 힘이 완전히 풀린 소운평은 마침내 제자리에 털썩 주저앉고야 말았다. 그는 바닥에 모로 쓰러진 채 짐승처럼 꿈틀거렸다.

위청란은 잠시 손을 멈추고는 그를 노려보았다. 두 눈에선 여전히 새파란 안광이 뿜어졌다.

"네놈 덕에 난 두 번의 칼질을 더 당해야 했어. 수작부리면 그냥 두지 않겠다고 경고했었지? 이제 그 말이 헛소리가 아님을 느끼게 해주지!"

스윽!

그녀는 소운평의 멱살을 움켜쥐고 들어 올렸다. 버둥거릴 힘도 없는지 소운평은 목을 맡긴 그대로 허공에 대롱대롱 매달린 채 미동조차 없었다.

그녀는 서서히 우수를 뒤로 가져갔다. 얼마나 힘을 주었는지 뒤쪽으로 최대한 비틀어진 가슴의 선과 우수가 일직선의 형태가 될 정도였다.

동시에 그녀의 우수가 몇 배는 부풀어 오른 듯 느껴졌다. 내력을 극한까지 끌어올린 것이다.

"죽어랏!"

뾰족한 일갈을 동반하고 우수가 뻗어졌다. 바로 소운평의 미간을 향해서였다.

파아!

주먹이 이르기도 전에 막대한 압력이 몰아쳐 소운평의 상체를 압박했다. 머리가 뒤쪽으로 세차게 젖혀지는 충격에 혼미지경(昏迷之境)을 헤매던 그는 약간이나마 정신을 차리고 힘겹게 눈꺼풀을 밀어 올렸다.

날아드는 주먹이 보였다.

도무지 빠져나갈 방법이 없어서일까? 목숨이 경각에 달린 상황인데도 이상하게도 마음이 편했다.

'그럼 그렇지. 어쩐지 잘 풀린다 했어. 빌어먹을 년 같으니, 잘 처먹고 잘 살아라!'

그렇게 막 소운평의 머리통이 박살이 날 찰나였다.

"소방주!"

어디선가 다급한 목소리가 들려온 것 같았다.

'응?'

혼미한 와중에 들은 환청(幻聽)이라고 느끼기에는 너무도 선명한 소리였다. 동시에 그의 코앞에서 엄청난 굉음이 일었다.

빠아앙!

그것을 끝으로 소운평은 의식의 끈을 놓고야 말았다.

위청란은 우수를 내밀고 둔부를 뒤로 뺀 약간 우스꽝스러운 자세로 서 있어야 했다. 그녀의 우수는 한 사람의 손안에 굳게 잡혀 있었다.

그는 다름 아닌 양태였다.

일순 그녀의 눈빛이 미약하게 흔들렸다. 그렇지만 아주 잠시에 불과했다. 곧 무표정한 본래의 모습으로 돌아간 그녀는 거칠게 손을 잡아챘다.

"이익!"

내력을 운용해도 상황은 마찬가지였다. 보통 사람의 두 배는 됨직한 양태의 손아귀는 마치 족쇄라도 채운 듯 요지부동이었다. 그녀는 양태가 손을 놓아줄 때까지 기다릴 정도로 인내심이 강한 편은 아니었다.

"이것 놔!"

앙칼진 외침은 효과를 보았다. 양태의 손아귀에서 힘이 풀리며 그녀의 앙증맞은 우수는 자유를 찾았다.

그녀를 놔준 양태는 뒤로 물러서며 바닥에 쓰러져 있는 소운평의 몸뚱이를 막아섰다. 혹시 위청란이 재차 공격을 할까 염려하는 듯했다.

'치잇!'

발끈하려다 말고 위청란은 애써 감정을 다독였다.

이미 불같이 치솟던 분노가 사그라진 탓도 있었지만, 양태가 제지하기로 마음먹은 이상 그녀의 실력으로는 절대 목적을 이룰 수 없다는 사실을 잘 알기 때문이었다.

대신 그녀는 양태를 향해 비웃음을 흘렸다.

"정말 놀라운 일이군요. 언제부터 양 총관이 내 뒤를 졸졸 따라다니는 신세가 되었죠?"

경멸이 가득한 시선에도 양태는 전혀 반응이 없었다.

단지 고요하게 가라앉은 시선으로 위청란을 응시할 뿐이었다. 투명하게 반짝이는 그의 눈에는 항거할 수 없는 무언가가 흐르는 듯했다.

마치 인간을 초월한 존재가 양태의 눈을 빌어 자신의 내부를 샅샅이 들여다보는 듯한 이질적인 느낌에 위청란은 적지 않게 당황해야 했다.

착잡해진 마음을 감추려는 심산인지 위청란은 고개를 소리나도록 세차게 돌렸다. 그리곤 한 점 흐트러짐없이 또박또박 걸음을 옮겼다.

그러나 그녀는 채 서너 걸음을 옮기기도 전에 멈춰 서야 했다. 어느새 양태가 그녀를 막아선 것이다.

"대체 무슨 짓이죠?"

짜증을 내는 위청란을 향해 양태는 품속에서 무언가를 꺼내 건넸다.

"소방주님을 습격한 것이 그자가 맞는지 확인해 주십시오."

위청란이 받아 든 것은 손바닥만한 크기로 접혀진 한지였다.

종이가 펼쳐지자 안에서 한 사람의 초상이 드러났다. 준수한 외모를 지닌 이십 대 초반의 미공자였다.

그녀는 대충 살펴보더니 고개를 끄덕였다.

"그자가 맞는 것 같군요."

시큰둥한 대꾸에 양태의 눈썹이 꿈틀했다.

위청란은 아직도 사태의 심각성을 전혀 모르고 있는 듯한 태도였다. 어쩌면 알면서 신경을 쓰지 않는다는 표현이 더 어울리는지도 몰랐다.

평소 같으면 절대 그럴 일이 없겠지만, 사안이 워낙 중대한지라 양태는 그녀를 다그쳐야만 했다.

"소방주, 이것은 방의 안위와도 직결되는 중대한 일입니다. 부디 신중하게 다시 한 번만 살펴주십시오. 그자가 확실히 맞습니까?"

돌덩이처럼 굳어 있는 양태의 표정이 부담스러웠는지 위청란은 쭈뼛거리며 다시 초상을 살폈다.

전과는 달리 이번에는 제법 꼼꼼이 살피는 눈치였다. 한참 동안 초상을 주시하던 그녀는 입을 열었다.

"그자가 맞아요!"

조용했지만 확신에 찬 음성이었다.

"우중(雨中)이라 생생하지는 않지만, 확실히 얼굴 윤곽이 흡사한 데다 옆구리에 베며 웃는 그자의 입술 가에 이런 형태의 사마귀가 있었던 것은 분명해요."

그녀가 가리키는 초상 속 인물의 입술에는 선명한 사마귀가 삼각형의 형태로 그려져 있었다.

위청란은 종이를 양태에게 건네고는 말했다.

"더 이상 볼일이 없는 것 같으니 나는 그만 가겠어요."

그녀는 휑하니 몸을 돌렸다. 방향으로 보아 원래의 목적지인 술 창고로 향하는 것이 분명했다.

"감사합니다, 소방주!"

양태가 멀어지는 그녀의 등 뒤를 향해 막 허리를 숙이는 순간이었다.

웅성웅성.

두런거리는 소리가 들리더니 몇 명의 인물이 장내에 나타났다.

그들은 모두 세 명이었는데 옆구리에는 칼을 두르고 대풍방 특유의 청의를 입은 것이 경비 무사들이 분명했다.

그들은 순식간에 양태를 에워쌌다. 아마도 소란이 인다는 보고를 듣고 달려왔는지 양태를 주시하는 그들의 눈빛은 날카롭기 그지없었다.

"앗! 총관님 아니십니까?"

누군가의 입에서 경악해하는 음성이 튀어나왔다. 그것이 신호인 듯 무사들은 일제히 허리를 꺾었다.

"총관님을 뵈옵니다!"

바닥에 닿을 듯 허리를 숙이는 그들의 얼굴엔 저마다 불안한 기색이 가득했다. 혹시 난처한 일을 당하지 않을까 염려하는 듯했다.

그러면서도 한편으론 바닥에 쓰러져 있는 소운평과 양태를 번갈아 보며 호기심 어린 눈빛을 주고받았다.

그제야 양태는 바닥의 사내에게 신경이 쓰였다. 그는 급히 사내의 상처를 살폈다.

입술이 갈라지고 양 볼이 퉁퉁 부은 것 이외에는 다행히 목숨에는 지장이 없어 보였다.

"이곳의 일꾼인 듯하니 숙소로 옮겨 상처를 치료해 주도록! 그리고 오늘 일을 이 아이의 책임으로 돌려 피해를 주는 일은 삼가하기 바란다!"

다른 주문이 없었기에 무사들은 저마다 안도의 한숨을 내쉬었다. 그들은 허겁지겁 바닥의 소운평을 들쳐 메고 재빨리 장내를 떠났다.

이윽고 그들의 모습이 시야에서 사라지자 양태는 초상 속의 인물을 응시했다.

'결국 조인환이 확실하다는 얘긴데……'

예상은 하고 있었지만 막상 현실로 드러나자 무거운 짐을 진 듯 어깨가 무거웠다. 머리 속에서 북을 두드리는 것마냥 욱신거렸다.

우선 날이 밝는 대로 등소에게 서신을 보내 사태의 추이를 주시해야 했으며, 혹시라도 있을지 모르는 적검문의 공격에 대비해 방 내의 모든 것을 새로이 정비해야 했다. 그것은 결코 쉽지 않은 일이었다.

'당분간은 바빠지겠군!'

그렇게 중얼거리며 양태는 바삐 걸음을 놀렸다.

제5장

듣소는 분노하고 조인환은 응봉동에 간히다

1

비천한 태생으로 자수성가(自手成家)한 자들은 보편적으로 주색(酒色)을 밝히는 편이다.

그 점은 등소 역시 다르지 않았다. 때때로 술을 자제하는 경우는 있었지만, 온갖 유형의 여인을 모아 즐길 만큼 여색을 탐했다.

그는 정식으로 혼인을 하지는 않았다. 대신 여덟 명의 첩실을 두었다. 그것만 해도 적지 않은 숫자였지만, 술 한잔 걸치고 가끔 잠자리를 하는 여인까지 합하면 근 스무 명에 가까운 여인들을 거느린 셈이었다.

단지 자신의 능력을 과시하는 수단으로써가 아니라 실제로 그는 오십을 넘긴 지금도 두 명의 첩을 끼고 잠자리에 들 정도로 왕성한 정력을 자랑했다.

한데 놀랍게도 그에게는 후사가 없었다.

그것은 그가 남자로서의 기능에 문제가 있다거나 하는 이유 때문이 아니라 순전히 그의 의지에 의해서였다. 그는 결코 자식을 원하지 않았던 것이다.

그가 추구하는 것은 힘이었다. 그가 사부와 동문들을 주살하고 지배자가 되었듯, 오직 강한 자만이 자신의 뒤를 이어 적검문을 지배해야 했다.

그도 인간이었기에 자식에게 매이지 않으리라는 보장이 없었다. 어차피 무능력하다면 물려줘도 빼앗길 것이 분명했기에 그에게 자식이란 쓸데없는 짐에 불과했다.

자식 대신 등소는 제자를 들였다.

십오 년쯤 전에 재질이 훌륭한 아이를 골라 제자로 삼은 것이다. 각기 여섯 살, 네 살 먹은 두 아이는 비천한 출신의 고아였다. 이유는 간단했다. 등소 자신이 그랬듯 스스로의 처지를 발판 삼아 누구보다 강해지리라는 기대감 때문이었다.

과연 두 아이는 기대를 저버리지 않았다.

둘은 등소의 무공을 빠르게 습득했다. 적검문의 대소사를 배워가며 후계자의 지위를 얻기 위해 노력했다. 서로를 경쟁자 삼아 훌륭하게 성장한 것이다.

그러나 인간의 능력에는 차이와 한계가 있는 만큼 둘의 성취 역시 각기 다를 수밖에 없었다.

워낙 등소의 수련이 혹독했기에 어려서의 차이는 우열을 가리지 못할 정도로 미약했지만, 커가며 차이는 점차 벌어지기 시작하더니 마침내 둘의 나이가 스물을 넘어서면서부터는 확연히 차이가 났다.

대제자(大弟子) 임천행(任天行)은 무공 방면에서 놀랍도록 뛰어난 성취를 보였다.

타고난 무골(武骨)인 그는 난해하기 그지없다는 등소의 혈린난마도(血燐亂魔刀)를 팔 할가량 터득한 상태였다. 등소 역시 수십 년을 고련하여 완성한 것에 비하면 실로 경이롭다 할 정도의 성취였다.

더욱이 그는 모든 것을 등소의 방식대로 따라했다.

일거수일투족, 심지어 말투까지도 등소의 그림자처럼 행했고, 성격 또한 포악하고 잔인하여 그를 일컬어 '작은 등소'라고 부를 정도였다. 그런 임천행이 등소의 총애를 받는 것은 당연했다.

인간이 능력의 한계에 부딪치면 어떤 행동을 보일까? 상대가 씹어먹어도 시원치 않을 경쟁자라면, 아무리 노력해도 그자의 발끝조차 미치지 못한다면?

여러가지 경우를 생각해 볼 수 있지만 아마도 다음과 같은 범주를 벗어나지는 않을 것이다.

우선 수단과 방법을 가리지 않고 상대를 앞서려 노력하거나 제거하려 할 것이고, 혹은 암울한 현실을 비관해 방탕한 생활에 젖어들 수도 있을 것이다.

이제자인 조인환은 두 번째 경우에 해당했다.

뼈를 깎는 수련을 반복해도 자신이 임천행을 따라잡을 수 없다는 사실을 절감했다. 게다가 설상가상으로 등소의 신임마저 그에게 기울자 조인환은 절망에 빠졌다.

그렇다고 해서 그의 능력이 현저히 모자란 것은 아니었다. 그의 재질도 훌륭했지만 임천행의 능력은 그에 비해 월등히 뛰어났기에 도무지 불가항력적인 일이었다.

벽에 부딪친 그는 다른 것에 눈을 돌렸다.

표면상으로 그는 여전히 등소의 제자요, 적검문의 이공자였다. 누가 그의 위세를 누를 수 있을까? 손짓만 하면 산해진미가 가득한 술상이 올라왔고 교태를 머금은 미녀가 줄을 지어 대기했다.

입 안에 착 달라붙는 달콤한 술과 꽃 같은 미녀와의 환락을 마다할 자가 어디 있으랴!

자연스레 그는 술과 여색에 빠져들었다.

그러던 와중에 그는 돌이킬 수 없는 실수를 저지르고야 말았다. 여태껏 잘 버텨온 날들이 무색해지는 실로 뼈아픈 과오였다.

덕분에 그는 갈아마셔도 모자랄 경쟁자 앞에서 바닥에 나뒹구는 흉한 몰골을 보여야 했다.

퍼억!

조인환은 맥없이 바닥에 쑤셔 박혔다.

청석(靑石)이 깔린 대전 바닥에 머리부터 떨어졌으니 오죽 아플까마는 웬일인지 신음 소리 하나 없었다. 혈도를 제압당한 것이 분명했다.

그는 커다란 눈을 휘번덕거리며 주위를 살폈다.

방금 그를 내던진 이살(二殺)을 제외하면 대전 안에는 도합 세 사람이 그를 주시하고 있었다. 적검문의 절대자인 등소를 비롯해 노대유, 그리고 자신의 사형인 임천행이었다. 비록 삼 인에 불과했지만 적검문 전체라 말해도 좋을 쟁쟁한 자들이었다.

'끝장이군!'

그는 땅이 꺼져라 한숨을 내쉬었다. 어찌 되었든 일이 틀어진 후에 즉각 조치를 취했어야 했다.

이실직고하고 처분을 기다리든가, 아니면 등소를 피해 멀리 달아났어야 옳았다. 혹시나 하는 마음에 방만하게 처신한 것이 화근덩이였다.

붉게 변한 등소의 두 눈을 일견한 그는 차마 생각하기도 두렵다는 듯 눈을 질끈 감았다.

"혈도를 풀어줘라!"

등소의 외침에 따라 이살 중의 맏이인 곽해(郭偕)가 지풍(指風)을 날렸다.

팟!

조인환은 뒷목에 뻐근한 통증을 느꼈다.

아릿한 느낌과 더불어 전신에 힘이 느껴지자 그는 퉁기듯 신형을 세웠다. 그리곤 일어날 때보다 더욱 빠른 속도로 등소의 발치를 향해 몸을 날렸다.

털썩!

오체투지(五體投地)한 그의 입에서 간절한 신음이 터져 나왔다.

"사부, 제발 용서를!"

굴욕은 잠시일 뿐, 일단은 목숨을 건지는 것이 중요했다. 아무리 치욕스럽다 해도 목숨을 건진 연후에는 봄날 꿈처럼 잊혀지기 마련이다.

조인환은 미친 듯 대전 바닥에 머리를 찧어댔다.

쿵! 쿵! 쿵!

사방이 쩌렁하게 울릴 정도로 요란한 소리였다.

청석은 아름다운 색깔과는 달리 단단하다. 금세 살이 찢어지고 피가 터졌다. 선혈은 얼굴의 곡선을 타고 흘러내리다 점점이 바닥에 뿌려졌다.

그의 하얀 얼굴과 대조되는 선명한 붉은 선혈이 애처로울 지경이었다. 끌려올 때만 해도 가지런하던 머리칼은 이미 쓰다 버린 수세미처럼 변한 지 오래였고 흩어진 머리칼 사이로 굵은 눈물이 흘러내렸다.

보통의 사람들이라면 일말의 측은지심이 생길 법도 하건만 등소는 달랐다.

"발뺌을 할 줄 알았더니 그래도 지은 죄는 아는구나. 그럼 네놈이 어떻게 될 줄도 알겠지?"

"사부, 제발!"

"닥쳐라!"

등소의 적안(赤眼)에서 엄청난 살기가 치솟았다. 무시무시한 기세에 장내의 인물들은 약속이라도 한 듯 몸을 움찔거려야만 했다.

"놈의 목을 베라! 이유야 어찌 됐든 일을 벌였으면 반드시 성공했어야 했다. 실패는 도저히 용납 못한다!"

즉, 여색을 탐하다 분란을 일으킨 것이 단죄의 대상이 아니라 일을 실패했다는 것만을 문제 삼은 것이다. 과연 결과를 중시하는 등소다운 행동이었다.

스르릉!

등 뒤에서 검이 뽑히는 소리가 들리자 조인환은 사색이 되었다.

탈출 따위는 엄두도 나지 않았다. 이 자리의 누구 하나 고수가 아닌 자가 없었다. 가장 만만한 임천행마저 자신보다 상수였으니 두말할 나위가 없었다. 결국 목을 길게 늘이는 수밖에 달리 방법이 없었다.

쐐액!

칼날이 목덜미를 향해 떨어졌다.

"이살, 잠시 멈춰라!"

느닷없는 음성의 주인은 노대유였다.

이살은 등소의 명에 죽고 사는 수족과 같은 인물들이었다. 하지만 등소 외에 이들을 부릴 수 있는 두 명 중 하나가 바로 그였다.

막 검을 내려치려는 이살의 막내 곽불요(郭拂了)는 목덜미 지적에 이른 검을 회수했다. 언제 검을 휘둘렀냐는 듯 매끄러운 수발이었다.

노대유는 점잖게 등소의 면전으로 다가섰다.

등소는 잠시 눈살을 찌푸렸지만 추가로 별다른 행동을 취하지는 않았다.

"문주, 이 일은 재고해 보심이 좋을 듯합니다."

"이유는?"

노대유는 슬쩍 조인환을 응시하며 말을 이었다.

"이공자의 죄는 크다 하나 단죄하기에는 시기가 좋지 않습니다. 이미 일은 벌어졌고 상대가 모종의 일을 꾸밀 것이 분명한 이 시점에 문도들의 사기를 저하시킬 수 있는 일은 일단 피하시는 게 옳을 듯합니다."

"음……!"

등소는 침음성을 발했다.

자칫 전쟁으로 치달을 수 있는 상황이었다. 싸움에는 무엇보다 기세가 중요하다는 것을 경험으로 알고 있는 등소였다. 아무래도 한쪽 귀로 흘려듣는 것은 무리였다.

그의 갈등을 알고 있다는 듯 노대유는 빙그레 미소를 지었다.

"하지만 문주령은 지엄한 것! 치죄(治罪)를 돌이킬 수는 없겠지요. 다만 적당한 선에서 마무리를 하신다면 이공자도 감읍하여 발군의 노력을 보여줄 겁니다."

"그, 그렇습니다."

황급히 머리를 조아리는 조인환의 얼굴에는 미약하게나마 생기가 감돌았다.

등소는 가만히 눈을 감았다. 때를 같이해 고요한 침묵이 대전 안을 감쌌다. 무슨 생각을 하는지는 오직 등소 자신만이 알리라.

모두들 적지 않게 긴장한 표정이었는데 당사자인 조인환을 제외하고 가장 속이 타는 인물은 임천행이었다.

'죽일……!'

그야말로 다된 밥에 코를 빠뜨린 격이었다. 가만히 자리를 지키고 있으면 후계자 자리가 저절로 굴러 들어올 판이었는데 느닷없이 방해자가 나타나 훼방을 놓았으니 기분이 좋을 리 없었던 것이다. 그는 은연중 악독한 눈빛으로 노대유를 노려보았다.

번쩍!

등소의 눈이 뜨여졌다.

"어느 손이냐?"

"갑자기 무슨?"

엉뚱한 물음에 조인환은 일순 멍청해졌다. 그가 아무런 대꾸가 없자 등소는 버럭 노성을 질렀다.

"계집에게 상처를 입힌 손이 어느 쪽이냔 말이다!"

대다수가 그렇듯 조인환은 오른손잡이였다. 그는 어정쩡하게 우수를 들어 올렸다.

순간 등소는 짧게 말했다.

"잘라라!"

조인환은 자신의 귀를 의심해야 했다. 무인에게 한 팔은 무엇과도 바꿀 수 없는 귀중한 것이다. 더욱이 우수를 잃는다는 것은 죽음과 진배없는 혹독한 형벌이었다. 그는 혹시나 하는 기대에 등소를 응시했다.

그러나 등소의 표정은 단호했다. 게다가 손바닥을 꼿꼿이 세워 팔을 내리긋는 시늉을 해 보이지 않는가? 그에게는 사신의 방문과도 같은 순간이었다.

땡그랑!

돌연 요란한 쇳소리가 울리며 검이 그의 발치에 떨어졌다. 어느새 곽해가 자신의 검을 던진 것이다.

"내가 직접 잘라주랴?"

등소의 눈이 다시금 붉게 변하는 것을 목격한 조인환은 깊게 탄식했다. 선택의 여지가 없었다. 아무리 우수가 중요하다 해도 목숨보다 소중하지는 않았다.

결국 그는 검을 집어 들고 몸을 일으켰다. 그리고는 검을 우측 겨드랑이에 대고 힘껏 위로 치켜들었다.

촤아악!

선연한 피보라가 일었다. 분수처럼 치솟은 핏물이 청석 바닥을 붉게 물들였다.

"크윽!"

신음을 참느라 그의 입술은 한껏 짓눌려졌다.

잘려진 그의 팔은 바닥에 떨어져서도 펄떡거리며 튀어올랐다. 매끈하게 잘린 어깨에선 쉴 새 없이 선혈이 흘렀건만, 그는 지혈할 생각조차 않고 멍한 시선으로 그것을 응시했다.

금도옥소(金刀玉笑)라 불리며 숱한 여인들의 마음을 사로잡았던 적검문의 이공자 조인환은 결국 외팔이가 되고야 만 것이다.

이윽고 경련이 잦아들며 잘려진 우수는 움직임을 멈추었다. 때를 같이해 조인환의 눈도 빛을 잃어갔다. 멍하니 서 있는 그는 마치 혼백을 잃은 자처럼 보였다.

그러나 한 팔을 잃는 것으로 모든 것이 마무리 지어진 것은 아니었다. 등소의 분노는 거기서 그치지 않았던 것이다. 그는 임천행을 돌아보며 싸늘히 일갈했다.

"놈을 음풍동(陰風洞)에 가둬라!"

"음풍동에 말입니까?"

되묻는 임천행의 입매가 묘하게 일그러졌다. 우는 듯 웃는 듯 매우 기묘한 표정이었는데, 아무튼 거부하는 몸짓이 아닌 것만은 분명했다.

"그렇다. 기간은 정확히 한 달로 하되 음식도 일체 주지 말아라. 즉시 시행하도록!"

"알겠습니다, 사부!"

그는 등소를 향해 최대한의 예의를 표하고는 이살에게 눈짓을 했다.

"그를 부축하시오!"

연후 임천행이 빠르게 대전을 나서자 곽불요가 조인환에게 다가갔다. 그는 핏물이 흐르는 어깨의 혈도를 점해 지혈을 시키고는 부축해서 걸음을 옮겼다.

하지만 말이 좋아 부축이지 왼팔을 잡고 질질 끌고 가는 형국이었다. 곽해가 그림자처럼 그 뒤를 따랐고, 그들의 모습은 곧 대전 밖으로 사라졌다.

뚫어져라 그들을 바라보는 등소의 눈빛이 서서히 본래의 색깔로 돌아갔다.

"너무 과하신 처사가 아닌지 모르겠습니다."

혼자 말하듯 조그맣게 중얼거리며 노대유는 내심 씁쓸한 기분이 되었다.

어찌 됐든 일단 입 밖에 내놓은 말은 절대 번복하지 않는 평소 등소의 행동에 비추어본다면 상당히 파격적이긴 했지만, 그가 원하던 대로 일이 풀린 것은 아니었다.

'바보 같은!'

특별한 이유는 없었지만 그는 등소의 두 제자 가운데 은연중 조인환에게 신경을 써주곤 했다.

간혹 나태한 모습을 보이면 불러다 따끔하게 훈계를 하기도 했고 업무를 등한시하여 등소의 추궁을 받을 뻔한 일들을 몇 번 무마시켜 준 적도 있었다.

그는 어려서부터 지금까지 둘의 성장 과정을 모두 보아왔다. 그가 볼 때, 사실 누가 보아도 다르지 않겠지만 조인환은 모든 면에서 임천행에게 뒤떨어졌다. 무공은 물론이고 일을 처리하는 능력도 모자랐다. 하다못해 성격에서조차 비교가 되질 않았다.

임천행은 곁에서 보기 역겨울 정도로 등소의 기호를 맞추는 데 힘을 쏟았다. 그가 모든 일에 필사적으로 매달리는 반면, 조인환은 상당히 소극적이었다. 능력도 뒤진 데다 한계다 싶으면 쉽게 포기해 버리는 심약한 성격이었다.

비교되는 자의 비애(悲哀), 혹은 일말의 동정심, 그런 것들이 그간 노대유의 마음을 움직이게 했는지도 몰랐다.

직접적인 관계가 없을지라도 자신이 돌봐주던 자가 비참한 몰골이 되자 마음 한구석이 무거워지는 것은 그도 어쩔 수 없었다.

"어떻게 생각하나?"

귓가로 등소의 메마른 목소리가 들려왔기에 그는 퍼뜩 정신이 들었다.

"무얼 말씀하시는 건지 모르겠군요."

노대유는 슬그머니 딴청을 부렸다. 아마도 좀 전의 일에 대한 일종의 시위인 듯싶었다.

"지금 날 놀리는 건가? 자네가 그 아이를 여러모로 아끼는 것은 알지만 더 이상 사감을 내세운다면."

등소는 중도에서 말을 끊었다. 명백한 경고였다.

움찔!

노대유의 몸이 미약하게나마 경직되었다.

그러나 단지 그것뿐이었다. 다시금 날카로워지는 등소의 눈빛을 대하고도 멋쩍게 웃는 그였다.

"알고 계셨습니까?"

등소는 아무런 대꾸가 없었다.

그렇지만 등줄기가 서늘해지는 느낌에 노대유는 적지 않게 긴장해야 했다. 결국 등소가 자신의 모든 것을 속속들이 알고 있다는 얘기가 되는 것이다.

그는 신중한 기색으로 입을 열었다.

"서찰의 내용으로 볼 때 상대는 확실하게 의중을 굳히지 않은 것으로 보여집니다. 우선 이쪽에 알리고 나서 반응을 주시하겠다는 생각 같습니다."

"본 문의 직접적인 개입을 의심한다는 말인가?"

"그런 셈이지요. 양태나 진무방 같은 자가 설마 모르겠습니까? 아무래도 정황이 의심스러운 만큼 그들에겐 이공자가 혼자 저지른 일로 보여질 테니 당황할 수밖에 없겠지요. 또한 사실 역시 그렇지 않습니까?"

"음……!"

등소는 굳게 입을 다물었고 노대유가 말을 이었다.

"어차피 그들도 충돌을 원하지는 않는 것 같으니 일단 해명을 한다면 극단적인 상황은 모면할 수 있겠지요. 하지만 그들이 촉각을 곤두세우고 있는 만큼 그간의 모든 것을 무기한 연기해야 할 것으로 사료됩니다."

순간 등소의 얼굴이 처참하게 일그러졌다.

"결국 이십 년을 기다려 온 일을 또 미루어야 한다는 얘기로군!"

허탈해진 그는 깊게 탄식하며 태사의에 깊숙이 몸을 묻었다.

구파일방(九派一幇)에 버금가는 일문(一門)의 주인이 되리라!

그의 전부와도 같은 평생의 꿈이었다. 그것을 위해 사부마저 가차없이 도륙한 등소였다.

당시 등소의 나이 서른하나, 사부의 무공을 대성함은 물론 모든 것이 최고조에 달한 상태였다. 그랬기에 그에게 적검문은 하나의 좁은 울타리로 여겨졌다.

그는 울타리를 벗어나 날고 싶었다. 소주의 한쪽 귀퉁이를 차지하는 것에 만족하지 않고 적검문을 천하에 우뚝 세우고 싶었다.

하지만 사부는 달랐다. 오히려 그를 나무라며 파문이란 말을 들먹이며 그를 협박했다.

선대로부터 물려받은 것을 지키는 것에 만족하는 사부와 들끓는 욕망으로 똘똘 뭉친 그가 부딪치는 것은 필연일 수밖에 없었다.

그날!

등소로 하여금 '사부를 살해한 패륜아(悖倫兒)!'라는 오명을 쓰게 만든 그날은 그렇게 다가왔다.

그러나 세간에 알려진 사실과는 달리 그날의 일은 정당한 비무의 형식으로 이뤄졌다.

그가 땀을 흘리던 연무장의 고목들이 붉게 물들어갈 무렵, 시리도록 푸른 늦가을의 어느날이었다. 여섯 명의 동문들이 참관하는 가운데 마침내 그는 사부와 병기를 맞대야 했다.

애초에 검(劍)을 연마했던 그가 도(刀)를 사용한 것은 이때가 처음이었다.

잔뜩 비웃음을 흘리는 동문들의 예상을 깨고 그는 불과 오십여 초만에 사부의 목을 잘랐다. 잘려진 목에서 엄청난 핏물이 쏟아졌다. 치솟는 핏물을 고스란히 뒤집어쓰며 그는 다시 한 번 각오를 되새겼다.

이윽고 사부의 육신이 차디찬 바닥에 누웠을 때, 동문들이 일제히 달려들었다. 하지만 그들 역시 자신의 상대로는 역부족이었다.

일각이 지난 후, 등소는 사부와 동문들의 몸에서 흘러나온 피바다 속에서 오열했다.

그리고 이십 년 전 자신의 맹세처럼 오늘날의 적검문을 이루었다. 하지만 그날의 맹세에 부합되기에는 아직도 요원하기만 했다.

거대 문파로 도약하기 위해선 막대한 양의 자금이 필요했다. 우선 소주를 일통하는 것이 순서였다. 그러기 위해서는 반드시 대풍방을 무너뜨리고 그들의 세력권을 흡수해야만 했다.

그 첫걸음으로 모종의 일을 추진하던 와중에 어이없게도 전혀 예상치 못했던 문제가 발생한 것이다.

문득 등소는 화제를 돌렸다.

"두 곳의 반응은 여전한가?"

그가 말하는 '두 곳'은 장강(長江)의 폭군이라 불리는 수로연맹의 일부였다.

수로연맹은 말 그대로 열여덟 개의 분타로 이루어진 연맹체였다. 분타는 장강의 줄기를 따라 요소에 자리했다. 소주는 장강이 바다로 흘러드는 초입 근처에 위치해 있어 상당히 중요한 요지였다. 그렇기에 멀지 않은 곳에 두 개의 분타가 위치해 있다.

등소는 그곳에다 연수를 제의했던 것이다.

처음에는 노대유의 제안을 탐탁지 않게 여겼었다. 하지만 이미 그의 나이 쉰다섯, 자신감만은 여전히 약관의 나이 그대로였지만 머리칼과 수염이 희끗해지며 어느덧 조바심이 생기기 시작한 것이다. 조심스레 의사를 전달한 것이 한 달여 전이었다.

노대유가 말했다.

"두 곳 모두 특별히 거부하는 눈치는 아니지만 그쪽에도 약간의 사정이 있는 모양입니다. 협상의 책임을 맡은 유대주의 전갈에 의하면 맹주인 마달(摩達)과 의견 차이가 있기 때문이라고 하더군요."

"그럼 가능성이 거의 없다는 말이로군."

"그렇지는 않습니다. 좀 더 이익을 분배해 준다면 분타 단독으로 응할 가능성이 농후하답니다. 물론 유대주의 생각에 불과하겠지요."

등소는 우수를 이마에 대고 잠시 생각하더니 자르듯 단호하게 말했다.

"수고롭지만 자네가 직접 나서게. 수단과 방법을 가리지 말고 일을 성사시키도록!"

"하지만 문주, 그래 봐야 아무 소용이 없질 않습니까? 게다가 상대의 이목이 본 문을 주시하는 상황에서 섣불리 움직인다면 도리어 상대에게 경각심만 심어주게 될 것이 아닙니까?"

"경각심?"

등소는 희미하게 웃었다. 그는 손을 들어 느릿하게 한곳을 가리켰다.

"어찌 생각하나, 정말 훌륭한 미끼가 아닌가?"

손가락이 가리키는 바닥엔 엉겨붙은 핏물과 함께 잘려진 팔이 놓여 있었다.

'그렇군!'

노대유의 머리 속이 환하게 밝아졌다.

범인은 엄연히 적검문의 이공자였다. 비록 그가 지은 죄가 엄중하다 해도 사죄의 뜻으로 팔을 잘라 보낸다면? 게다가 등소의 친필 사죄문(謝罪文)을 동봉한다면? 어차피 직접적인 마찰을 껄끄럽게 생각하는 상대는 충분히 만족할 수 있을 터였다. 예전 모습으로 돌아가지는 않아도 최소한 경계심은 누그러질 것이 분명했다.

'대단해……'

그는 새삼스러운 시선으로 등소를 응시했다. 짧은 시간 동안 두 번씩이나 그를 놀라게 한 것이다.

무공이 강하다 해서 일문의 주인이 되는 것은 아니다. 일의 본질을 꿰뚫는 능력, 과감한 추진력과 때론 비굴해질 수 있는 용기와 결단력, 이 모든 것을 두루 갖춰야 비로소 일문의 주인이 될 수 있고, 또한 지켜낼 수 있는 것이다.

그의 귓가로 등소의 날카로운 음성이 울렸다.

"기한은 한 달을 주지. 그 안에 만족할 만한 성과를 이루리라 믿겠네."

"알겠습니다."

고개를 드는 노대유의 시선에 한껏 미소를 짓는 등소의 얼굴이 투영되었다.

2

막무가내로 조인환을 끌고 나간 임천행 일행은 적검문을 가로질러
움직이고 있었다.

조인환은 부축을 받지 않은 채 선두에 선 임천행과 나란히 걸음을
옮겼고, 곽가 형제가 조용히 뒤를 따랐다.

조인환은 한마디 말도 없었다. 지나칠 정도로 붉은 입술은 한 올의
틈도 없이 굳게 다물린 상태였다. 그런데도 지극히 편안해 보이는 모
습이었다. 약간 안색이 창백한 것 외에는 평상시와 다름없었다.

네 사람이 형당(刑堂)으로 가는 지름길인 지밀전(至密殿)의 후원을
돌아갈 무렵이었다.

침묵을 지키던 조인환이 문득 입을 열었다.

"속이 후련하시겠소, 사형. 눈엣가시 같은 존재를 손수 처리하게 됐
으니 말이오."

"눈엣가시?"

되물으며 임천행은 걸음을 멈추었다. 덕분에 세 사람도 함께 멈췄다.

느릿하게 조인환을 응시하는 그의 입가에는 비릿한 웃음이 감돌고 있었다. 조소였다.

"착각하지 말아라! 감히 너 따위가 내 적수가 될 수 있다고 생각했느냐?"

가슴을 후벼파는 잔인한 말임에도 외려 조인환은 빙그레 미소를 지었다.

"물론 그렇겠지요. 사형은 대단한 사람이니까요. 나 같은 건 도저히 따라갈 수 없을 정도로."

"조롱하는 게냐?"

"훗! 사형, 어찌 그런 소리를 하시오. 엄연한 사실이지 않습니까?"

담담한 눈빛으로 자신을 응시하는 조인환의 시선에 임천행은 어이가 없을 지경이었다.

놈은 상황을 전혀 이해하지 못한단 말인가? 거듭되는 충격으로 아예 백치가 되기라도 한 것일까? 자신의 미래가 절망의 나락으로 떨어지는 와중에 빌어먹을 미소라니, 은근히 화가 치밀었다.

그러나 자신의 손으로 하나뿐인 사제를 사지로 보낸다는 일말의 가책에서였을까? 입 밖으로 나오는 말은 생각과 달리 차분했다.

"어느 자리든 어울리지 않는 자가 앉아 있으면 문제가 발생하는 법이다. 이곳은 네가 있을 곳이 아니다. 게다가 모두 네 스스로 자초한 일이니 날 원망하지는 말아라. 약육강식, 먹지 않으면 먹힌다! 넌 그 싸움에서 패했을 뿐이다."

"알고 있소, 사형."

조인환은 또다시 빙그레 웃더니 화제를 돌렸다.

"우리가 어렸을 때 말이오. 왜 내가 여덟 살이 되던 해에 사형과 함께 몰래 도망쳐 나와 태호(太湖)에 놀러 갔던 적이 있지 않았소?"

"그렇지. 그토록 자유로웠던 것은 생애 처음이자 마지막이었지. 어찌 그날을 잊을 수 있겠느냐. 그날 밤 사부에게 맞았던 칼자국이 아직도 생생하거늘."

"과연 기억하는구려."

두 사람의 눈동자가 약속이라도 한 듯 아련하게 젖어들었다.

"사형도 알다시피 그날 난 우연히 새 한 마리를 주웠소. 다리가 부러지고 몸뚱이가 피투성이가 된 놈을 말이오. 측은한 마음에 나는 녀석을 데려왔소. 사부에게 치도곤을 당하는 순간에도 난 놈을 소중히 품에 안고 있었소. 덕분에 난 사부의 손에 초주검이 되었지만 말이오. 피투성이로 변한 몸을 이끌고 처소로 돌아왔을 때 사형은 나를 비웃으며 무어라 했는지 아시오?"

"……"

"사형은 이렇게 말했소. '어리석은 놈, 무엇 때문에 사서 고생을 하지? 그 녀석은 절대 오늘 밤을 넘기기 어려울 거야'라고 말이오."

"이제 와서 그게 무슨 상관이냐!"

임천행은 버럭 소리를 질렀다.

잠시 감상에 젖긴 했어도 시답지 않은 얘기를 들어줄 만큼 한가하지는 않았다. 무엇보다 그는 보장된 자신의 미래를 위해 조속히 축배를 들고 싶었다.

"시간이 너무 지체되었다고 생각하지 않느냐?"

"후후, 별다른 뜻은 없었소. 갑시다. 사형 말대로 빨리 일을 마무리 지어야 하잖소."

싱긋 웃으며 조인환은 성큼 걸음을 내디뎠다.

멍하니 그의 등을 바라보던 임천행이 재빨리 따라붙었다. 동시에 이살 역시 움직였다.

지밀전의 뒤로 이십여 장의 거리, 그러니까 적검문의 가장 후미진 곳에 위치한 진회색의 건물이 바로 죄인을 취조하고 수감하는 형당이다.

형당은 서로 마주 보는 두 채의 커다란 전각으로 이루어졌는데, 좌측의 건물은 갑사(甲士)들과 관리자들이 업무를 보는 본당(本堂)이다. 그리고 우측의 비교적 작은 건물이 죄인을 취조하고 수감하는 형당 본연의 임무를 수행하는 형옥(刑獄)이다.

후원을 지난 그들은 오래지 않아 형당의 넓은 마당에 도착했다.

그들이 모습을 드러내자 본당 앞에 서 있던 몇몇의 인물들이 재빨리 달려왔다. 신속한 동작으로 보아 아마도 미리 기별이 있었던 것으로 보여졌다.

"어서 오십시오, 대공자!"

허리가 휘어져라 인사를 하는 자는 사십 대의 갈의를 입은 중년 사내였다. 그의 이름은 좌염(佐炎)으로 맡은 바 직책은 형당의 부당주였다.

"당주께서 출타 중이시라 부득이 소관이 나섰습니다. 우선 안으로 드서서 차라도 한잔하시는 것이 순서일 것 같습니다. 자, 드시지요."

손을 들어 길을 트는 태도는 공손하기 그지없었다. 그도 그럴 것이 전갈을 받으며 이미 사태를 어느 정도 파악한 상태였다. 윗사람에게 잘 보여야 나쁠 것이 없다는 생각에 그는 부랴부랴 차와 음식을 장만했던 것이다.

그러나 임천행은 귀찮다는 듯 휘휘 손을 내저었다.

"필요없다. 당주가 없다 해도 열쇠는 가지고 있겠지?"

"물론입니다."

사내는 품속에서 커다란 철시(鐵匙)를 꺼내 보였다.

철시는 웬만한 장정의 팔뚝만한 정도의 크기였는데, 녹이 슬어 전체가 붉게 변한 것이 여간해서는 잘 사용하지 않는 물건임이 분명했다.

"시간이 촉박하니 속히 앞장서라!"

"알겠습니다. 이쪽으로!"

좌염은 못내 아쉽다는 표정으로 몸을 돌렸다. 일행은 그의 뒤를 따라 형옥으로 향했다.

형옥은 거대한 암반에 잇닿은 작은 건물이었다. 막중한 임무에 비해 왜소하다고 생각하면 절대 오산이다. 밖으로 드러난 부분의 빙산의 일각이니 말이다.

원래 이곳은 자연적으로 형성된 동굴에 불과했다. 그것을 등소의 전전대 문주가 몇 년에 걸쳐 개조해 형옥으로 사용한 것이다. 즉, 건물은 형옥으로 들어가는 입구에 불과한 셈이었다.

철박(鐵箔)을 두른 거대한 대문에 이른 좌염은 대문 옆에 매달린 줄을 잡아당겼다. 그러자 안쪽에서 째지는 음성이 울렸다.

"누구냐?"

거의 동시에 중간에 위치한 손바닥만한 쪽문이 열리며 눈동자가 나타났다. 이윽고 확인 절차가 끝나고 대문이 부서질 듯 요동 쳤다.

꾸르릉!

곧바로 눅눅하고 *끈끈*하면서도 서늘한 지하 특유의 냉기가 일행을 휘감았다.

"대공자님을 뵙습니다!"

문 옆으로 늘어선 갑사들이 일제히 임천행을 향해 포권을 했다.

그러나 그는 본 체도 않고 다시 좌염을 다그쳤다.

"앞장서라!"

본격적인 입구는 오 장 정도 앞쪽이었다. 건물과 암벽이 이어진 곳, 그곳에는 시커먼 동굴이 아가리를 벌린 짐승처럼 그들을 맞이했다.

동굴의 입구 안쪽은 계단이었다. 암벽 중간에는 군데군데 횃불이 매달려 있어 주위는 밝은 편이었다.

좌염은 망설임없이 아래로 내려갔다. 일행 역시 그의 뒤를 쫓아 계단을 디뎠다. 공간이 비좁았기에 일행은 한 줄로 길게 늘어서야 했다.

계단은 구불구불 끝도 없이 이어졌다. 그렇게 십여 장 정도 내려가자 이윽고 평지가 나타났다. 일행은 차례대로 계단을 벗어났다.

아래는 장정 세 명이 어깨를 나란히 할 정도의 통로가 양쪽으로 뻗어 있었다. 역시 중간마다 횃불이 켜져 있어 사물을 보는 데 어려움은 없었다.

밖은 한여름을 방불케 할 정도인데 비해 이곳은 추위를 느낄 만큼 싸늘했다. 게다가 서늘하고 음습한 공기는 일행을 절로 움츠리게 만들었다.

또옥또옥!

천장에서 떨어지는 물소리만이 통로 안에 메아리칠 뿐, 주위는 태고의 정적 그대로였다.

갈림길 어귀에 서 있는 좌염을 향해 임천행이 물었다.

"얼마나 더 가야 하지?"

의외로 대답은 그의 등 뒤에서 들려왔다.

"좌측 통로는 일반 죄인들을 가두는 한천뢰(寒天牢)로 가는 길이니 음풍동은 당연히 우측이오. 이곳에서 그리 멀지 않소."

임천행은 고개를 돌리며 희미하게 웃었다.

"그렇군. 너는 이곳이 처음이 아니지."

조인환은 열여덟 살이 되던 해 열흘 동안 음풍동에 갇힌 적이 있었다. 그가 지은 죄는 등소의 애도에 피를 묻혔다는 것이었다. 불과 열흘이었지만 그는 두 달을 요양한 후에야 정상으로 돌아올 수 있었다. 그 정도로 음풍동은 인간이 기거하기에는 너무도 혹독한 곳이었다.

예전의 처절한 기억을 잊기라도 한 걸까? 조인환은 좌염을 제치고 성큼 걸음을 옮겼다.

임천행은 앞장서는 조인환을 굳이 말리지 않았다. 대신 이살을 향해 눈짓을 했다. 그러자 곽해가 그림자처럼 조인환을 따라붙었다

남은 일행 역시 그들을 따라 길을 재촉했다.

조인환의 말처럼 음풍동은 그리 멀지 않았다. 갈림길에서 겨우 십여 장의 거리였다.

앞서서 일행을 이끌던 조인환이 마침내 걸음을 멈추었다. 통로가 봉쇄되어 더 이상 갈 수가 없었다. 또한 굳게 막혀 있는 이곳이 바로 목적지였다.

육중한 철문!

얼마나 오래된 것인지 표면엔 이름도 모르는 이끼류가 가득했고, 그나마 군데군데 드러난 곳은 시뻘겋게 녹이 슬어 부스러져 가는 상

태였다.

"흠, 여기란 말이지!"

일행 중에 유독 임천행만이 이곳이 초행이었다. 그는 꽤나 호기심이 생겼는지 철문을 두드려 가며 주위를 이리저리 살폈다. 한참을 살피던 그는 동굴 벽에 쓰인 글귀를 발견하고는 조그맣게 탄성을 발했다.

"과연 그렇구나."

음풍동(陰風洞) 여득사입자(如得死入者)!
이곳의 이름은 음풍동이니 들어서는 자는 죽음을 면치 못하리라!

"문을 열어라!"

임천행이 지시하자 좌염은 철시를 문 옆에 파인 조그마한 홈에 집어 넣고 우측으로 돌렸다.

끼리릭— 끼릭—

쇠 바퀴가 마찰하는 거북한 소리와 함께 철문이 서서히 위로 올라가기 시작했다.

그그그궁!

철문이 사라지고 안쪽의 광경이 고스란히 드러났다. 일행이 서 있는 곳에 비해 특별한 것은 없었다. 한 가지 다른 점이 있다면 뼈 속이 시릴 듯한 냉기를 동반한 바람이 불어온다는 것이었다.

우우우우……!

유부(幽府)에서 흘러나오는 호곡성이 이럴까? 바람이 몰아칠 때마다 안쪽 깊은 곳에서 무시무시한 소리가 울려 나와 일행의 가슴을 후벼팠다.

'과연 음풍동이란 이름에 걸맞는 광경이로군!'

임천행은 고개를 설레설레 흔들었다. 불과 잠시였는데도 전신이 뻣뻣해질 정도로 냉기는 엄청났다.

서둘러 내력을 일으키자 약간이나마 냉기가 가시는 듯했지만, 몰아치는 바람을 고스란히 맞고 있자니 참기 힘들 만큼 괴로웠다.

그러나 한편으로는 더없이 흡족하기만 했다.

한 달!

하루이틀도 아니고 무려 한 달이었다. 몸 상태가 정상이라고 해도 목숨을 장담하기 힘든 터인데, 놈은 엄중한 상처를 입은 상태였다. 게다가 음식물이 전혀 지급되지 않는다면 결과는 불을 보듯 뻔했다.

그는 하얗게 웃으며 손짓을 했다.

"집행해라!"

뒤쪽에서 곽해가 나섰다. 그는 조인환을 끌고 가더니 이내 철문 안쪽으로 밀어 넣었다.

"잘 가시오, 이공자! 당신에게 개인적인 감정은 없소이다. 혹시 남길 말이나 부탁이 있다면 말하시오. 가능하면 들어드리도록 노력하겠소."

'훗! 유언이라도 하라는 건가?'

측은한 듯 자신을 바라보는 곽해의 시선을 느끼며 조인환은 왠지 씁쓸해졌다.

"정말 고맙군. 다른 것은 필요없고 사형과 잠시 얘기를 나누고 싶은데 가능하겠나?"

행위의 대상이 자신이 아니었기에 그가 결정하기에는 무리가 따랐다. 결국 곽해는 뒤를 돌아보며 임천행의 재가를 얻어야 했다.

끄덕.

그의 고개가 아래로 움직이자 곽해는 서둘러 옆으로 물러났다.

조인환은 서서히 걸음을 놀려 임천행의 석 자 근처까지 다가갔다. 팔을 뻗으면 닿을 정도로 가까운 거리였다.

그는 히죽 웃었다.

"저들은 내가 죽을 것이라 믿고 있소. 사형도 그렇게 생각하시오?"

"그럼 아니란 말이냐? 이곳에 갇힌다면 나 역시도 목숨을 장담하기 어렵다. 하물며 부상당한 네가 살아난다는 것은 도무지 있을 수 없는 일이다!"

"듣고 보니 옳은 말이오. 과연 사형의 말대로 나는 죽을 수밖에 없 겠구려."

자신의 죽음을 말하는 자의 모습치고는 너무도 태연자약했다. 흡사 남의 얘기를 하는 듯 자신과 전혀 무관하다는 그런 말투였다.

임천행은 고개를 갸웃했다.

"예전과는 많이 달라진 것 같구나."

"그런 것 같소? 그렇다면 예전의 나였다면 어떻게 했을 것 같소?"

"분명 앞뒤 가리지 않은 채 매달렸겠지! 살려 달라고 말이다. 넌 그 런 성격이니까."

"그렇구려."

조인환은 고개를 끄덕이더니 임천행을 응시했다.

"내가 변한 이유가 궁금하지 않소?"

"물론 알고 싶다!"

임천행은 사제를 싸늘히 마주 보았다.

"하지만 묻지 않겠다. 그런 것을 알아야 내게 하등의 도움이 안 될 뿐더러, 패배자의 변명 따위를 들어주기에는 시간이 아깝다."

"역시 사형다운 말이오. 이전의 것으로도 모자라 마지막까지 나를 몰아세우는구려."

"사부의 명이니까!"

이제까지와는 달리 조인환의 얼굴에 격동의 빛이 감돌았다. 그는 자르듯 단호하게 말했다.

"좋소. 당신 뜻대로 죽어주겠소! 아니, 엄밀히 말하자면 사부의 뜻이겠지만. 아시오? 이것으로 사부와 사형, 우리의 인연은 모두 끝났다는 사실을! 어찌 됐든 그간 사형으로 인해 즐거웠소. 잘 있으시오."

모두의 시선을 뒤로하고 그는 천천히 몸을 돌려 걸어갔다. 머리칼이 미친 듯이 흩날렸다. 얼음처럼 차디찬 바람을 안은 채 그는 동굴로 향했다.

그러나 막 동굴 안으로 들어가려던 그는 무슨 생각에선지 다시 임천행에게 다가왔다.

둘의 사이가 얼굴이 닿을 정도로 가까워졌다. 시선을 마주한 채 두 사람은 한동안 한마디의 말도, 일체의 움직임도 보이지 않았다.

마침내 조인환이 입을 열었다.

"이곳으로 오면서 내가 했던 말을 기억하시오?"

"……."

"상처 입은 새에 관한 얘기 말이오. 혹시 나중에라도 궁금해할 것 같아 결과를 말해 주어야겠소. 당시 내가 보아도 녀석은 곧 죽을 것만 같았소. 하지만 사형의 말대로 되지는 않았소. 데리고 온 지 열흘이 지나던 날, 녀석은 내 손을 벗어나 창공을 훨훨 날아갔으니 말이오."

"이제 다 지껄였느냐?"

임천행의 눈에서 불길이 치솟았다. 바라보는 것만으로도 전신이 난

자될 것 같은 끔찍한 살기였다.

그러나 조인환은 조금도 두려워하지 않는 듯했다.

"하핫, 난 그만 가겠소. 잘 계시오."

그 말을 끝으로 조인환은 음풍동 안으로 걸어갔다.

저벅저벅.

귓가로 들려오는 규칙적인 발자국 소리를 들으며 임천행은 멍하니 허공을 응시했다.

'갑작스레 변하게 된 이유가 무얼까?'

사실 당당하기까지 한 그의 모습은 너무도 의외였다. 천성이 복잡한 것을 기피하는 그는 생각하기조차 골치 아프다는 듯 머리를 세차게 흔들었다.

보다못한 곽해가 그를 불렀다.

"대공자!"

임천행이 퍼뜩 정신을 차렸을 때는 조인환은 이미 음풍동 깊은 곳으로 모습을 감춘 후였다.

그는 동굴 안쪽을 힐끔 보고는 좌염을 찾았다.

"좋아. 문을 닫아라!"

그때까지 좌염은 동굴 한쪽에서 벌벌 떨고 있었다. 일행 중에 가장 무공이 약한 그로서는 동굴에서 부는 바람과 추위를 이기지 못하는 것이 당연했다.

그는 부랴부랴 앞으로 달려나왔다. 그가 철시를 원래대로 돌리자 철문이 요동 치더니 전과는 달리 빠르게 아래로 내려오기 시작했다.

그그긍!

육중한 마찰음이 임천행의 마음을 무겁게 짓눌렀다. 상관의 마음을 헤아리기라도 했는지 일행들 역시 다분히 긴장한 표정이었다.

쿵!

마침내 철문이 닫히며 무섭게 불어대던 한풍(寒風)과 추위가 씻은 듯이 사라졌다.

"가자!"

임천행은 이내 발걸음을 돌렸다. 그의 입가에는 언제 그랬냐는 듯 미소가 감돌고 있었다.

다가올 앞날에 대한 기대 때문일까? 그의 걸음은 유난히 경쾌했다.

3

　소화의 재촉을 못 이긴 소운평이 어쩔 수 없이 눈을 뜬 것은 혼절한 다음날 늦은 오후였다.

　입 안이 죄다 터진 탓에 그는 콩국으로 대강 식사를 때워야 했다. 그런 다음 소화의 안내를 받아 그가 일하게 될 매원의 원주라는 여인에게 불려 갔다.

　"어젯밤에 소방주님께 흠씬 두들겨 맞았다는 녀석이 바로 너로구나."

　의자에 앉은 여인은 빙그레 미소를 배어 물었다.

　어머니의 미소같이 푸근한 웃음이었는데도 소운평은 당황한 채 몸 둘 바를 몰라 했다.

　사실 그는 혼절한 지 한 시진 정도 후에 깨어나 그를 간호하던 소화로부터 모든 사실을 전해 들을 수 있었다. 경비 무사들이 혼절한 그를 업고 왔으며, 자신을 개 잡듯 패던 소녀가 운영루의 실질적인 주인인 대풍방의 소방주라는 놀라운 얘기였다.

그러니 지은 죄를 아는 그로서는 당연한 결과였다.

그러나 제 버릇 개 주랴, 불안에 떠는 와중에도 그는 곁눈질로 여인의 용모를 살폈다.

귀밑머리가 희끗하게 변해가는 것이 사십 줄로 여겨졌는데, 얼굴피부는 윤기가 자르르 흐르고 한 올의 주름도 없이 팽팽했다.

게다가 용모 또한 놀랍도록 수려했다. 물론 미모로 따진다면 위청란이 몇 수 위였지만, 그녀에겐 사람을 편안하게 만드는 자연스러움과 원숙함이 흘렀다.

위청란이 가시 돋친 장미라면 그녀는 고고하게 핀 연꽃을 연상케 한다고 할까?

문득 여인이 물었다.

"소화의 말로는 많이 다쳤다고 하던데 일하는 데는 지장이 없겠느냐?"

"아, 예!"

"이름이 운평이라지? 나는 매원(梅園)을 관장하는 유 대랑이다. 그냥 편한 대로 대랑이라고 불러도 좋다. 매원에서 벌어지는 모든 일은 내 책임이니 불편한 일이 생긴다면 언제든 주저하지 말고 찾아오려무나."

그녀가 말하는 '대랑'은 결코 이름이 아니었다. 그것은 일종의 직책을 의미하는 말이었다.

엄연히 운영루의 루주(樓主)는 조천생(曹天生)이란 이름을 가진 남자였다. 그리고 전체를 총괄, 통솔하는 집사 역시 마찬가지였다.

그러나 사원(四院)과 천화원(天花院)에는 수많은 기녀(妓女)들과 그들을 시중드는 여인들이 존재하는 바, 그녀들을 보다 효율적으로 통제하고 관리하기 위해서는 아무래도 같은 여인이 뛰어난 능력을 보이기 마련이었다.

그래서 생겨난 것이 대랑이라는 직책이었다.

운영루에는 다섯 명의 대랑이 존재하는데 그녀들은 기녀들의 관리와 영업 전반에 대한 재량권을 부여받은 각 원의 최고 책임자였다.

그런 사실을 알 리 없는 소운평은 속으로 투덜거렸다.

'쳇, 대랑이 뭐야? 정말 괴상한 이름이 아닌가 말야!'

다시 영롱한 목소리가 울려 나왔다.

"이제 얼굴을 익혔으니 그만 나가보도록 해라. 문밖에 네가 할 일에 대해 일러줄 사람이 기다리고 있을 게다. 만나서 반가웠다."

"네, 네!"

연신 허리를 굽실거리며 물러나는 소운평을 향해 유 대랑은 부드러운 미소로 배웅했다.

탁!

소운평은 조심스레 방문을 닫고 돌아서서는 슬며시 가슴을 쓸어 내렸다.

'젠장, 큰일 나는 줄 알았네.'

'혹시 쫓겨나거나 치도곤을 당하는 건 아닐까 하며 불안에 떨며 찾아왔는데 상대가 일언반구 책망하는 기색을 보이지 않으니 어찌 기쁘지 않을쏜가!

그가 헤벌쭉 미소를 지을 무렵이었다. 돌연 등 뒤에서 날카로운 목소리가 들려왔다.

"나왔으면 냉큼 따라나서야 할 것 아니냐?"

'이크!'

퍼뜩 정신을 차린 소운평은 황급히 목소리가 들려온 곳을 향해 고개를 돌렸다.

곧 도끼눈을 한 채 자신을 쏘아보는 여인이 눈에 들어왔다. 여인은 아름다웠다. 다만 눈꼬리가 가늘고 길게 찢어진 것이 왠지 신경질적으로 느껴졌다.

그녀는 대략 삼십 대 초반쯤으로 보였는데, 몸에 착 붙는 화려한 비단옷을 두르고 갖가지 장신구로 치장한 것이 아마도 기녀들 중에 한 명인 듯했다.

그러나 그녀의 나이나 전신에서 느껴지는 위압감으로 미루어 짐작하건대 일개 기녀라기보다는 기녀들의 중간 책임자 정도로 여기는 것이 정확할 듯싶었다.

"네. 갑니다, 가요!"

소운평은 부랴부랴 여인에게로 달려갔다.

여인은 날카로운 눈빛으로 소운평을 쏘아보더니 오른손을 까닥거렸다.

"따라와!"

여인은 빠른 걸음으로 건물을 돌아갔다.

'거참, 더럽게 쌀쌀맞은 년이네! 저런 걸 보고 생긴 대로 논다고 해야 하나?'

소운평은 재빨리 그녀의 뒤를 따라 움직였다. 뒤따라가자니 시선은 자연스레 여인의 뒷모습을 향했다.

가뜩이나 몸에 꽉 끼는 옷을 입은 상태라 몸매가 확연히 드러나는 편이었는데, 여인의 걸음이 빨라지자 풍성한 둔부가 마치 파도치듯 좌우로 요동 쳤다.

'으… 정말 죽여주는구나!'

절로 침이 고였다. 하체가 뻐근한 통증을 호소했기에 그는 어쩔 수 없이 팔자걸음을 걸어야 했다.

두 사람은 곧 호리병을 뉘어 놓은 모양새의 작은 연못에 도착했다. 잘록한 허리 부분에는 석교(石橋)가 놓여 있었기에 건너는 데 무리는 없었다.

석교를 건너 한참을 이리 돌고 저리 돈 여인은 이윽고 낡은 창고를 마주하고 걸음을 멈췄다.

"유상(裕湘)!"

여인이 소리를 지르자 얼굴이 몹시 얽고 덩치가 큰 삼십 대 후반의 사내가 헐레벌떡 달려나왔다.

"여기 있습니다!"

여인은 소운평을 가리키며 말했다.

"오늘부터 이곳에서 일하게 될 자이니 처음부터 세세히 가르치도록 해라. 특히 이불계(二不戒)를 어기지 않도록 단단히 주의를 주도록 하고. 만약 이자가 사소한 문제라도 일으킨다면 널 엄히 문책하겠다! 그리고 오늘은 적당히 하고 쉬게 하라는 대랑님의 명이다."

"알겠습니다!"

유상이 다시 허리를 숙이는 사이 여인은 온 길을 되짚어 휑하니 사라졌다.

"쳇, 그 성질 머리 하고는……."

투덜대던 사내가 걸음을 옮겼기에 소운평은 유상이라는 사내를 쫓아 창고 안으로 들어갔다.

지독한 술 냄새가 그를 반겼다. 창고의 정체는 주고(酒庫)였다. 어디를 봐도 술독 천지였다. 큰 것은 바닥에, 작은 것은 선반 위에 질서정연하게 늘어선 것이 어림잡아도 이삼백 개는 되는 것 같았다.

게다가 아래위로 오르내리게끔 계단이 있는 것이 이층과 지하에도 술독이 있음이 틀림없었다.

'세상에! 그럼 대체 몇 개라는 얘기야?'

소운평이 놀라는 사이 유상은 창고 중앙에 놓인 의자에 몸을 앉히고 대뜸 물었다.

"몇 살이냐?"

사내의 덩치에 압도당한 소운평은 기어 들어가는 소리로 대꾸했다.

"이름은 소운평이고 열아홉인데요."

"그래? 난 유상이라고 한다. 유씨 성에 이름은 외자로 상이다. 멍청한 녀석들이 가끔 성이 뭐냐고 묻는 통에 피곤하기도 하지만 난 별로 신경 쓰지 않는다. 난 너그러운 사람이 못 되니 행여나 눈 밖에 나면 그날 부로 국물도 없을 줄 알아라!"

"헤헤, 유상 형님이셨군요. 반갑습니다."

소운평은 냉큼 허리를 숙였다.

'호오, 이놈 보게?'

대뜸 형님이라 부르는 것도 그렇거니와 알아서 모시겠다는 투로 고개까지 숙이다니, 유상은 흡족한 미소를 지으며 화제를 돌렸다.

"이곳의 일과는 크게 오전과 오후로 나눠져 있다. 오전에는 마당 청소와 장작 패기, 물 긷기를 해야 한다. 내일은 내가 시범을 보일 테니 진시 초에 이곳으로 나와라. 오후엔 크게 힘든 일은 없다. 매원 전체에 등롱을 달고 영업이 끝날 때까지 술을 내주면 끝이니까. 어려운 일이 없는 대신 몇 가지 주의할 게 있다."

유상은 탁자 아래를 뒤적거려 장부를 꺼냈다.

"술은 사흘에 한 번 꼴로 들여온다. 물론 운반은 외부에서 오는 자들이 담당하니 우린 손 하나 까딱할 게 없지만, 수량만은 정확히 확인해야 한다. 그리고."

그는 장부를 펼쳐 보였다.

"들여온 술은 술 이름에 따라 이처럼 꼼꼼하게 기록해야 한다. 주방에서도 따로 관리를 하니까 한 치의 오차도 없어야 한다. 알겠냐?"

'망할, 일자무식(一字無識)이 또 발목을 잡는구나!'

"그게, 저……."

소운평이 머뭇거리며 머리를 긁어대자 유상이 귀신같이 속내를 알아맞혔다.

"혹시 네놈 까막눈이냐?"

"여기저기 떠돌다 보니 그만……."

소운평은 계면쩍게 웃었다.

"그건 큰 문제가 아니니까 신경 쓰지 말아라. 그래도 걱정된다면 내 한 가지 방법은 가르쳐 주마."

유상은 다른 곳에서 지편 무더기를 꺼냈다.

"이건 주방에서 술을 가지러 오는 자들이 들고 오는 것이다. 여기 술 이름이 나란히 적혀 있는 게 보이지?"

소운평은 목을 늘이고 지편을 살폈다. 과연 그의 말대로 술 이름이 빼곡이 적혀 있었다.

그러나 그가 알아볼 수 있는 글자는 역시 단 한 자도 없었다.

"저쪽 주가에도 일일이 표찰이 붙어 있고, 장부에도 역시 항목대로 적혀 있다. 그러니까 글자를 몰라도 지편에 쓰인 것과 같은 글이 적힌 주가의 술을 내주고, 장부에도 같은 항목에 표시를 하면 문제가 없는 셈이지!"

"그렇군요."

그제야 고개를 끄덕이는 소운평을 보며 유상은 어깨를 으쓱해 보였다.

"재삼 말하지만 장부는 꼼꼼히 기록해야 한다. 행여 수량에 차이라도 나면 물어내는 것은 물론이고 끔찍한 일을 당하게 될 테니까. 아참! 그러고 보니 사흘밖에 안 남았군."

"뭐가요?"

호기심이 도진 소운평은 눈을 반짝 빛냈다.

"정기적으로 이뤄지는 감찰(監察)이다. 이곳의 술을 합하면 몇천 냥쯤은 우습게 나오지 않겠냐? 그래서 매원 자체에서 한 달에 한 번, 루주를 모시는 집사가 석 달에 한 번 꼴로 특별 감찰을 나온다. 이번 건은 특별 감찰이니만큼 너도 특별히 신경 써야 할 게다. 들어온 지 삼일 만에 쪽박 차기 싫다면 말이다."

'참 나, 거 되게 까다롭네!'

소운평은 이해가 안 간다는 투로 중얼거렸다.

하기야 생전처음 제대로 된 일자리를 구한 그였으니 적응이 안 되는 건 당연한 일이었다.

유상이 갑자기 손뼉을 친 것은 그때였다.

"좋아! 어찌 됐든 오늘은 네 녀석이 처음으로 일을 배우는 날이 아니

냐? 이런 날 술이 빠진다면 말이 안 되지! 설마 술도 못 마시는 좀팽이
는 아니겠지?"

그는 대꾸도 듣지 않고 벌떡 일어나서는 구석에서 작은 술 단지를
들고 왔다. 이어 부랴부랴 봉인을 뜯고 소운평에게 내밀었다.

"오늘만은 네가 손님이니 먼저 마셔라!"

"그게 그런데……."

소운평이 머뭇거리며 주저하자 유상이 알았다는 듯 껄껄 웃으며 말
했다.

"자식, 감찰 때문에 걱정이 된다는 말이지! 이래 봬도 이곳에서 십
년 가까이 굴러먹은 몸이시다. 설마 그 정도 대책이 없겠느냐? 걱정할
필요 없다. 그래도 안 마신다면 내 호의를 무시하는 거라 생각하겠다!"

"뭐, 정히 그렇다면."

소운평은 못 이기는 척하며 단지를 입으로 가져갔다.

"꿀꺽! 꿀꺽!"

이름은 몰랐지만 술은 무척이나 독했다. 그래도 코끝에 맴도는 향기
가 유난히 부드러운 것이 흔히 맛보기 어려운 값비싼 명주(名酒)임이
분명했다.

겨우 두 모금을 마신 그는 콜록거리며 단지를 유상에게 건넸다.

"녀석, 술이 그렇게 약해서야……."

유상은 빙긋 웃고는 거침없이 술을 들이켰다.

텅!

탁자를 울리는 소리가 가벼운 것이 단번에 거의 반에 가까운 술을
마신 것 같았다.

그가 '커어~' 하고 탄성을 내지르는 순간, 소운평이 슬그머니 그를

불렀다.

"저기, 형님."

"뭐냐? 귀찮게시리."

"다른 게 아니라 아까 그 이불계인지를 말씀해 주시는 게 좋을 것 같은데요. 무척 중요한 것 같던데요."

"맞아, 깜빡했군."

유상은 고개를 끄덕이고는 입을 열었다.

"이불계는 운영루에 몸담은 모든 자들이 지켜야 할 규칙이다. 첫번째는 계집에 관한 것이다. 매원에는 근 백여 명의 기녀들이 있다. 그러다 보니 가끔 일하는 자들과 눈이 맞는 경우가 생기곤 하지. 사실 그렇게만 되면 고생은 끝난다고 생각해도 무방하지. 우리에게 그녀들은 곧 돈줄이나 마찬가지니까. 하지만 들통이 나면……."

"나면요?"

"흐흐, 궁금하냐?"

유상은 대답 대신 슬그머니 몸을 일으켰다. 그리곤 왼손으로 하초어림의 옷자락을 당기고 오른손으로 내려치는 시늉을 했다.

무얼 뜻하는지 모를 소운평이 아니었다.

"으헥!"

혼비백산하는 소운평을 보며 유상은 피식 웃었다.

"자식, 겁먹기는. 하긴 뭐, 아랫도리가 멀쩡한 사내놈치고 고자가 되는 걸 두려워하지 않는 놈은 없지. 암! 나도 처음에는 무척 놀랐으니까."

"그건 너무 심한 것 아닌가요?"

"그렇기야 하지. 하지만 매사에 그렇게 물러터지면 일이 되겠냐? 하물며 거지 밥그릇에도 순서가 있고 법도가 있다는데 이런 곳이야 두말하면 잔소리 아니겠냐?"

"하긴 그렇기도 하네요."

소운평은 고개를 주억거렸다.

그사이 갈증을 느낀 유상은 다시 술을 들이키고 말을 이어갔다.

"두 번째는 물건이다. 이곳에서 소비되는 물건들은 모두 최상질의 상등품이지. 몇 가지만 슬쩍 내다 팔아도 제법 돈이 되는 것들이란 말이다. 그렇지만 꿈도 꾸지 말아라. 들키면 손목이 날아가니까."

"그것 역시 심하기는 마찬가지네요."

소운평은 짐짓 못마땅하다는 듯 고개를 주억거리다 갑자기 눈을 빛냈다.

"형님, 저 한 가지 물어볼 게 있는데요."

"또 뭔데?"

"다른 게 아니라, 혹시 '그걸' 잘리거나 손목이 날아간 사람이 있나요? 아무래도 믿기 힘들어서……."

"그놈 참! 별걸 다 궁금해하네."

면박을 주면서도 유상은 얘기를 시작했다.

"글쎄… 삼 년은 된 것 같지, 아마? 옆의 국원에서 젊은 놈이 기녀랑 눈이 맞았지. 한 반년은 그럭저럭 잘 지냈는데, 이 미친년이 글쎄 손님을 안 받겠다고 버티다가 그만 들통이 났지 뭐냐. 그날 부로 그 놈은 댕강 물건을 잘리고 쫓겨났지. 그리고 손목이 날아간 놈은 얼마 전까지 나랑 일하던 네 전임자였다. 멍청한 놈이 가끔 술을 훔쳐 먹거나 할 것이지 한몫 잡겠다고 술을 빼돌리다 들켜 버렸지. 이제 됐냐?"

"후아! 설마 그 정도일 줄은 몰랐어요. 전 그냥 겁만 주겠거니 생각했는데."

소운평은 혀를 내둘렀다.

"카아!'

이윽고 남은 술을 깡그리 마신 유상은 술독을 들고 주변을 두리번거렸다. 걱정 말라고 호언장담하던 것과는 달리 무척 신경이 쓰이는 모양이었다.

'그럴 거면서 허풍 떨면 더 낫냐?'

소운평은 나직이 혀를 찼다.

벽과 벽이 만나는 후미진 곳에다 교묘하게 술독을 감춘 유상은 이내 소운평에게 걸어왔다.

한데 시시콜콜한 일들까지 세세히 설명해 주던 좀 전과는 많이 달라져 있었다. 어깨를 좌우로 출썩거리며 걷는 것이 영락없이 불량기 가득한 날건달의 모습이었다.

"술도 다 마셨으니 슬슬 시작해 볼까?"

"뭐를… 요?"

소운평도 눈치는 있는지라 잔뜩 긴장했다.

"이런 팔푼이 같은 놈! 촌뜨기란 걸 드러내는 것도 어느 정도라야 말이지. 신고식이란 걸 꼭 내 입으로 말해 줘야 알아듣겠냐?"

유상은 어이가 없었는지 피식 웃더니 이전처럼 친절하게 설명을 곁들였다.

"네놈 설마 은 열 냥을 날로 삼키려는 건 아니겠지? 앞으로 일 년을 꼬박 채울 때까지 매달 세 냥을 떼어 내게 상납하도록!"

'뭐, 뭐야?!'

소운평은 입을 쩍 벌렸다.

알토란 같은 돈을 무려 세 냥씩이나, 그것도 무려 일 년 동안이나 갈취를 하려 하다니. 칼만 안 들었다 뿐이지 완전히 날강도 같은 놈이 아닌가!

"아아, 그렇다고 너무 억울하게 여기지는 마라. 나도 이미 겪은 일이고 훨씬 이전부터 이어지던 일이니까. 물론 거절한다거나 하지는 않겠지? 그리고 오늘은 대랑의 말씀대로 일찍 쉬게 해주지. 간단히 끝내주마!"

우둑! 우두둑!

손가락 마디란 마디는 죄다 꺾어댄 후 유상은 천천히 소운평의 면전으로 다가들었다.

밖은 어느덧 저녁으로 치닫고 있었다. 멀리 산자락에 걸린 태양이 키보다 더 길게 그림자를 만들었다.

"어구구!"

소운평은 비틀대며 벽에 몸을 기댔다.

온몸이 삐걱거리며 고통을 호소했다. 유상의 떡메 같은 주먹으로 스물다섯 차례나 두드려 맞았으니 그나마 얼굴이 성한 것을 다행으로 여겨야 했다.

'망할 자식, 뭐? 간단히 끝내? 사람을 아예 쓰다 버린 걸레짝을 만들어놓고선!'

생각하면 할수록 화가 치솟았다.

돈만 요구하면 그만이지 때리기는 왜 때려? 하긴 때리지 않았으면 줄 생각도 않겠지만!

'그나저나 이 신세를 어떻게 갚아주지?'

끗발로도 힘으로도 밀리는 판이라 아무리 머리를 굴려봐도 신통한 생각이 떠오르지 않았다.

그렇다고 넋 놓고 당할 수만은 없지 않은가!

어찌어찌해서 무사히 일 년을 넘겼다고 치자, 그 날강도 같은 놈이 '그간 고마웠다. 이제 그만 상납해라!' 한다는 보장이 없질 않은가 말이다. 뭐, 그건 먼 훗날의 일이니 제쳐 둔다지만, 처음부터 이렇게 꼬리를 내리다간 수시로 험한 꼴을 당할지도 몰랐다.

설령 천만다행으로 그런 일이 벌어지지 않는다 해도 내일부터 혼자서 일을 독차지해야 한다는 사실은 눈을 감고도 알 수 있었다.

'좋아. 최우선 과제는 그놈에게 통쾌한 복수를 안겨주는 것으로 결정했다!'

소운평은 주먹을 불끈 쥐며 마음을 다잡았다.

"유상 이놈아, 어디 두고 보자!"

빠드득!

이빨을 가는 소리가 섬뜩하게 울렸다.

싸늘한 눈으로 한동안 술 창고를 노려본 소운평은 이내 갈지자로 걸음을 뗐다.

제 6 장

얀테는 안도하고 소운평은 위기를 만나다

1

"안에 계십니까? 접니다!"

'으응?'

양태는 선잠에서 깨어났다. 천근만근인 양 무거운 눈꺼풀을 비비며 그는 상체를 일으켰다.

처음 시야에 들어온 것은 창문가로 새어드는 뿌연 여명이었다. 빛줄기를 투과해 빼곡이 벽면을 장식한 서책과 몇 점의 산수화가 눈에 들어왔다. 그에게는 너무도 익숙한 광경, 다름 아닌 자신의 서재였다.

그가 서재에서 잠을 깨는 것은 비단 어제 오늘의 일은 아니었다. 머리가 복잡해지는 일, 방 내에 대소사가 생길 때마다 늘 서재에서 잠을 깨는 편이었다.

이번에도 일이 깨끗이 마무리되기 전까지는 거의 이곳에서 밤을 보내게 될 터였다.

빛줄기를 보며 그는 조그맣게 중얼거렸다.

"인시(寅時) 말엽쯤인가?"

이것저것 생각하다 새벽에 그대로 잠이 든 모양인데, 불과 한 시진 가량이 지났을 뿐이었다.

그는 한 손으로 목덜미를 어루만지며 고개를 좌우로 흔들었다. 뒷목은 바윗덩이처럼 단단했다. 목을 흔들 때마다 뻐근한 통증이 느껴졌다.

그는 쓰러지듯 다시 의자에 몸을 기댔다. 그때였다. 문밖에서 누군가의 목소리가 들려왔다.

"접니다, 양 형님!"

목소리만으로도 누군지 알 수 있었다. 그러고 보니 잠결에 들려왔던 목소리가 꿈이 아니었던 모양이다.

"들어오게!"

양태의 음성이 잔잔하게 실내를 울렸다.

문이 열리고 곧 한 사내가 모습을 나타냈다. 삼십 대 후반이나 갓 사십 대로 접어든 정도로 보였는데 전신에 평범한 청의를 걸친 사내였다.

의복만큼이나 용모 역시 두드러진 곳이 없었다. 저잣거리에 나서면 어디서나 볼 수 있는 흔한 모습이었다. 다만 두 눈에 가득한 정광(精光)은 그가 절정, 혹은 그에 준하는 실력을 가진 자임을 느끼게 했다.

사내의 이름은 이환(李煥)이었다.

"어서 오게나. 앉게."

이환은 사양치 않고 맞은편 좌석에 몸을 기댔다. 그는 앉자마자 양태를 바라보며 싱긋 웃었다.

"또 이곳에서 주무셨군요?"

"어쩌다 보니 그렇게 되었네."

빙글거리며 자신을 살피는 이환의 시선에 어색함을 느낀 양태는 몇 번 헛기침을 했다.

"참 무던하십니다."

이환은 재차 빙그레 웃었다.

어찌 보면 우습게 여기는 것 같기도 했는데 마주한 양태 역시 함께 미소를 짓는 것이 두 사람은 지위를 떠나, 상당히 친밀하다는 느낌을 주었다.

그러던 어느 순간, 갑자기 이환의 눈빛이 신중해졌다. 입가에서 웃음기가 흔적도 없이 사라졌다.

"연락을 받고 혹시나 했는데 방 내의 분위기를 보니 영락없는 사실이더군요."

이환은 가만히 조금 전의 일을 상기했다.

정문의 경비가 두 겹 세 겹으로 강화된 것은 물론 방의 요소에는 어김없이 번뜩이는 눈동자들이 존재했다. 대풍방 창건 이래 초유(初有)의 일이었다.

그는 조심스레 물었다.

"전쟁입니까?"

"결정된 것은 아무것도 없네. 아직 뭐라 말할 수 있는 상황도 아니고."

양태는 느릿하게 몸을 일으켰다. 그는 걸음을 옮겨 창가로 다가갔다.

끼익!

낡은 문틀이 비명을 토하자 햇살이 쏟아져 들어와 실내를 환하게 밝했다. 양태의 모습은 순식간에 눈부신 햇살 속에 묻혀 버렸다.

"하지만 제가 듣기로는 일전이 불가피하다고……."

"성급한 소리!"

양태는 그의 말을 자르며 다시 의자에 앉았다.

"윤곽이 드러날 때까지 이번 일은 비밀에 부치기로 결정했네. 자네도 그리 알고 신중히 처신하게."

"알겠습니다. 한데……."

"그쪽의 일은 어찌 됐나?"

양태가 또다시 말을 잘랐다.

뭔가 말하려던 이환은 황급히 입을 다물었다. 양태가 저런 눈빛을 하는 이상 더 이상 캐물어야 소용이 없다는 것을 알기 때문이었다.

"혼사 말씀이십니까?"

되묻던 이환은 문득 떠오르는 사실에 무릎을 쳤다.

"어제는 정말 너무하셨습니다. 저만 달랑 놔두고 혼자 빠져나오시는 통에 둘러대느라 얼마나 진땀을 흘렸는지 아십니까? 음식을 먹어도 먹는 것 같지 않고, 모르긴 해도 수명이 족히 십 년은 줄었을 겁니다."

이환은 그때의 일을 생각하면 아직도 진땀이 흐른다는 듯 가슴을 쓸어내렸다.

양태의 눈매가 살짝 일그러졌다. 웃음이었다.

"이거 자네에게 큰 신세를 졌군 그래."

"뭐, 당연한 일이니 신세랄 것까지는 없겠지요. 하지만 두고두고 기억하고는 있겠습니다. 한데 제가 술을 거하게 마시면 기억이 흐려진다는 사실은 아직도 알고 계시는지 모르겠군요?"

이환은 모르는 척 너스레를 떨었다. 빙빙 돌리기는 했어도 자신을 애태운 만큼 술을 사내라는 투정이었다.

"허허!"

양태는 너털웃음을 터뜨리며 고개를 끄덕였다.

"알고 있네. 틀림없이 기억하고 있지. 아마도 사흘 뒤에는 자네 시비로부터 자네가 꼭지가 돌았다는 얘기를 들을 수 있겠군 그래."

"호오… 그렇습니까?"

말인즉슨 사흘 뒤에 자신의 처소로 만족할 만큼의 술을 보내주겠다는 얘기였다.

이환의 얼굴에는 개구쟁이 같은 미소가 가득했다. 그는 양태를 바라보며 진심으로 즐거워했다.

그는 늘 이런 식이었다. 그와 친분이 있어서가 아니라 항상 수하를 내 몸처럼 아꼈다. 혹여 지금처럼 농을 걸어온다 해도 기쁘게 받아주었다.

신분을 초월해 형제나 친구처럼 느껴지는 상관, 누구라도 믿고 따를 수밖에 없을 터였다.

이윽고 이환은 정색을 하고 입을 열었다.

"혼자서 끙끙댄 것치고는 그래도 만족스런 결과를 얻은 셈입니다. 이제까지와는 달리 상당히 적극적이더군요. 조만간 절차를 밟아 정식으로 매파를 들이기로 결정을 보았습니다. 갑작스런 심경 변화는 아무래도 관 공자의 입김이 크게 작용한 듯 보입니다."

"그럴 테지."

양태는 고개를 끄덕이며 한 사람을 떠올렸다.

그가 말한 관 공자란 지부대인의 독자(獨子)인 관승원(棺承原)을 말하는 것이다. 그가 위청란에게 목을 맨다는 사실은 공공연한 비밀이었다.

그는 올해 약관의 나이였다. 누대로 이어온 관가의 자제답게 후덕하고 학문이 출중했다.

하지만 어릴 때부터 앓던 고질병이 치유된 지 오래지 않아 몹시 허약한 데다 모든 것을 부친에게 의지하려는 심약한 성격의 소유자여서 기여영을 제외하고는 혼사를 탐탁지 않게 여기는 이들이 많았다. 물론 양태와 이환도 그들 중의 하나였다.

문득 이환이 고개를 절레절레 흔들었다.

"이렇게 되고 보니 큰일이군요. 기 부인께서 아시면 틀림없이 내일 당장이라도 혼사를 치르자고 억지를 부리실 텐데 현재 사정으로는 어림도 없는 일 아닙니까?"

"맞는 말이네. 하지만 걱정할 필요는 없네. 부인은 당분간 이 사실을 알지 못할 테니까."

"그럼?"

이환은 눈을 동그랗게 떴다. 결국 자신이 입을 다물어야 한다는 얘기였다.

그러나 말처럼 쉽게 생각할 일이 아니었다. 방주의 부인이 적극적으로 나서는 일임에, 들통나면 목이 잘린다 해도 할 말이 없을 만큼 큰 죄였다.

몹시 놀라는 그를 향해 양태가 말했다.

"당분간만일세. 길어야 한 달 정도? 일단 문제가 해결되면 그때 발설해도 늦지는 않을 것이네. 부인께는 내가 잘 설명하겠네. 또한 관 대인 쪽에도 따로 인편을 보내 사정을 설명할 것이니 걱정하지 않아도 될 것이고."

생각하고 자시고 할 필요도 없었다. 그가 말한 이상 자신에게 돌아올 피해는 전혀 없을 것이다.

혹시 나중에 문제가 생길지라도 어떻게든 그가 해결해 줄 것이라는 믿음이 이환을 안심시켰다.

그는 선선히 고개를 끄덕였다.

"그렇게 하지요."

"고맙네. 그리고 방의 대다수 식솔들은 아직 사태를 모르고 있네. 직책을 맡은 자들이야 어련히 알아서 하겠지만 그들은 다르네. 갑작스런 사태에 당황하지 않도록 배려를 아끼지 말게."

"알겠습니다. 그 점은 염려하지 마십시오. 한데……."

이환의 목소리가 은근해졌다. 그는 약간 망설이는 듯하더니 이내 입을 열었다.

"방주께서는……."

양태의 얼굴이 순간 딱딱하게 굳어졌다.

칩거한 지 벌써 오 년, 그동안 양태의 면전에서 방주에 대해 거론하는 것은 금기로 여겨왔다. 대풍방에 적을 둔 자라면 누구나 마찬가지였다.

그러나 이환에게는 그럴 만한 자격이 있었다. 그는 방주의 전 부인이었던 이(李) 부인의 동생, 즉 위충량의 하나뿐인 처남이기 때문이었다.

그랬기에 양태는 그의 말을 흘려들을 수만은 없었다.

"걱정하지 말게나. 그분은 잘 계신다네. 이번 일만 해도 분명히 그분의 재가를 얻은 상태네."

이환의 음성에 조금씩 감정이 실리기 시작했다.

"너무 잔인하군요. 이제는 이유를 알려주실 때도 되지 않았습니까? 쉬쉬해 온 것이 무려 오 년입니다. 대체 무슨 일이기에 그토록 숨기는 것입니까?"

그의 얼굴은 어느새 붉게 상기된 상태였다. 감정이 북받쳤는지 어깨마저 가늘게 떨었다.

"누님이 비명에 가시고 소공자마저 의문의 실종을 당한 지 이미 오래전입니다. 과연 그것 때문입니까? 혹시 그렇다 말씀하셔도 전 도무지 믿지 못하겠습니다. 제게 남은 혈육은 방주님뿐입니다. 무어라 하셔도 오늘만큼은 반드시 이유를 알아야겠습니다."

"자네의 심정은 잘 아네. 또한 십분 이해하네."

"그렇다면 왜 말씀해 주시지 않는 겁니까?"

양태는 힘없이 고개를 가로저었다.

"나로서는 어쩔 수가 없다네. 내겐 그분의 뜻을 거스를 용기가 없다는 것을 자네도 익히 알고 있지 않나? 환제, 정말 미안하네."

"결국 오늘도 같은 대답뿐이군요."

이환의 얼굴이 처참하게 일그러졌다. 그는 처연하게 웃으며 고개를 떨구었다.

"그렇겠지요. 형님은 그런 분이니까요."

"미안하네."

이환은 고개를 가로저었다.

"애써 위로하실 필요 없습니다 그렇다고 형님을 원망하지는 않으니까요. 어쩌면… 아니, 제가 그 상황에 처했어도 마찬가지 행동을 보였을 겁니다. 하지만 여전히 아쉽기는 하군요."

그는 이내 자리에서 일어났다.

"가려는가?"

"물론 가야지요. 이틀이나 손을 놓았으니 할 일이 태산만큼 밀려 있을 테니 말입니다."

고개를 끄덕이는 그는 어느새 본래의 모습으로 되돌아온 상태였다. 흥분했던 적이 있었는지조차 모를 정도로 담담한 얼굴이었다. 그는 최소한 공(共)과 사(私)는 구분 지을 줄 아는 인물이었다.

문득 이환은 빙그레 웃었다.

"꽤나 바쁘겠지요. 딸린 식구가 없기는 마찬가지지만 형님처럼 매번 서재나 집무실에서 밤을 보내고 싶지는 않거든요. 이래 봬도 밖에 나서면 아직까지 낭자들을 시선을 한 몸에 받는다는 사실을 아십니까?"

"허허, 그랬었군."

마주 웃음을 터뜨리는 양태를 향해 이환은 짧게 작별을 고했다.

"그럼 이만."

"멀리 나가지 않겠네."

양태의 음성을 배웅 삼아 이환은 실내를 빠져나갔다.

탁!

장지문을 닫는 소리가 유난히 묵직하게 양태의 가슴을 짓눌렀다.

그는 가만히 자리에서 일어나 창문을 도로 닫았다. 가늘게 창문 틈으로 새는 빛줄기가 양태의 몸을 지나 실내에 긴 꼬리를 만들었다.

양태는 조용히 실내를 나섰다.

양태는 평소 검소한 생활을 즐겼다.

총관쯤 되는 위치면 원하기만 한다면 누구보다 풍요로운 생활을 누릴 수도 있건만, 그는 방 한 칸과 서재, 시비 한 명 이외에는 모두 물리

쳤다.

그건 식생활 역시 마찬가지였다. 늘 밥과 장국, 다섯 가지를 넘지 않는 반찬이 식탁의 전부였다.

오늘도 그는 몇 가지 소채와 말린 생선으로 아침 식사를 마치고 방문을 나섰다.

월동문을 지나 그는 느릿하게 처소를 벗어났다.

그가 유난히 매화를 좋아했기에 주변은 온통 매화나무 천지였다. 그래서 흔히 매화소(梅花所)라고 불리는 그의 처소는 방의 서쪽 가장자리에 위치했다.

만개했던 꽃이 사라진 매화나무 숲을 둘러보며 그는 집무실로 걸음을 재촉했다.

막 숲을 지나치는 순간이었다. 저만치 앞쪽에서 누군가가 헐레벌떡 뛰어오는 것이 눈에 들어왔다. 그 모양새가 어찌나 다급했는지 달리는 사내의 발치로 뽀얗게 먼지가 일 정도였다.

사내는 순식간에 양태의 면전으로 다가왔다.

"초, 총관님! 저, 저기!"

허리를 꺾은 사내는 두 손으로 무릎을 짚고 가쁘게 숨을 몰아쉬었다.

사내의 땀으로 흠뻑 젖은 상태였다. 게다가 전신에 흙먼지를 뒤집어쓴 상태라 몹시 지저분했다. 아마도 그를 찾아 적지 않게 뛰어다닌 모양이었다.

양태는 물끄러미 사내를 응시했다. 이윽고 그가 어느 정도 진정하는 기미를 보이자 입을 열었다.

"무슨 일이냐?"

사내는 엉거주춤 허리를 펴더니 대꾸했다.

"다름이 아니라 진 총관께서 찾으십니다. 급히 모셔오라는 분부가 계셨습니다."

'진 총관이?'

양태는 고개를 갸웃했다.

같은 직책을 맡은 두 사람이지만 실제로 얼굴을 맞대는 경우는 거의 없었다. 매달 칠인회에 참석하는 경우를 제외한다면 한 달에 기껏해야 한두 번쯤이나 될까. 게다가 이처럼 일부러 사람까지 보내 찾은 경우는 전무했다.

"무슨 일인가?"

"소인 같은 말단 무사가 무엇을 알겠습니까요. 그저 위에서 시키는 대로만 할 뿐이지요."

송구하다는 듯 연신 머리를 조아리는 사내를 보며 양태가 말했다.

"알았네. 그만 가보도록 하게."

"네, 네."

사내는 인사를 하고는 부리나케 왔던 길로 사라졌다.

그의 허둥대는 모습이 시야에서 사라지자, 양태 역시 반대쪽으로 걸음을 옮겼다.

진무방의 집무실이 있는 요운각(曜雲閣)이었다.

2

"총관을 뵈오!"

먼저 인사를 건넨 이는 백호당주인 원후승이었다. 그 뒤로 진무방의 모습이 보였다.

"어서 오시구려. 자, 이리로!"

진무방은 자리에서 걸어 내려와 손수 양태에게 자리를 권했다.

그가 인도한 곳은 넓은 상석이었는데, 그곳에는 탐스러운 호피가 깔려 있었다. 원래 동년배거나 한 단체에서 직분이 같은 사람들은 평좌 (平坐)를 하는 것이 상례였다.

양태는 약간 망설였다. 그에게 호피가 깔린 의자는 부담스럽기만 했다. 그렇지만 명분없이 호의를 거절하는 것은 명백히 상대를 무시하는 처사였다.

어쩔 수 없다는 듯 양태는 자리에 앉았다.

진무방 역시 그 아래쪽에 자리했다. 양후승이 자신의 직분에 맞게 두 사람의 곁에 시립하자, 이윽고 진무방이 입을 열었다.

"번거롭게 해서 미안하오. 그만한 사정이 있었으니 양해하시라 믿겠소."

그가 손짓을 하자 양후승이 탁자 아래서 무언가를 꺼내더니 양태 앞에 올려놓았다.

옻칠을 해 검게 번들거리는 목함(木函)이었다. 사방 한 자의 크기에 두께는 한 뼘 정도였다.

"오늘 새벽 본 방의 인물, 정확히 말하자면 양 당주에게 전해진 물건이외다. 워낙 중요한 사안이라 아직 공표하지는 않았소."

"안에 무엇이 들었소?"

심각한 양태의 물음에 진무방은 빙긋 웃었다. 그는 어깨를 한번 으쓱해 보였다.

"백문(百聞)이 불여일견(不如一見) 아니겠소?"

도깨비 놀음과도 같은 그의 태도에 급기야 양태는 이맛살을 찌푸렸지만, 목함 안의 내용물에 대한 궁금증은 다른 무엇보다 우선했다.

그는 두 손으로 목함의 뚜껑을 들추었다. 상당히 조심스러운 행동이었다.

후욱!

먼저 코를 자극한 것은 비릿한 피 냄새였다. 순서대로 뚜껑이 완전히 젖혀지며 시야에 들어온 것은 어깨 어림부터 잘려 반으로 접혀진 팔이었다.

"음……!"

양태의 입에서 묵직한 신음이 터졌다. 눈빛이 크게 흔들리는 것이 꽤나 당황하는 것이 분명했다.

불시에 이루어진 만남 자체도 의아스러운 차에 난데없이 잘려진 팔이라니……. 그의 미간이 재차 찌푸려졌다.

곤혹스러워하는 그를 보며 진무방이 말했다.

"안쪽에 서찰이 함께 들었소. 그걸 읽어본다면 모두 이해가 될 거요."

양태는 서둘러 목함 안쪽을 살폈다. 접혀진 팔목 사이에서 그의 말대로 피묻은 서찰을 발견할 수가 있었다. 서찰은 한쪽 귀퉁이가 뜯긴 것이 이미 누군가가 개봉한 흔적이 역력했다.

좌르륵!

거칠게 서찰이 펼쳐졌다.

내용을 읽던 양태의 눈이 점차 크게 떠졌다. 마침내 그는 읽기를 마치고 서찰을 원상태대로 목함에 넣은 다음 뚜껑을 닫았다.

그러자 곁에 있던 원후승이 기다렸다는 듯 목함을 탁자 아래로 내려놓았다.

그사이 양태의 안색은 평소대로 돌아와 있었다.

"믿을 만하다 여기시오?"

진무방은 짧게 고개를 끄덕였다.

"물론 의심이 가는 구석도 없지 않지만, 말보다 행동이 앞서는 등소의 평소 성격대로라면 특별히 다른 의도는 없는 듯하오. 게다가 그는 전혀 분쟁을 원치 않는 듯하니, 만일을 대비하여 일선의 경비는 당분간 그대로 유지하는 것으로 이번 일을 마무리 짓는 것이 어떻겠소?"

"그렇게 합시다."

짧게 고개를 끄덕이고 양태는 자리에서 일어났다.

"일이 있어 이만 실례하겠소."

"그러시구려. 배웅은 않겠소."

진무방은 자신의 말처럼 자리에서 일어나는 것으로 인사를 대신했다.

빠른 걸음으로 실내를 나서는 양태를 향해 양후승이 깊숙이 허리를 숙였다.

"그럼 나중에 뵙지요."

탁!

문이 닫히며 양태의 커다란 등이 모습을 감추었다.

"그의 말을 전적으로 믿으십니까?"

양후승이 고개를 갸웃거리며 말했다.

"누구 말인가?"

"등소가 아니면 누구겠습니까."

양후승은 자리에 앉고는 상석을 응시했다.

어느새 진무방은 몸을 움직여 자신의 자리인 푹신한 호피 의자에 앉아 있었다.

"그렇게 생각하나?"

"아니란 말씀으로 들리는군요."

진무방의 입가에 어리는 묘한 미소를 보며 양후승은 그렇게 짐작했다.

"후승, 자네는 등소를 본 적이 있나?"

"글쎄요."

그는 곰곰이 기억을 떠올렸다.

이십 년 전 그는 채 약관의 나이에도 못 미처 대풍방에 투신했다. 처음 그는 이급의 말단 무사로 후방에서 병기를 지원하는 임무를 부여받았었다. 그런 그가 적의 수뇌와 마주칠 일이 있을 리 만무했다.

그의 귓가로 진무방의 음성이 들려왔다.

"나는 지금까지 세 번을 등소와 마주쳤네. 그중에 한 번은 직접 손속을 겨루기도 했지."

"결과는 어떻게 되었습니까?"

"그게 중요한가? 하긴 그렇게 생각할 수도 있겠지. 그와 나는 엄연히 적이니까."

진무방의 미소가 더욱 짙어졌다.

"그는 강했네. 그때 나는 겨우 백여 초를 버텼지. 만약 방주의 도움이 없었다면 살아나지 못했을 테지. 지금 역시 무공만으로 따진다면 나는 결코 그의 적수가 되지 못할 거라고 확신하네."

"그 정도입니까?"

"물론!"

진무방은 힘차게 고개를 끄덕였다. 비참했던 과거를 말하는 자 치고는 다분히 여유가 있는 모습이었다.

그럼에도 불구하고 여전히 살아 있다는 자신감이었다. 살아 있다면 언젠가는 그날의 복수를 이룰 수 있다. 그것이 그를 즐겁게 하는 이유였다.

"이런, 얘기가 많이 벗어난 듯하군."

중얼거리며 그는 꼬았던 다리를 바로했다. 그런 다음 신중한 태도로 말을 이었다.

"비록 세 번에 불과한 만남이었지만 나는 분명히 느낄 수 있었네.

그는 자신의 의지를 굽히는 그런 나약한 자가 아니라는 것을 말일세."

"그렇다면 혹시?"

"맞네. 자네가 생각하는 그대로일 걸세. 어디부터 시작할지는 모르지만, 조만간 대대적인 공격이 있을 것이 분명하네. 작정한 대로 적검문의 모든 것을 걸고 덤벼들겠지. 아마 굉장한 일전이 될 게야."

"음……!"

원후승은 저도 모르게 신음을 토했다.

그의 말이라면 해가 서쪽에서 뜬다고 해도 무조건 믿는 수밖에 없었다. 그가 아는 한 진무방은 신(神)이었다. 무려 이십여 년 동안 감쪽같이 진면목을 감춰온 이를 달리 무어라 부를 수 있겠는가? 그런 그가 말한 것이니만큼 의심할 여지가 없었다.

그는 잔뜩 실망한 표정으로 말했다.

"그렇다면 그간 애써 준비해 온 일들이 차질이 생기겠군요."

"천만에!"

진무방은 고개를 가로저었다.

"오히려 자네와 나에겐 도움이 될 게야. 그것도 결정적인 도움이."

"대체……?"

얼굴 가득 미소를 짓는 진무방을 바라보며 양후승은 도무지 알 수 없다는 표정을 지었다.

그러나 그는 곧 고개를 끄덕이며 동조를 표했다. 뚫어져라 진무방을 응시하는 그의 두 눈은 불변의 믿음으로 가득 차 있었다.

요운각을 나선 양태는 두 번째로 목적지를 수정해야 했다. 바로 자죽원을 향해서였다.

그는 느릿하게 걸음을 옮겼다. 마음의 짐을 한풀 덜어서였을까? 정신없어 하던 며칠 전과는 달리 한결 편해진 마음이요, 걸음걸이였다.

이미 태양은 높이 솟아올라 대지를 뜨겁게 달구고 있었다. 사월 말, 계절에 어울리지 않게 한여름을 방불케 하는 날씨였다. 달구어진 흙바닥에서 숨이 막히도록 열기가 피어 올랐다.

"벌써부터 이렇게……."

이마에 맺힌 땀방울을 훔치며 그는 걸음을 재촉했다.

"올 여름은 유난히 덥겠어."

그렇게 중얼거릴 무렵, 양태의 모습은 길게 늘어진 버드나무 사이로 사라지는 중이었다.

＊　　　　＊　　　　＊

빠각!

요란한 소리를 내며 통나무는 반으로 쪼개졌다.

"애고, 허리야. 겨우 다 끝냈네!"

소운평은 도끼를 내던지고 나무 그늘로 뛰었다. 바닥에 주저앉자마자 그는 손바닥에 후후 입김을 불어댔다.

'망할 놈의 장작 같으니!'

첫날부터 손바닥에 군데군데 물집이 잡히더니 결국 껍질이 홀랑 벗겨졌다. 힘이 딸린다기보다는 순전히 요령이 부족한 탓이었다.

뻘겋게 속살을 드러낸 상처에 땀방울이 흥건하게 흘러들었으니 오죽이나 따가울까마는, 그는 아픈 와중에도 헤벌쭉 웃으며 좋아했다. 마당 청소, 물 긷기, 장작 패기로 이어지는 오전 일과가 모두 끝난 것이다.

그늘 밖은 뜨거울 정도로 햇볕이 강한 반면, 안쪽은 약간 서늘함을 느낄 정도였다. 살랑살랑 부는 바람에 땀방울은 금세 말라 버렸다.

'시원하구나!'

소운평은 편안한 자세로 나무 등걸에 몸을 기댔다.

본격적으로 일을 시작한 지 사흘에 불과했지만 그는 제법 많은 사실을 알 수 있었다.

매원에서 제일 잘 나간다는 기녀의 이름이 추상(秋霜)이라는 것과 운영루의 소유지인 대풍방이 소주를 양분하는 커다란 세력이라는 사실, 또한 삼대 기루를 비롯해 스물다섯 개의 기루와 도박장을 운영한다는 것 등등의 시시콜콜한 것들이었다.

그중에 그의 생활을 크게 변하게 한 것이 있었으니, 오전 일과를 마치면 오후 일과가 시작되는 술시(戌時)까지 자유 시간이 주어진다는 사실이었다.

때문에 그는 새벽같이 일어나 일을 시작했다. 밀린 잠은 낮에 자도 그만이었고, 무엇보다 기녀들이 일어나 몸단장을 준비하는 시간이 미시(未時)부터 시작되는지라 담 너머로 그걸 훔쳐보기 위해서였다.

그러나 오늘은 그 짜릿함을 맛보지 못하게 되었다. 유상이 말하던 특별 감찰이 있는 날이라 미시까지 모이라는 연락을 받았기 때문이다.

'이 자식은 아예 얼굴도 내밀지 않는군!'

유상을 떠올리면 항시 입맛이 썼다.

첫날 아침 할 일을 일러주고는 그걸로 끝이었다. 이틀 내내 낮엔 코빼기도 비치지 않았고, 밤에도 간혹 바쁜 시간에만 나타날 뿐 유령처럼 사라지기 일쑤였다. 예상했던 것이 딱 맞아떨어진 셈이었다.

"어이, 운평! 너도 그만 씻고 준비해야지. 그러다 늦으면 일 난다 구!"

저만치 앞에서 누군가가 아는 체를 했다.

누구나 그를 아삼(兒三)이라 불렀는데, 그는 주방에서 허드렛일을 하는 자였다. 같은 숙소를 쓰는 데다 나이도 비슷해서 말을 트고 지내는 사이였다.

그는 시큰둥하게 대꾸했다.

"먼저 가! 난 일이 좀 남았거든."

"그래? 서둘러 끝내라구!"

아삼은 손을 흔들어 보이고 총총걸음으로 사라졌다.

"으싸!"

소운평은 이내 몸을 일으켰다.

먼저 아무렇게나 흩어진 장작을 헛간에 쌓아야 했고, 그 다음은 숙소에 들러 대충이라도 몸을 씻어야 했다. 게다가 점심을 굶을 수는 없는 노릇 아닌가!

미시가 되기 전에 모두 끝마치려면 아닌 게 아니라 시간이 빠듯했다.

'에구, 일복이 터졌구나!'

그는 부랴부랴 장작을 주워 모았다.

3

주고 앞에는 이십여 명이 두 패로 나눠 모여 있었다.

한쪽은 달랑 유상과 소운평이 서 있는 반면, 다른 쪽은 열여섯 명이 두 줄로 오열(伍列)을 맞춘 채 서 있었다. 그들은 모두 주방의 인물들이었다.

모두 말쑥하게 차려입었는데, 너나 할 것 없이 몹시 긴장한 모습이었다.

그러나 축시에서 이미 일각이 훨씬 넘도록 지난 상태였다. 늦게 모인 자는 모르되 개중에 일찍 온 자들은 반 시진 가깝도록 뙤약볕에 서 있는 자도 있었다.

형편이 그러니 불만이 생기는 것은 당연지사였다.

"젠장, 이게 뭐야! 이럴 거면 아예 시간을 정하지나 말든가. 에이, 정말!"

짜증 섞인 목소리가 흘러나왔다.

"그러게 말야!"

누군가가 맞장구를 치는 것을 기점으로 삽시간에 장내의 분위기가 바뀌었다.

웅성웅성!

작은 소요가 일더니 곧 대오가 흐트러졌다. 사람들은 자세를 풀고 짝을 지어 제각기 떠들어댔다.

"어이, 유상!"

한 중년 사내가 사람들을 헤치고 소운평과 유상을 향해 걸어왔다.

"어찌 된 건가? 요즘 자네 얼굴 보기가 하늘의 별 따기보다도 더 어렵더군."

"그게 다 요놈 덕 아니겠수?"

유상은 소운평의 머리를 쓰다듬으며 껄껄 웃었고, 사내는 부러운 눈치로 입맛을 다셨다.

문득 유상이 걸걸한 소리로 물었다.

"그런데 말이오, 어젠 누가 제일 먼저 불려갔소? 여느 때처럼 추상(秋霜)이오?"

"이 사람아, 말도 말게! 일곱 놈이나 들이닥쳐 서로 찾아대더라고. 모르긴 해도 지금 그년은 아랫도리가 후들거리는 통에 제대로 일어나지도 못할 걸세."

"하하, 그게 어떻다는 거요. 재미도 보고 돈도 벌고, 일석이조(一石二鳥)가 아니고 뭐겠수?"

두 사람은 한동안 마주 서서 낄낄거리며 음담패설을 주고받았다. 그러던 중년 사내는 갑자기 생각났다는 듯 불쑥 유상을 향해 물었다.

"이번 감찰에 대비는 잘했나?"

"아니, 형님! 그걸 말이라고 묻는 거요?"

유상이 눈을 치켜떴다.

"틀림없이 확인해 뒀수. 그게 잘못되면 무슨 꼴을 당할지 뻔히 아는데 설마 내가 모른 척했겠수?"

"하긴, 자네가 어련하겠나."

사내는 짐짓 고개를 끄덕였다.

그때였다. 주방 뒤쪽에서 갑자기 삼십여 명의 무사들이 갖가지 물건을 들고 우르르 몰려나왔다.

놀란 사람들은 부랴부랴 대오를 이뤘다.

그러나 무사들은 그들을 본 척도 않고 햇빛을 가릴 장막을 치랴, 탁자며 의자 같은 집기를 나르랴 분주하게 수선을 떨어댔다.

잠시 후 주고 앞에는 제법 번듯한 의사청이 꾸며졌다.

"모두 조용히 하고 정열해라!"

무사 하나가 날카롭게 외치는 것과 동시에 일남일녀가 모습을 나타냈다.

사내는 사십 대 후반으로 평범한 체구에 황의를 걸쳤는데, 각진 턱에 굳게 다문 입술, 치솟은 눈썹이 무척이나 인상적이었다. 그의 이름은 호불범(胡拂汎)으로 운영루주 조천생을 측근에서 모시는 집사였다.

여인은 삼 일 전 소운평을 안내했던 그녀였다.

호불범이 자로 잰 듯한 걸음으로 의석에 앉자 여인은 그에게 두툼한 책자를 건네고는 곧 사라졌다.

"우선 본 루의 발전을 위해 손발을 아끼지 않은 그간의 노고를 치하

한다!"

호불범은 잠시 장내를 한 바퀴 훑어봤다.

사람들은 그의 시선이 다가들 때마다 움찔거리며 몸을 떨어댔다. 평소 손톱만큼의 실수도 용납치 않는 그의 성격을 단적으로 말해 주는 광경이었다.

"더불어 앞으로도 분골쇄신(粉骨碎身)의 노력을 경주(競走)하길 바란다!"

"예, 호 집사나리!"

우렁찬 함성이 일었다.

호불범은 만족한 듯 미소를 지으며 우수를 내밀었다.

그러자 앞줄에 서 있던 유상과 한 사내가 나서더니 여인과 마찬가지로 공손히 책자를 바쳤다. 그리곤 몇 발자국 물러나 부동 자세를 유지했다.

책자는 술의 거래 내역을 적은 장부였다.

호불범은 탁자 위에 세 권의 장부를 나란히 펴놓고 살피기 시작했다. 침을 발라 넘겨가며 한 장 한 장 세세하게 살피는 눈길이 여간 예리한 게 아니었다.

긴장한 유상과 사내는 침을 꿀꺽 삼켰다. 소리가 얼마나 컸는지 멀리 떨어진 소운평의 귀에까지 들릴 정도였다.

탁!

이윽고 장부를 덮은 호불범은 뒤쪽의 수하에게 한 권을 내주며 무언가를 지시했다.

곧바로 십여 명의 무사가 주고로 달려갔다. 아마도 남은 수량이 장부와 일치하는지 확인하려는 것이리라.

호불범의 시선이 돌려졌다.

"좋아. 일단 세 권 모두 오차없이 일치하는군. 그만 물러가 기다리
도록!"

'휴우우우!'

두 사람은 안도의 숨을 몰아쉬며 원래 자리로 돌아갔지만, 여전히
부동 자세를 풀지 않았다.

너나 할 것 없이 팽팽한 긴장감이 장내를 지배했다.

주고로 간 무사들이 돌아온 것은 근 반 시진이 지난 후였다.

한 무사가 다가와 호불범에게 귓속말을 했다.

한데 무엇 때문인지 호불범의 안색이 시시각각으로 변화를 보이는
것이 아닌가!

무사는 잠시 후 물러났고 동시에 엄청난 굉음이 장내를 갈랐다.

"저놈을 당장 끌어내라!"

무사들이 호불범의 손끝을 따라 일제히 달려들었다.

그 덕에 유상은 상갓집 개처럼 끌려나와 의사청 아래 무릎을 꿇어야
했다.

"감히 네놈이 이런 천인공노할 짓을 벌이고도 무사할 줄 알았더
냐?"

'대체 무슨……?'

영문을 모르겠다는 투로 눈을 굴리는 유상의 면전으로 장부가 날아
왔다.

"거기 밑줄 쳐진 부분을 소리내어 읽어봐라!"

감히 누구의 명령인데 거부할 수 있겠는가. 유상은 목소리를 드높여
외쳤다.

분류(分類):상등품(上等品)!

명(名):용골주(龍骨酒)!

수량(數量):십육(十六)!

호불범의 눈에서 불똥이 튀었다.

"그래, 이놈, 말 잘했다! 네놈 말대로라면 분명 열여섯 동이가 남아
야 하거늘 확인한 바에 의하면 열세 동이밖에 없다고 한다. 어디다 숨
겼느냐?"

"네… 에?"

유상의 눈이 툭 튀어나왔다. 가뜩이나 돌출된 눈알이 아예 바닥으로
쏟아질 것처럼 위태위태했다.

용골주는 말처럼 용(龍)의 뼈[骨]로 만든 술이 아니라 호골(虎骨)과
녹각(鹿角)을 주 재료로 담근 술에 다시 사담(蛇膽), 사향(麝香)을 첨가
해 최소 오 년 이상 숙성시킨 천하제일의 보양주(補陽酒)로 천하에서
오직 운영루에서만 맛볼 수 있다는 진귀한 술이었다.

가격은 가장 하품(下品)으로 치는 오 년 묵은 것이 은 삼십 냥 선이
고, 십오 년 이상 묵은 상품(上品)의 경우는 백 냥을 호가했다.

그런 것이 세 동이나 없어진 형국이니, 무려 은 삼백 냥이 증발한 것
이나 마찬가지였다.

"아이고, 나리!"

유상은 사색이 되어 손을 내저었다.

"숨기다니요. 천만부당한 말씀입니다! 전 모르는 사실입니다!"

"그럼 그새 팔아먹은 게냐?"

"아닙니다. 하늘에 맹세코 전 모르는 일입니다요!"

"없어진 것이 명백히 드러났는 데도 발뺌을 하다니, 정녕 뜨거운 맛을 봐야 정신을 차릴 놈이구나!"

스윽!

호불범이 손짓을 하자 두 명의 무사가 뛰어나왔다. 그들은 두 자 남짓한 단곤(短棍)으로 다짜고짜 유상의 등을 내려치기 시작했다.

퍽! 퍽!

"윽, 캐액!"

달아나거나 저항할 수는 없는지라 유상은 공처럼 몸을 말고 비명만 질러댔다.

그런데도 폭력은 계속해서 이어졌다. 아니, 오히려 갈수록 강도를 더해갔다. 두 무사의 얼굴이 벌겋게 달아오르며 땀방울이 맺히는 게 그 증거였다.

'서, 설마 때려죽이려는 건 아니겠지?'

유상은 덜컥 겁이 났다.

"에구, 저러다 사람 하나 죽어 나가겠구먼."

"쯧쯧, 그렇게 행동거지를 조심해야지. 자네도 사고 칠 생각은 아예 꿈도 꾸지 말게!"

게다가 어떤 두 놈이 지껄이는 재수없는 소리까지 귓가에 들려오는지라 아예 오줌을 쌀 지경이었다. 뭇매를 견디다 못한 등판이 결국 갈라 터졌는지 뜨끈뜨끈한 액체가 흐르는 느낌까지 전해졌다.

'환장하겠네, 정말!'

자신의 죽음이 기정 사실로 와 닿자 그는 돌아버릴 것만 같았다. 그 와중에 소운평이란 놈이 떠오른 것은 진정 구원의 빛줄기와도 같았다.

유상은 고개를 쳐들고 발작적으로 외쳤다.

"저놈, 저놈 짓이 분명합니다요!"

"아구구, 사람 죽는다!"

소운평 역시 유상과 마찬가지로 비명을 질러댔다.

이번엔 이랬냐 저랬냐 묻는 말도 전혀 없었다. 끌려나오는 순간부터 무자비한 폭력의 주문이 떨어졌다. 그만큼 호불범의 감정이 격해진 탓이리라!

달라진 건 그것뿐이 아니었다. 폭력의 양상도 확연히 변했다. 무사들은 단곤을 휘두르는 것으로 모자랐는지 발로 옆구리를 차고 심지어 머리까지 짓밟았다.

처음 유상을 손볼 때만 해도 눈빛만은 약간 주저하는 기미를 보이던 그들이었다.

그러나 지금은 충혈되어 붉게 물든 두 눈과 간혹 입가를 스치는 미소로 보아 영락없이 폭력이 가져다 주는 쾌락에 중독된 자들 같았다.

"아악!"

외마디 비명과 함께 소운평의 전신이 축 늘어졌다.

두 명의 무사는 겨우 손속을 멈췄다. 그제야 자신들이 벌인 일을 깨닫고 주춤 물러났다.

호불범이 인상을 찌푸리며 물었다.

"죽었느냐?"

무사 하나가 황급히 소운평의 목에 손을 가져갔다.

"그런 건 아니고 단지 혼절했을 뿐입니다."

"깨워라!"

"알겠습니다!"

무사는 부랴부랴 주방으로 달려가 물동이를 안고 와 소운평의 얼굴에 쏟아부었다.

촤악!

아마도 허드렛일을 마친 물이었는지 음식 찌꺼기가 고스란히 머리카락에 달라붙었다.

약간의 시간이 흐르자 눈꺼풀이 가늘게 경련을 일으켰다. 그리고 잠시 후, 소운평은 힘겹게 정신을 차렸다.

"으윽!"

충격이 워낙 컸기에 그는 한동안 누운 채 일어나지 못했다. 그가 몸을 일으켜 유상처럼 무릎을 꿇은 것은 근 일각이 흐른 뒤였다.

"흠!"

호불범은 세차게 콧김을 뿜었다.

아무래도 입맛이 썼다. 애초에 이런 결과를 원한 것은 아니었다. 엄포를 놓는다는 단순한 생각이 감정에 치우치는 통에 일꾼 둘을 초주검을 만든 것이다.

그만큼 사안이 중대했다는 반증으로 치부하며 그는 애써 스스로를 위로했다.

사실 원리 원칙대로 엄격히 규정을 고수해도 문제를 일으키는 자는 존재했지만, 그래 봐야 단순히 은 몇 냥 어치에 그칠 뿐이었다. 지금처럼 삼백 냥에 달하는 액수를 착복한 경우는 사상 초유의 일이었다.

'너무 성급했어!'

규정에 따르면 없어진 금액을 배상케 한 다음 손목을 잘라 내치는 형벌을 받아 마땅했다. 한 사람의 일생이 그의 손에 달려 있으니만큼 사감에 치우치는 일 없이 보다 냉철하게 판단해야 할 문제인 것이다.

　그는 내심 어느 때보다 공정하게 처리하리라 다짐하며 입을 열었다.

　"그래, 너희들의 말인 즉은 용골주가 사라진 일과는 전혀 무관하다는 말이렷다?"

　"네, 그렇습니다!"

　"맹세코 틀림없습니다요!"

　두 사람은 이구동성으로 외친 후 서로를 노려봤다. 한순간 불꽃이 튀는 듯했다. 호불범만 아니라면 금세 달려들어 싸움질이라도 벌일 기세였다.

　"좋다. 그러나 나로선 액면 그대로 모두 받아들일 수는 없는 노릇이 아니냐? 지금부터 질문을 할 테니 숨김없이 사실을 고하도록 해라!"

　호불범은 먼저 책임자인 유상을 지목했다.

　"마지막으로 수량을 확인한 건 언제냐?"

　"용골주는 자주 나가는 술이 아니라 평소에도 수량을 정확히 알고 있습니다. 게다가 어젯밤에 분명 확인까지 했습니다!"

　"그게 정확히 언제쯤이냐?"

　"글쎄요… 그건……."

　유상은 잠시 생각하더니 곧 대꾸했다.

　"분명 해시(亥時) 말엽이었습니다!"

　"그러니까 네 말은 어제 해시 말엽까지는 변동이 없었다는 얘기로구

나. 주고는 언제 문을 닫았느냐?"

"그거야 늘 축시(丑時) 말엽이지요."

호불범은 가만히 생각에 잠겼다.

'어제 축시 말부터 오늘 미시 초까지라……'

여섯 시진이었다. 허술한 듯해도 주고의 열쇠는 특수하게 만들어진 터라 아무나 열기는 힘들었다. 게다가 야간 경비를 뚫어야 하기에 문이 닫힌 후에 침입했다고 여기기에는 아무래도 어려웠다.

결국 수량을 확인한 후부터 문을 닫기 전에 없어졌다고 여기는 게 더 이치에 맞았다.

호불범의 시선이 자신에게 돌려지기가 무섭게 소운평이 먼저 입을 열었다.

"전 이곳에 들어온 게 겨우 사흘쨉니다. 시키는 대로 일만 했을 뿐이지 용골주가 뭔지도 모릅니다. 다만 아는 것은 유상이 해시 이후에는 주고에 없었다는 겁니다. 나중에 문을 닫기 위해 돌아왔습니다, 나리!"

"뭐야?"

"뭣이!"

소리는 같되 의미가 전혀 다른 경악성이 터졌다.

"감히 네놈이 그 같은 사실을 숨기다니!"

호불범의 눈에 분기가 어렸다. 영락없이 유상을 범인으로 여기는 듯했다.

그러자 유상은 허겁지겁 사실을 밝혔다.

"그, 그건 사실입니다만, 다른 이유 때문이 아니라 친구와 술을 마시기 위함이었습니다. 전 이곳에 십 년 세월을 바쳤습니다. 그간 문제도 전혀 없었구요. 뭐가 아쉬워서 그런 일을 벌이겠습니까?"

"친구라는 자 이외에 증인이 있더냐?"

"무, 물론입죠!"

유상은 부랴부랴 뒤쪽으로 달려가더니 무려 세 명을 데리고 돌아왔다.

"그날 주방에서 함께 술을 마신 자들입니다. 술도 손님이 마시다 남은 것을 모은 것이었지요."

"모두 사실입니다요."

세 명이 이구동성으로 결백을 증명해 주는 틈을 노려 유상은 소운평을 향해 대대적인 반격을 시도했다.

"그 시각 저놈은 주고에 혼자 있었습니다요. 저놈이 빼돌린 게 분명합니다!"

"시끄럽다! 무얼 잘했다고 주둥이를 놀리느냐! 네놈 짓이 아님이 명백히 밝혀진다 해도 근무를 태만한 죄는 마땅히 처벌받을 것이다!"

"저는 단지 사실을 말씀 드리는……."

"이놈이 그래도!"

호불범은 싸늘히 유상의 말을 잘랐다. 말은 거칠었어도 어느 정도는 그도 역시 수긍하는 눈치였다.

상황이 그렇게 되자 이번에는 소운평이 다급해졌다.

"아까도 말씀드렸듯 전 그게 뭔지도 모릅니다. 일자무식인데 어찌 수백 개 술독 중에 그걸 골라낼 수 있겠습니까? 게다가 저놈이 주고를 나서면서 빼돌릴 수도 있지 않습니까? 전 절대 아닙니다! 이건 분명 모함으로 유상이 수작 부리는 겁니다, 나리!"

"뭐야?"

유상이 주먹을 들이대며 위협했다.

"이 쥐꼬리만한 놈아, 헛소리만 가득 늘어놓다니, 기어이 죽고 싶으냐!"

기세가 얼마나 험악했던지 소운평은 찔끔했다.

그러나 팔병신이 되어 쫓겨나느냐 마느냐 하는 비상 시국인지라 그도 곧 음식 찌꺼기가 가득한 얼굴을 디밀며 악을 써댔다.

"이만큼 커다란 쥐꼬리 봤냐?"

"이런 개자식을!"

유상은 학질 걸린 병자처럼 전신을 떨어댔다. 이젠 자신이 처한 상황이고 뭐고 금세 달려들어 소운평을 박살 낼 기세였다.

그러자 그들 뒤에 서 있던 두 명의 무사가 호통을 쳤다.

"이놈들이 뉘 안전이라고 시끄럽게 구는 거냐"

"똑바로 무릎 꿇지 못하겠냐!"

퍽! 퍼버벅!

단곤이 쉴 새 없이 불을 뿜었다.

유상과 소운평이 오뉴월 뙤약볕에 헐떡이는 변견(便犬)처럼 늘어진 후에야 단곤이 거둬졌다.

"꿇어라!"

두 사람은 만신창이가 된 와중에도 잽싸게 무릎을 꿇고 머리를 조아렸다.

'아이고, 머리야!'

호불범은 잔뜩 이맛살을 찌푸렸다.

두 사람의 말은 나름대로 일리가 있었다. 어차피 현장을 목도한 자가 없는 이상 정황만으로 진범을 가린다는 건 사실상 불가능했다.

그러나 거액의 물건이 분실되었으니 필히 범인을 가려 처벌해야 했다. 자칫 처리가 늦어지면 사건은 그의 손을 떠나 다른 자에게 이첩될 테고, 그렇게 되면 루주의 신임을 받는 자로서 무능력을 드러내는 꼴이었다.

그 수치감은 둘째 치고, 어쩌면 차기 루주를 바라는 그의 야망에 악영향을 미칠지도 몰랐다.

'대체 어느 놈이란 말인가?'

하나는 십 년을 무던히 수고한 충복이었고, 하나는 막 들어온 새파란 애송이였다.

신빙성이 없기는 둘 다 마찬가지였지만, 같은 조건이라면 역시 팔은 안쪽으로 굽는 법이다.

'어쩔 수 없구나.'

이마를 짚은 채 오랜 시간을 갈등한 호불범은 결국 십 년 세월의 노고를 인정해 주는 방향으로 결정을 내렸다.

그는 눈을 질끈 감고 손짓을 했다.

"저놈을 끌어내라! 형(刑)은 감찰을 마무리 짓는 대로 곧바로 집행하겠다!"

"끼야아!"

유상은 벌떡 일어나 환호성을 질렀다.

반면 소운평은 무릎을 꿇은 모습 그대로 화석처럼 굳어졌다. 퀭한 두 눈엔 생기라곤 한 점도 없었으며 가슴의 기복도 일시에 멈춘 듯했다.

이윽고 두 명의 무사가 양팔을 나눠 잡고 그를 질질 끌고 밖으로 향했다.

그제야 정신을 차린 소운평은 처절하게 울부짖었다.

"아냐! 내가 한 짓이 아니란 말야!!"

〈2권으로 이어집니다〉

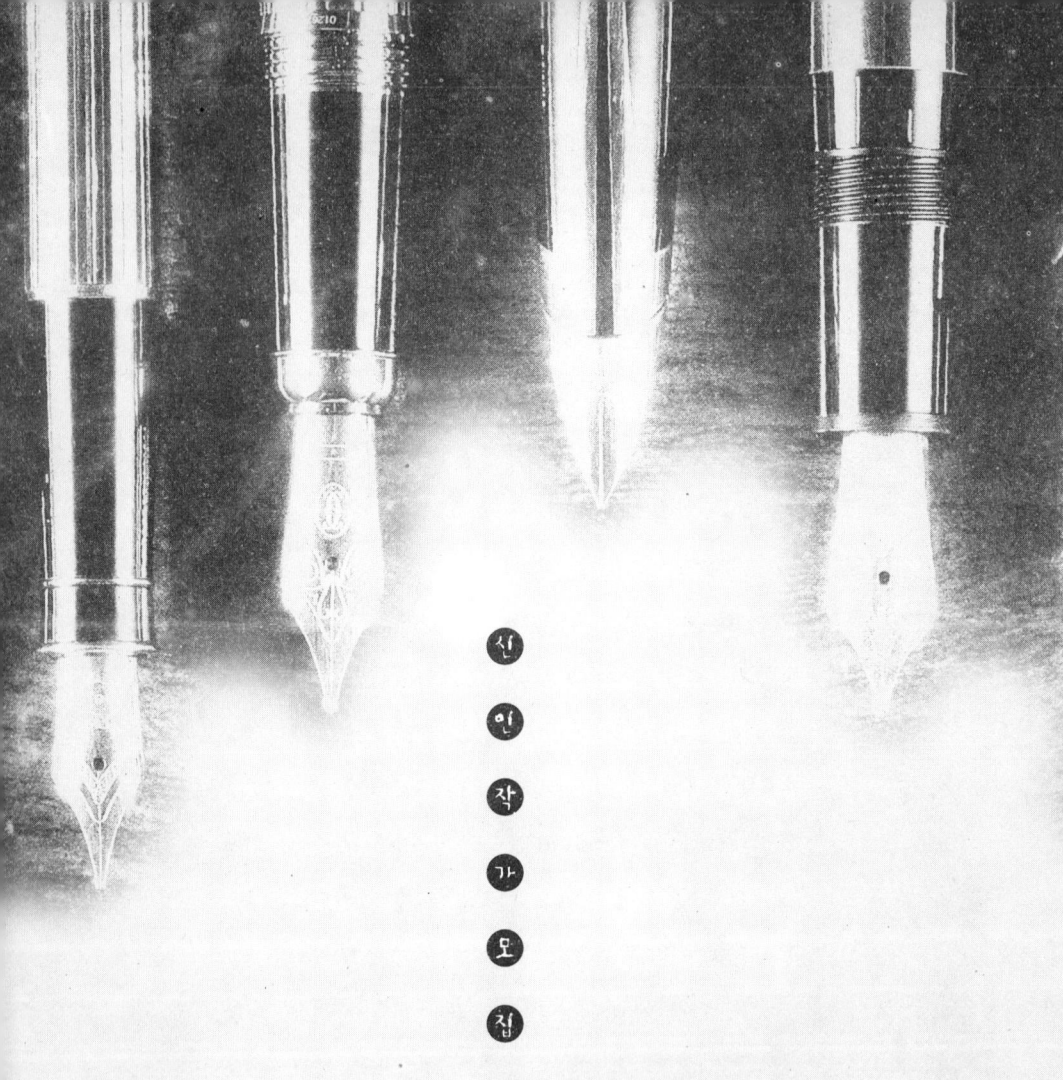

신인작가모집

시작이 반이라고 했습니다.
작가의 길에 대한 보이지 않는 벽을 과감히 깨뜨리십시오!
청어람은 작가 지망생 여러분들의
멋진 방향타가 되어드리겠습니다.

저희 도서출판 청어람에서는
소설 신인 작가분들을 모집합니다.
판타지와 무협을 사랑하시는 분들의 많은 참여를 바랍니다.
소정의 원고(A4용지 150매)를 메일이나 우편으로 보내주시면
검토 후 출판 여부를 알려드리겠습니다.

주소:경기도 부천시 원미구 심곡1동 350-1 남성B/D 3F 우편번호420-011
TEL:032-656-4452 · **FAX**:032-656-4453
http://www.chungeoram.com
e-mail:chungeoram@chungeoram.com